용혜원 시인의 시작법

용 혜 원 시인

문예출판

시인의 말

시는 생각만 해도 행복하고 좋다.
시를 쓴다는 것 참으로 행복한 일이다.
시인으로 살며 시를 쓴다는 것은 참으로 축복받은 일이다
시의 언어를 동원하여 수많은 연상들을 떠올리며 시를 쓴다면
다양한 시들이 써질 것이다.
순수한 마음으로 진솔한 마음으로 시를 쓰자.
나에게 찾아온 언어들로 시를 쓰자.

시를 써서 인생을 노래하자.
시를 써서 사랑을 노래하자!
시를 써서 고독을 아픔을 노래하자!
시를 써서 꿈과 희망을 노래하자!
시를 써서 행복과 축복을 노래하자!
시를 써서 독자들과 만나자!
시를 써 내리며 시를 쓰며 벅찬 기쁨과 감동을 누리자.
시인으로 살아가는 기쁨과 행동과 감동을 누리자

용 혜 원 시인

1. 시란 무엇인가

2. 시인은 시를 쓰는 사람이다

3. 시를 쓰려면 연상을 잘 떠올려야 한다

4. 시를 쓰는 목적은 무엇인가

5. 시인이 되려면 언어의 능력을 가져라

6. 시의 소재가 많아야 한다.

7. 야생화들을 써보는 것도 시의 소재를 넓혀갈 수 있다

8. 삶은 시를 쓰는 여행이다

9. 시는 삶의 표현이다

10. 생활이 곧 시다

11. 시는 사랑과 그리움의 표현이다

12. 시는 아픔과 희망의 표현이다

13. 커피와 시 쓰기

14. 시는 마음의 표현이다

15. 시인은 계절을 노래한다

16. 시를 쓴다는 것은 꿈을 이루는 것이다

1. 시란 무엇인가

시는 시인의 삶이다
시는 시인의 사랑이다
시는 시인의 고통이다.
시는 시인의 고독이다.
시는 시인의 사랑이다
시인의 삶은 모든 것이 시다

모래 위에 시 한 편

모래 위에 시 한 편
써놓았더니
파도가 시샘 나서 지워버렸다

시는 시인이 살아오고 생각하고 느끼고 체험한 것들이다. 시는 시인이 살고 있는 언어의 집은 시인의 인생 속에 삶의 집이다. 시는 사랑의 기쁨과 행복 속에서도 써지고 불행과 절망과 고통과 아픔 속에서도 처절하게 써진다. 삶을 산다는 것은 소중한 것이고 삶의 현장마다 시를 만나고 시를 쓸 수 있다. 사랑과 이별이 시가 되고, 고통과 절망이 시가 되고, 꿈과 희망이 시가 되고, 삶의 보람과 축복이 시가 되고 삶과 죽음이 시가 되고 시인의 모든 삶이 시가 되는 것이다. 시인은 온몸과 마음과 영혼이 삭아 내리도록 하나가 된 마음으로 시를 쓴다. 시인은 때때로 스스로 독촉하며 시를 쓴다. 시가 처음 쓸 때는 어색하고 잘 알맞은 옷처럼 부족하고 불편할 수도 있지만 시를 쓰는 뜨거운 열정이 시다운 시를 만들어 놓는 것이다. 시인의 현실과 부딪쳐서 그 아픔과 고통을 시로 쓰라는 것이다. 시인의 시 언어는 스스로 세워지는 것이 아니라 각고의 노력 끝에 피와 땀과 눈물로 세워지는 것이다. 시인의 시는 아름답고, 맑고, 깨끗하고 진실해야 한다. 시인의 온 삶이 시다. 온 세상이 다 시다. 이 세상 곳곳에 시가 생명력 넘치게 자라고 있다

한 편의 시

내 마음에 샘
쏟아져 내리면
한 편의 시가 된다

시를 쓸 수 있는 것은 사람은 생명의 언어를 가지고 살기 때문이다. 시를 쓴 다는 것은 살아있는 언어, 창조적인 언어를 진실하고 아름답고 투명하게 시로 써 내리는 것이다. 시는 언어를 가치 있게 만들고 고귀한 생명의 언어로 만들어 사람들의 마음에 찾아들고 파고들어 감동하게 한다. 시는 진실과 진리를 표현하는 고귀한 생명의 언어다. 시는 역경을 이겨내고 좌절을 이겨내고 시련과 고통과 실패를 이겨내는 놀라운 힘과 능력을 발휘한다. 이 세상은 살다 보면 시로써 표현하지 않고서는 견딜 수 없는 순간도 있기에 시대 시대마다 시인들은 시로 표현한다. 시인은 너무 오랫동안 잠잠히 잠들어 있으면 안 된다. 깨어나 시를 써야 한다. 절망과 고통에 시달리고 진이 빠지고 힘들어도 시를 써야 한다. 마음과 영혼을 일깨워 시를 써야 한다. 시가 어두운 세상을 밝히는 등불이 되어 비추게 해야 한다. 시를 쓰려면 넘어지면 일어서고 쓰러지면 일어서서 자빠져도 일어서서 시를 써야 한다. 어떠한 순간에도 좌절하거나 포기해서는 안 된다. 시는 시인이 말할 시간이 되었기에 시를 쓰는 것이다. 시는 언제나 우리 곁에서 떠나지 않는다. 시를 사랑하고 시를 쓰고 시를 만나는 독자들에게 기쁨과 감동을 선물해주어야 한다.

나의 시는

나의 시는
내가 가장 처음 쓰고
내가 처음 부른 삶의 노래다

시란 무엇인가? 시는 시인이 시를 쓰는 언어다. 시는 시인의 고독과 고통이 낳은 언어의 보석이다. 시는 시인이 세상에 보내는 시인의 목소리다. 시는 시인의 영혼의 살아있는 목소리다. 시는 사람들이 세상을 살아가는 이야기다. 사람들의 고독과 사랑과 고통과 기쁨. 아픔과 희망과 절망의 이야기다. 짧고 정제된 언어 속에 삶이 녹아있고 삶이 스며들어 있다. 시는 시인의 생각에 손님으로 찾아왔다가 주인이 되어 마음에 뿌리를 내리고 다시 떠올라 손으로 써져서 한 편의 시가 된다. 시를 쓴다는 것은 고통과 아픔과 절망과 기쁨과 감동의 삶을 가슴에 끌어안고 쓰는 것이다. 시인의 삶에 대한 필연의 인연으로 깊은 성찰로써 내리기에 가슴이 아려오고 신기하고 기막힐 만큼 놀라운 일이다. 시인의 직간접 체험 없이 써지는 말장난하는 시는 허구다. 시는 사람들의 마음과 영혼을 적셔주는 살아있는 생명의 언어가 되어야 한다. 시는 시인의 마음 감성의 바다에서 마음껏 파도치며 노래한다. 시는 이 시대의 목마른 사람들에게 맑은 생수가 되어야 한다. 시는 이 시대의 살아있는 외침이 되어야 한다. 시는 이 시대를 밝히는 횃불이 되어야 한다.

풀꽃

풀꽃 하나만
피어나도
시 한 편이 된다

시는 감정을 통한 인생의 해석이다. 워즈워스는 "시는 숨결이며 모든 지식보다 훌륭한 정수다. 그것은 모든 과학의 표정 속에 감동된 표현이다."라고 말했다. 시란 시인이 느끼고 생각하고 체험하고 경험한 것들을 언어로 표현한 것이다. 시인 임보는 그의 시집 은수달 사냥 서문에서 말하고 있다. "시는 영혼의 노래다. 시가 지닌 메시지는 단순한 의미가 아니라 시인의 '혼'을 담고 있는 것이어야 한다." 김후란 시인은 그의 시 전집 "사람 사는 세상" 서문에서 "시인은 생을 피동적으로만 살기에는 너무나 뜨거운 가슴을 가진 족속이다. 시라는 문학 형태는 다른 어느 분야보다도 감각적이고 열정적이며 가장 깊은 세계를 파악하려는 고차원적이고도 영원성을 지닌 것 따라서 나 자신 부단히 시인이고자 할 때 시를 창작하는 기쁨에는 또 하나의 근원에 접근하는 세계성 파악을 경험한다. 미세한 삶의 자락에서 더욱 큰 생명력을 느낄 수 있고 감당할 수 없이 크나큰 세계에서 따사로운 삶의 입김을 감득한다는 건 귀중한 일이라 생각된다.

우리가 일상의 눈으로 보지 못하고, 느끼지 못하는 것, 미처 깨닫지 못하던 것을 시로써 현현시키고 구체화하는 작업, 여기에 존재의 확충이 있고 세계를 파악하는 문학적 미학이 성립되는 것이다. 나는 이것을 진주로 바꾸는 일에 비유한다. 이슬은 새벽 한때 영롱하게 빛나는 자연의 보석이다. 하나 햇빛이 닿으면 사라져 버린다. 그 유한성을 무한한 생명체로서의 진주라는 보석으로 형상화하는 것이 시인의 과업이라 여겨진다."라고 말하고 있다.

시 한 편 쓰는데

얼마큼의 시간이 필요한가요
시 한 편 쓰는데
내가 살아온 만큼
세월이 필요합니다

시는 모든 것을 표현한다. 시는 은유의 언어로 감성의 언어로 이 세상을 살아가는 수많은 사람의 마음과 마음을 이어주는 소통의 도구다. 시는 모는 것을 다 담고 싶어 하는 욕망만 가득한 욕심의 언어 표현이 아니라 순수하고 정제된 언어 표현이다. 시는 누구에게나 읽혀서 사람들의 눈과 마음으로 퍼져 나가야 움직이는 시 살아있는 시가 된다. 좋은 시는 읽어 내릴 때 음악적인 리듬감을 탄다. 막히거나 걸림이 없이 읽혀진다. 시가 살아서 움직인다. 시가 생각을 움직인다. 시가 마음을 움직이고 시가 마음을 흔들어 46놓아 크나큰 감동을 준다. 시는 사람들의 마음을 찾아가 감동을 주기를 원한다. 시는 삶의 의미를 만들고 시는 삶의 깊은 뜻을 만들어 놓는다. 시는 마음의 창을 닦아 놓아야 욕심이 없는 순수한 시를 쓸 수 있다. 시 한 편 한 편은 시인의 마음 조각이요 분신이다. 시는 시인의 진실한 마음의 목소리다. 세상이 어두울 때도 시는 내일을 위하여 밝은 태양이 떠오르기를 위하여 시를 쓰는 것이다. 침묵만으로는 세상을 변화시킬 수 없다. 살아있는 목소리 깨우치는 목소리 변화시키는 목소리가 꼭 필요하다. 이런 살아있는 시가 되는 것이 시의 사명이다.

한 편의 시처럼 살자

삶을 마음껏 노래할 수 있도록
삶을 언어로 그릴 수 있도록
삶을 언어로 조각할 수 있도록
삶을 시 한 편으로 쓸 수 있도록
삶을 한 편의 시처럼 살자

황진주 시인은 "시란 무엇인가? 왜 쓰는가? 라는 질문을 접하고 나면 크게 할 말을 잃게 된다. 시는 사람 살아가는 아주 작은 이야기부터 오묘한 진리에 양념을 뿌려 맛있게 구워내기도 하고 때로는 심한 채찍을 내리기도 하는 고통을 동반한 힘겨운 작업이다. 시란 결국 세상에 필요한 청정제요 영양제이며 시인은 세상이라는 거대한 몸집을 치료하는 의사의 임무를 부여받고 소명을 완수하고 있는지도 모르겠다."라고 말하고 있다.

시인은 삶을 살아가며 그 시대의 아픔을 같이 아파하고 치유하는데도 동참하며 살아간다. 시인이 말할 수 없고 시를 쓸 수 없는 시대가 온다면 가장 슬픈 시대일 것이다. 시인은 어느 시대든지 살아서 당당하게 시를 써야 한다. 시대의 고통과 아픔에 동참하고, 시대를 말하고, 시대를 일깨우고 시대를 대변하며. 꿈과 희망이 넘치는 내일을 노래해야 한다.

시는 1

시는
자연스럽게 돋아나는 풀과 같다

시는
자연스럽게 자라나는 나무와 같다

갖가지로 덧입히고 치장하여 옷 입히고
광대의 춤을 추는 것보다

자연이 있는 그대 아름답듯이
시도 돋아나는 풀과
서 있는 나무가 아름답듯이
순수하고 자연스러울 때
시가 아름답고 감동적이다

살아있는 시는
사람들의 가슴으로 흘러가야 한다

살아있는 시는
사람들의 마음에 그려져야 한다

살아있는 시는
사람들의 눈에 그림처럼 보여야 한다

살아있는 시는
사람들의 귀에 살아있는 목소리로 들려야 한다

시를 쓰는 것은 무작정인 언어의 나열 낱말의 나열이 아니다. 시인의 살아있는 감성이 만들어내는 살아있는 언어로 표현하는 것이 시다. 시인의 마음을 사로잡은 것들을 시로 표현하는 것이다. 시는 시인의 살아있는 외침이며 생명의 소리다. 시 하나하나 마다 진실의 옹이가 박혀있는 것이다. 진솔하고 소박하고 담백한 시인의 외침을 외면해서는 안 된다. 시인은 이 시대를 향하여 자신을 향하여 소리치고 싶은 것이다. 억지와 투정이 아니라 진실을 외치고 싶은 것이다. 시를 함부로 비판만 해서도 안 된다. 서로 고유하며 서로 함께 나누며 이 시대 우리가 함께 살아갈 길을 모색하며 더 좋은 세상을 만들어가야 한다. 시는 그 시대상을 그려놓고 시는 그 시대를 말하고 시는 그 시대가 원하는 것이 무엇인가를 표현하는 것이다. 시인은 마음의 줏대가 흔들림 없이 자신의 시를 마음껏 표현해야 한다. 반성할 것은 반성하고 표현해야 할 것은 표현해야 한다. 시는 시인이 시로 그려놓은 시인의 자화상이다. 시는 시로 써놓은 시인의 자서전이다.

시는 2

시는 읽기가 누구나 쉬워야 한다.
시는 읽으면 그림이 그려져야 한다.
시는 읽으면 리듬을 타야 한다.
시는 읽으면 감동이 있어야 한다.

처음 시를 쓸 때 초심을 언제나 잃지 말고 순수하고 선한 마음 그대로 양심이 살아있는 시인의 감정을 그대로 표현해야 한다. 시를 이제는 쓸 줄 안다고 가식이 들어가거나 오만하고, 자만하고, 교만하고 거만한 마음이 들어가면 독자들은 금방 알아차린다. 시인의 미음은 언제나 맑고 순수한 그대로 시를 써야 생명력이 넘치는 시를 쓸 수 있는 것이다.

새벽시장

살기 싫거든
새벽시장에 가보라
참 열심히들 산다
삶이 무엇인지 알 수 있다

고정희 시인은 "시인에게 시란 무엇일까? 10여 년 동안 시작을 통해서 내가 얻은 결론은 '시인에게 시란 생리작용 같은 것에 지나지 않는다.'는 것이다. 자유로움을 갈망하고 사소한 생리, 그러나 통로가 막힐 때 질식 직전의 고통에 시달리며 노여워하며 오뚜기처럼 일어서는 신비한 생리. 그것이 힘임을 알게 되었다. 그러므로 나는 시를 쓸 수밖에 없고 또 시가 요구하는 쪽으로 머리를 둘 수밖에 없다."고 말했다.

아침 이슬이

아침 이슬이
풀잎에 촉촉하게
시 한 편 적셔 놓았다

    말이 시가 된다. 시는 말로서 이루어진다. 말이 갖는 세 가지 힘이 있다. 말에는 각인력이 있다. 어느 대뇌 학자는 뇌세포의 95%가 말의 지배를 받는다고 발표한 적이 있다. 매일 다음과 외쳐보라. "나는 위대한 일을 할 수 있다. 나는 배우에 위대한 가능성을 간직하고 있다. 내게는 아직도 발휘되지 않을 가능성이 있다!" 말에는 견인력이 있다. 말에는 행동을 유발하는 힘이 있다. 말한 내용은 뇌에 박히고 뇌는 척추를 지배하고 척추는 행동을 지배하기 때문에 내가 말하는 것이 뇌에 전달되어 행동으로 이끌게 된다. 말에는 청취력이 있다. 어떤 사람이 자신이 하고 싶은 말을 종이에 써서 그것을 되풀이해서 읽는 동안 동기부여가 되었다고 한다. "할 수 있다!"라고 외칠 때 자신감이 생기고 놀라운 힘이 발휘된다. 시는 사람들의 마음이 각인되고 견인력을 나타내고 성취력을 발휘한다. 시인은 의지, 집념, 노력과 열정을 갖고 시를 써야 한다. 시인의 내면에 잠재되어 있는 시를 찾아내어 시를 써야 한다. 그러므로 시의 힘은 위대한 것이다.

술잔에 뜬 달

술잔에 뜬 달
너무 아름다워
마셔버렸다

시인은 언제나 시를 꿈꾼다. 시인의 상상력은 끝이 없이 펼쳐진다. 시를 쓰기 위하여 시를 연상하고 상상력의 깊이와 넓이 점점 넓게 하여 수많은 시를 쓸 것이다. 시는 언제나 있을 것이다. 시는 영원히 존재하여 사람들과 함께 공존할 것이다. 시인도 영원할 것이다. 그러므로 시인은 언제나 깨어있는 정신으로 시를 써나갈 것이다. 시는 그리움과 연민을 드러내고 존재와 시간을 드러내어 시로 표현해준다.

초심

처음 시작할 때 순수하고
거짓과 가식이 없고
풋풋하고 아무 때 묻지 않은
순수한 초심이 가장 중요하다

초심이 줏대 없이 흔들리고
찾아오는 욕심과 욕망에 사로잡히고
거만하고 까칠하고 오만하고 교만하면
깨끗했던 마음이 한 순간에 사라지고
교활해지고 더럽혀지고 악해지는 것이다

초심은 깨끗하고 아름답고
순수하고 참 고운 마음이기에
초심이 아주 중요하다

거칠고 험하고 악한 세상일지라도
초심을 잃고 비굴해지거나
나약하거나 초라해지지 말고
항상 순수하고 깨끗한 초심을 품고
건강한 마음으로 담대하고 씩씩하게
내일은 멋진 인생을 살아가자

시는 시인의 마음이며 시인의 숨결이다. 시인의 혈관에 마음이 흐르던 시가 세상에 한 편의 시로 태어나는 것이다. 시는 보고 생각하고 느끼면서 한편의 시가 태어나는 것이다. 시는 가장 처음 시인의 눈으로 찾아온다. 그리고 생각 속에 머물다 마음속에서 꽃피어 세상에 나타난다. 그리고 독자들 속에서 열매를 맺는다. 시는 시인의 물음이고 대답이다. 세상의 공간에 머물러 있던 것들이 시인에게 다가와 한 편의 시가 된다.

시는 시가 독자들의 생각과 마음속에서 생각나야 한다. 시는 보다 쉬워져야 한다. 시는 읽고 싶어져야 한다. 시는 외우고 싶어져야 한다. 시는 전해주고 싶어야 한다. 시는 간직하고 싶어야 한다. 시는 사람들의 마음을 파고들어 공감하게 만들고 감동을 주어야 한다. 시는 삶을 살아갈 힘과 용기를 주어야 한다. 시는 사랑할 수 있는 마음을 만들어주어야 한다. 시는 행복한 마음을 만들어주어야 한다. 시는 마땅히 살아갈 힘과 용기를 주어야 한다.

시인들의 한마디 말

괴테 : 시를 만드는 것이 아니라. 시가 나를 만든다.

논어 : 시에서 일어나서 예에서 서며 음악에서 완성된다.

더글러스 : 시는 피와 땀과 눈물로써 천천히 그리고 끈질기게 만들어진다.

딜런 토머스 : 시는 나 자기 투쟁의 기록이다.

랠프 월도 에머슨 : 잘된 시와 불후의 시 사이에는 상당한 거리가 있다.

릴케 : 시는 마치 손가락 사이로 흘러내리는 모래와 같은 것이다.

말라르메 : 시는 극점에 달한 언어다.

머 콜리 : 문명이 진보함에 따라 시는 거의 필연적으로 쇠퇴한다.

매슈 아널드 : 시는 인생의 비평이다.

몽테뉴 : 시는 이해하기보다는 짓기가 어렵다.

밀러 : 시는 육신화된 꿈이다. 그리고 생활로서, 그것은 예술작품이다.

발레리 : 시는 감동 생산 기계다.

백거이 : 시란 정을 뿌리로 말을 싹으로 소리를 꽃으로 의미를 열매로 한다.

볼테르 : 시란 영혼의 음악이다. 좀 더 위대하고 다감한 영혼들의 음악이다.

빅토르 프랑클 : 인간의 믿음이 갖는 가장 커다란 비밀의 참 의미를 파악했다.

새뮤얼 존슨 : 시는 번역이 불가능하다. 시의 원어를 배워 감상해야 한다.

사호라 틱워서 : 사람의 마음을 뒤흔들고 듣는 이의 영혼을 끌어나가야 한다.

샌드버그 : 시란 공중을 날고 싶어 하는 수서 동물의 일기다.

샌드버그 : 시란 땅 위에 살면서 하늘을 날고 싶어 하는 수서 동물의 일기다.

셸 리 : 시는 가장 행복하고 선하고 가장 행복한 순간의 기록이다.

셸 리 : 시는 인정받지 못한 세계의 입법자이다.

아리스토텔레스 : 시는 역사보다 더 철학적이고 근엄하며 더 중요한 무엇이다.

말라르메 : 시는 극점에 달한 언어다.

실레겔 : 자유로운 시인의 가슴은 방랑 생활을 좋아한다.

아우구스티누스 : 시는 악마의 술이다.

앤드루 머레이 : 시는 분노와 굶주림과 낙심을 벗 삼고 있다.

에드거 앨런 포 : 시의 가치는 영혼의 격정을 불러일으키는 것에 비례한다.

엘리어트 : 시란 인격의 표현이 아니라 인격에서의 탈출이다.

예이츠 : 시의 용어는 필연적인 것같이 보이는 것이어야 한다.

오든 : 시는 애련 속에서만 존재한다.

우나무노 : 시란 시적 종교적 삶을 누리지 못하는 사람은 어리석은 사람이다.

운 스위프트 : 문 없는 시구는 혼 없는 육체이다.

워즈워스 : 시는 숨결이며 모든 지식의 보다 훌륭한 정수이다.

워즈워스 : 시는 모든 지식의 최초이며 최후이다.

워즈워스 : 시란 강력한 감정이 자연스럽게 흐르는 것이다.

장드라 부뤼엘 : 시는 음악, 그림 대중 연설에는 평범이 용인되지 않는다.

장 콕도 : 시는 문장이다. 그것을 판독해야 한다.

조이스 길며 : 시는 바보라도 지을 수 있다.

존 밀턴 : 장엄한 시를 창작하려면 실생활을 웅대한 시로 만들어야 한다.

존 케이를 : 시란 자신의 마음 깊이와 신성한 감정 속에서만 찾아볼 수 있다.

토머스 칼라일 : 시의 혈관은 모든 삶의 마음속에 존재한다.

토머스 스프레드 : 시는 예술 중의 여왕이다.

투르게네프 : 시는 신의 말이다. 시는 미와 생명이 있는 곳에는 가시가 있다.

포우 : 내게 있어 시는 목적이 아니라 정열이다.

포우 : 시는 미의 창조다.

포위스 : 시는 정신의 가장 큰 선물은 평화다.

폴 발레리 : 시는 절조 있는 언어로써 칠정을 등을 암암리에 표현하는 것이다.-

하만 : 시는 인류의 모국어다.

허드슨 : 시는 상상과 감정을 통한 인생의 해석이다.

흄 : 시는 언어의 모자이크 이상도 이하도 아니다.

히로세 단소 : 시는 선과 같다. 그것은 깨달음이 있기 때문이다.

엘리어트

삶의 기쁨

이 세상에는
아주 작은 행복이
너무나 많다

너무나 작아
눈에 보이지 않고
손에 잡히지 않는다

그 작은 조각들을 붙여
큰 행복으로 만들어 가는 것이
크나 큰 기쁨이다.

시가 있어 시인은 존재한다. 시는 세상을 향한 시인의 외침이다. "나는 시를 쓴다! 나는 시 속에서 외친다. 나는 이렇게 산다. 나는 오늘을 말한다. 나는 이런 말을 하고 싶다. 나는 이런 세상을 원한다. 나는 내일을 말한다! 시인의 생각과 마음을 시를 통하여 세상을 향하여 강하게 외치는 것이다. 시는 시인의 살아있는 생각과 마음의 크나큰 외침이다. 오늘도 눈으로 보고 귀로 듣고 마음으로 느끼며 시를 쓴다. 시를 쓰려면 시인의 마음이 풀어지고 늘어져서는 안 된다. 시인의 마음이 알차고 긴장하고 현실을 똑바로 인식하고 시를 써야 한다. 오늘도 시인의 포착과 몰입과 집중이 시를 찾고 시를 창작하고 있다.

창문

그리워질 때
열리고
잊어버리고 싶을 때
닫힌다

시는 억지로 만드는 것이 아니라 시인의 솔직한 마음을 시로 표현하는 것이다. 시를 통하여 세상에 질문을 던지고 해답을 던지고 있다. 시인의 가난한 마음을 채우고자 시를 쓰는 것이다. 시를 쓸 때 오는 집중과 몰입으로 모든 것을 껴안고 시로 표현하는 것이다. 시인이 시인의 길을 당당하게 걸어갈 때, 시인의 시를 쓸 때가 행복한 시간이다. 시가 독자들의 사랑을 받을 때가 행복한 시간이다.

파도칠 때마다

파도칠 때마다
거칠게 시 한 편
해안으로 밀려왔다

시를 쓸 때 한계를 느낄 때 그것을 뛰어넘는 열정이 필요하다. 시는 다양하게 깊고 넓고 높게 써져야 한다. 시인은 뜨거운 열정을 가진 사람들이다. 열정을 다하는 시인은 한계가 없다. 시를 쓰고 써나가면 시는 한없이 넓어져만 갈 것이다. 시인은 시를 쓸 때가 가장 행복하다. 시를 쓴다는 것은 시인이 살아있다는 것을 세상에 알리는 것이다. 시를 쓴다는 것은 독자들이 시를 읽고 마음에 여운이 오래도록 남아있어야 한다. 시가 여운이 남아있어야 생명력이 넘치는 시다.

지나간 추억을 꺼내

지나간 추억을 꺼내
나의 삶의
자서전을 읽는다

시인은

시인은 홀로 시인이 걸어가야 할
시의 순례자 길을 고독하게 걸어가야 한다.
시인이 걸어가는 길에 발자국처럼 시가 남는다.
시인이 걸어가는 길에 시인의 흔적처럼 시가 남는다.
시인이 걸어가는 길에 시인의 사랑처럼 시가 남는다.
시인이 걸어가는 길에 시인의 말처럼 시가 남는다.

2. 시인은 시를 쓰는 사람이다.

시인이란 누구인가? 시인이란 간단하게 말하면 시를 쓰는 사람이다. 시인은 시를 쓰기 위하여 홀로 고독하고 고뇌하는 삶을 산다. 시인은 시를 쓰기 위하여 사랑하고 사랑하며 살아간다. 시를 사랑하고 시의 사랑에 빠지면 신들린 듯이 시를 쓰고 미친 듯이 시를 쓴다. 온 세상이 시인의 눈에 시로 꿰뚫려서 시 세상이 된다.

시인에게는

시인에게는 언어가
시를 쓰는
연장이다

키르케고르는 "시인이란 누구인가? 그 마음은 남모르는 고뇌에 괴로움을 당하면서 그 탄식과 비명이 아름다운 음악으로 바뀌게 된 입술을 가진 불행한 인간이다."고 말했다. 시인의 마음은 남다르다. 다른 사람이 그냥 스쳐 지나가는 것도 마음에 담아 한 폭의 그림처럼 노래하기도 하고 잔상으로 남겨놓기도 한다. 시인은 모든 삶을 노래할 수 있다. 계절을 노래하고 들판에 핀 이름 없는 꽃 한 송이도 노래할 수 있다. 그러나 시인의 노래 사향의 노래를 빼놓을 수가 없다. 사랑은 시 중의 시다. 메르디트의 말대로 "시를 가지지 못하는 사람의 생활은 사막의 생활이다." 왜냐하면 감정의 변화를 제대로 느끼지 못하고 살아가기 때문이다. 인생이 얼마나 챗바퀴처럼 돌고 무미건조할 것인가? 자신의 삶을 노래하고 주위의 사람들과 어울림을 시로 쓸 수 있다는 것은 행복한 일이다. 시인으로 살아가며 골수에 사무친 고독 속에 짙은 그리움으로 뒤척이며 뜨거운 가슴으로 날개 돋치듯 시를 꽃 피우며 산다는 것은 얼마나 행복한 일인가. 시인이 되어 자기 생각과 마음을 시로 표현하는 것은 얼마나 즐거운 일인가. 시를 쓰며 일생을 살아간다는 것은 축복받은 삶이다.

언어의 그림

붓과 먹이 없어도
시인의 시는
언어의 그림을 그린다

시란 무엇인가? 시인이란 무엇인가? 때로는 막막하고 불안해질 수 있다. 등단을 하고 시를 쓰고 시집을 내어도 아무도 알아주지 않을 때 너무나 괴롭다. 시인의 마음이 너무나 조급해서는 안 된다. 시인은 순간이 아니라 일생을 두고 시를 쓰며 살아야 한다. 어두운 터널을 지나야 빛을 만날 수 있다. 시인으로 살아남기란 그리 쉬운 일이 아니다. 말도 많고 탓도 많은 세상이다. 시인은 언제나 시를 쓰기 위하여 가슴에 열정이 가득해야 한다. 시인은 시를 통하여 새로운 세상을 만들어간다.

내가 시를 쓰는 시인이 된 첫 동기는 어린 시절이었다. 어머니는 남의 집에서 살기 가난할 때도 꽃밭을 만드셨다.

아주 어렸을 때 하루는 꽃밭에서 내가 꽃을 꺾으려고 하니까? 어머니께서 말씀하셨다.

가끔씩 별생각이 다 난다

생각은 자유롭다
시작과 끝을 모를 정도로
넓고 깊고 높게 떠돌아다닌다

생각은 그때그때마다
온갖 것을 불러들이고
생각은 이곳저곳으로 마음대로 쏘다니고
오만가지 잡동사니를 끌어들여
골머리가 아플 때도 있다

가끔은 별생각이 다 난다
엉뚱한 생각,
희한한 생각,
기똥찬 생각,
불순한 생각,
허무한 생각,
기막힌 생각, 이런 생각들이 모여
행동을 만들고 시를 만들고 인생을 만든다

가끔은 별의별 생각이 다 나지만
생각의 실타래 속에서
시를 뽑아내어 좋은 시를 쓰고 싶다

시인은 자신의 마음에서 시를 뽑아내어 쓴다. 시를 쓰기 위하여 고민하고 때로는 좌절도 한다. 처절한 고독과 불타는 열정 없이 이 세상에서 이루어지는 것은 없다. 시인은 고독하다. 시인은 쓸쓸하다. 시인은 외롭다. 시인은 절망하고 희망을 갖는다.

헨리 데이비드 소로는 "나는 고독보다 좋은 길동무를 본 적이 없다."고 말했다. 시인도 수많은 고민을 한다. 커다란 나무도 분명한 것은 연약한 새싹부터 시작했다는 것이다. 처음부터 견고하고 위대한 것은 그 어떤 것도 없다. 시작은 언제나 불안하고 초조하고 힘든 것이다. 거대한 바다도 물 한 방울에서 시작하는 것이다. 거대한 하늘은 작은 공간들이 모여서 거대한 하늘 궁창이 되는 것이다. 산맥도 산들이 모여들어서 산맥을 이루는 것이다. 깊은 숲도 나무들이 모여들어서 만들어 놓는 것이다.

시인 1

모든 것을
노래하리라

사랑하는 사람
눈에 보이는
산과 들 바다 하늘

모든 것을
노래하리라

생각나는 것들
그리움
마음의 느낌

모든 것을
노래하리라

생명 있는 날 동안
마음껏 노래하리라
마음껏 외치리라
시인된 자유를 누리리라

포수의 말처럼 "시란 미의 창조다." 이 지상에는 아름다움을 노래할 것이 많다. 시인들이 진정 아름다움을 노래할 때, 사랑을 노래하고 진리를 노래할 때, 세상은 밝고 행복한 세상이 된다. 시인이 노래할 이유가 없는 세상은 비참하다. 오늘 이 땅의 시인들이 무엇을 노래하고 있는가? 오늘 이 땅의 사람들이 무엇을 노래하고 있는가는 현실을 말해주고 있다. 오늘 나는 무엇을 시로 쓰고 있는가? 시인의 시에 따라서 현실이 절망이 되고 희망이 된다. 그러므로 시인이 자기가 쓴 시에 대한 책임감이 분명하게 있어야 한다. 시인은 세상에 나뒹구는 언어 속에서 시혼의 불을 밝혀 시를 찾아내어 당당하게 세상에 시를 내놓아야 한다. 시인은 자기가 원하는 시를 찾아내어 세상에서 시를 과감하게 던져야 한다.

시인은 시를 써야 한다. 키르케고르는 "시인이란 누구인가? 불행한 인간이다. 그의 영혼 속에는 비밀스런 고통이 숨어 있고, 그의 입술은 한탄하고 비명을 지르지만, 그것을 아름다운 음악으로 변화시키도록 만들어져 있다."라고 말했다. 시인의 시를 써야 존재감을 느끼고, 살아있음을 느낄 수 있다. 시인의 삶은 시를 쓰는 여행이다. 시인은 자기의 체험과 경험으로 시를 쓸 수 있다. 시인은 삶이란 여행 속에서 시를 생각하고 시를 쓰고 시가 읽혀지는 것을 보면서 살아간다. 시인의 일생은 한 편의 시가 될 수 있도록 의미 있게 살아야 한다. 김남석은 현대 시작법에서 "시인은 시적 구성을 성공시키기 위해서는 시어를 통하여 음성과 뜻을 청각으로 듣는 동시에 시각으로 볼 수 있어야 하며, 촉각적으로 느끼어 시어의 기능을 충분하고, 다양하게 구사할 수 있어야 한다."고 말하고 있다. 시가 시인만이 알 수 있는 표현에 머물러 있거나 멈추어 있으면 안 된다. 누구나 공감하여 읽혀지는 시가 되어야 한다. 시를 쓰는 일은 고통을 동반한다. 아무런 고통 없이 예술에 명작이 나올 수는 없다. 아픈 만큼 성숙하는 것이다. 고통만큼 좋은 작품이 나오는 것이다.

시인 2

이 세상에 태어나
시인이 되어
자신의 마음을 쏟아내어
시집을 낼 수 있다는 것은
축복받은 일이다

얼마나 많은 사람들이
눈앞을 맴돌고
가슴에 파고드는
한 맺힌 이야기들을 표현하지 못하고
얼마나 안타까워하며 살아가는가

시인으로 살아가며
보고, 듣고, 느끼고, 찾아낸 일들을
시로 쓰는 것은
얼마나 감동스런 일인가

시인의 시를 독자들이 읽고
같이 느끼고 공감할 수 있다면
시인으로서는 정말 행복한 일이다

도자기를 굽는 사람들도 처음부터 장인이 되어야 좋은 걸작품이 나온다. 1,300도의 엄청난 고열로 잘 구워야 도자기 걸작품이 비로소 세상에 나온다. 잘못된 도자기는 아낌없이 깨뜨려 버린다. 시인이 되는 것도 오랜 경험과 노력이 필요하다. 자연스러운 것이 가장 아름답다. 코 울리지는 "누구나 시인인 동시에 생각 깊은 철학자가 아니면 위대한 시인이 될 수 없다."고 말했다. 노신은 "사람이 적요를 느낄 때 창작이 생긴다. 공막을 느끼면 창작이 생기지 않는다. 그에게는 이제 아무것도 사랑할 것이 없으므로, 필경 창작은 사랑에 뿌리박는 것이다."라고 말했다. 시를 쓸 때 자기 작품에 자기만 도취되어 걸작품이라고 만족하고 좋아하면 안 된다. 독자가 없는 작품보다는 독자와 작품성을 골고루 갖춘 작품이어야 한다. 이런 작품은 널리 읽혀지고 독자들의 가슴에 남는다.

시인 3

  시인은 시를 쓴다. 시인은 평생 동안 시를 찾고, 시를 읽고, 보고, 쓰고 동행하며 살아간다. 시 속에는 시인이 살아온 삶이 그대로 녹아내려 있다. 시는 시인의 직간접 체험을 써 내리는 것이다. 시인은 목숨이 다하는 날까지 시를 쓰는 삶을 살고 싶어 한다. 시인은 시를 쓰며 자신이 쓴 시를 보고 울고 웃는다. 시인의 마음이 자연스럽게 시에 들어가 있기 때문이다. 시는 시인의 마음을 담아놓은 그릇이다. 시는 시인의 삶을 그대로 표현한 것이다. 시인의 생각 속에서 시의 연상이 떠오르면 시인 영감의 손끝에서 시를 쓴다. 시인은 넓고 깊게 다양한 연상을 해야 다양한 시를 쓸 수 있다. 시인의 마음은 제한되지 않고 자유로워야 한다. 시의 언어로 시를 쓰고 시의 언어로 그림을 그리고 시의 언어로 리듬을 타고 시를 언어로 조각한다.

괴테 : 시인은 진실을 사랑한다.
괴테 : 시인은 낡은 것을 파괴하는 동시에 새로운 일의 기초를 닦는다.
그리인 : 시는 나라의 넋이다.
김수영 : 시인은 자기 시의 장님이다.
디즈레일리 : 시인은 세상이 알지 못하는 입법자다.　시인은 영혼의 화가다.
랠프 월도 에머슨 : 시인과 성자도 대중적인 보통 프라이버시를 바란다.
랭보 : 시인들은 모든 감각을 오랫동안 교란하게 시킴으로써 환상 가로 만든다.
머 콜리 : 정신이 건전하지 않으면 시인이 될 수 없고, 시를 감상할 수도 없다.
발레리 : 자기의 꿈을 묘사하려는 시인은 맑게 깨어있어야 한다.
빅토르 프랑클 : 진실은 시인이 노래하는 노래인 줄 알았다.
셸레겔 : 자유로운 시인의 가슴은 방랑생활을 좋아한다.
셸 리 : 시인은 자신의 외로움을 달래기 위해 노래하는 나이팅게일이다.
소크라테스 : 시인의 진짜 비극 시인은 동시에 또 진짜 희극 작가이다.
솔로 : 위대한 시인의 작품은 아직도 인류에게 읽힌 적이 없다.
엘리어트 : 시인은 위대한 시인은 자신을 쓰면서 자기 시대를 그린다.

쿠퍼 : 시인은 알고 있는 시적 고통에는 쾌락이 있다.

아브라함 메슬로우 : 시인은 자신과 궁극적으로 평화롭게 지내기 위해서다.

아이헨도르프 : 시인은 세계의 마음이다.

알포스 도데 : 이상적인 사랑이란 시인들이 만든 거짓말일 뿐이다.-

윌리엄 글래드스턴 : 시인은 평범 이전처럼 현재에도 위험하고 치명적이다.

장 콕토 : 시인의 최대 비극은 잘못 이해되어 칭찬받는 것이다.

존 케이를. 시인의 가슴속 깊이 잠겨 있는 감정 이외에 아무것도 아니다.

존 키츠 : 시인은 결코 자기 동일성에 머무르지 않는다.

코 울리지 : 감각은 시의 육체이며, 공상은 옷이며, 상상은 영혼이다.

코 울리지 : 시인인 동시에 깊은 철학자가 아니면 위대한 시인이 될 수 없다.

크리스웰 : 시인은 다른 사람에게는 저주가 되는 게으름이 시인에게는 유머다.

키르케고르 : 남모르는 고뇌와 괴로움을 아름다운 비명의 음악으로 바꾸는 인간

폐기 : 시인은 20세가 넘어서 시인이라면 그는 진정 시인이다.

플라톤 : 사랑을 하면 누구나 시인이 된다.

플라톤 : 시인들은 자신도 이해하지 못하는 위대하고 지혜로운 말을 지껄인다.

헤세 : 시인과 음악가는 빛을 가져오고, 기쁨과 밝음을 증가시키는 사람이다.

헤시오도스 : 시인은 시인을 시기하고 거지는 거지를 시기한다.

호라티우스 : 시인은 신이나 인간에 의해 평범이 허용되지 않는다.

고통 속에서

고통 속에서 깨닫는다
나를 찾는다

고통 속에서
무엇이 가장 소중한 것인지를 알게 되었다

고통이 찾아왔을 때
고통의 뼈아픈 아픔을 견디면서
나를 읽을 수 있었다

나는 누구이며 어떤 존재이고
무엇에 약하고 무엇에 강한지 알게 되었다

고통이 주는
엄청난 시련의 무게와 아픔의 깊이 속에서
내가 어떻게 대처해야 하고
내가 어떻게 이겨내야 하는가를 배웠다

고통은 언제나 나의 스승이었다

　한하운 시인은 "나는 시를 영혼으로 쓴다. 또 시를 눈물로 쓴다."고 했다. 영혼을 쏟아낸 시는 진실을 전해준다. 시인이 쓰는 언어는 마음속에서 터져 나오는 샘물 같은 언어다. 시는 시인을 써야 한다. 사람들과 나누고 공유할 시를 써야 한다. 문덕수 시인은 "시를 쓴다는 것은 확실히 기쁜 일이다. 한편 한 편 쓰는 행위, 그 과정을 통해서 여러 가지 고민, 고통이 따른다 하더라도 그것은 무상의 기쁨이다." 라고 말했다. 시를 쓰는 고통이 있지만 기쁨이 찾아와 시를 쓴다.

쓸쓸함

누가
자정이 지난 시간에
어둠을 밝히고 있는
가로등 보다
더 쓸쓸할 수 있을까

　윌리엄 쿠퍼는 "시인만이 알고 있는 시적 고통에는 쾌락 있다"고 말했다. 딜런 토머스는 "나의 시는 단 한 가지 이유 때문에 나의 도움이 된다. 그것은 어둠 속에서 어떤 빛으로 달했다는 나 자신의 투쟁 기록이다."라고 말했다. 엘리엇은 "시란 감정의 해방이 아니라 감정으로부터 탈출이며, 인격의 표현이 아니라 인격으로부터 탈출이다."라고 말했다. 시인은 가진 모든 감정을 다 동원하여 언어로 시를 쓴다. 워즈워스는 "시는 힘찬 감정이 자연스레 넘쳐나서 이루어진 것이며, 그 근원은 고요함 속에 상기되는 정서인 것이다." 라고 말했다. 시인은 삶을 사랑하고, 자신을 사랑하고, 사람들을 사랑하기에 시를 쓴다.

꿈 1

꿈을 적어라
꿈을 마음에 새겨라
꿈을 외쳐라
꿈을 향하여 나가라
꿈을 현실로 만들어라
꿈의 주인공이 되라

대화 속에서 사랑의 언어를 표현하며 살아가야 한다. 사랑의 언어는 삶에 용기를 주고 희망을 주고 행복을 가져다준다. 말에는 생명력이 있다. 말에 생명과 의미를 주기 위해서 감정을 바르게 담아야 한다. 말에 의미가 부여되면 꿈도 현실로 이루어진다.

사랑할 때, 관심이 있을 때 대화에 의미가 있다. 대화는 성공하게도 만들어주고 실패하게도 만들어준다. 언어가 바른 사람은 삶이 바르다. 언어가 저속하거나 거칠고 거짓뿐인 삶도 진실하지 못하다. 아름답고 풍성한 언어를 표현하는 사람들이 행복하다. 대화는 자신도 남도 행복하게 만들어야 한다. 언제나 자신부터 대화를 시작해야 한다. 내가 먼저 마음의 문을 열기 시작하면 주변 사람들도 다가온다. 대화가 살아나면 삶이 풍성해진다. 사랑의 대화가 풍성한 가족, 직장 사회는 꿈이 넘치고 사랑이 가득하다. 시가 읽혀져야 하고 독자들의 사랑을 받아야 한다. 이런 세상을 만들어가야 한다. 살면서 살수록 삶은 애착이 더 심해진다. 수없이 삶에 질문을 던지고 산다. 해답을 원하는 갈증이 심하다. 시인은 세상을 향하여 질문하고 대답한다.

꿈 2

꿈만 꾸지 않고
꿈대로 살았더니
꿈이 이루어졌다

"인생은 지우개 없이 그리는 예술이다!"라고 존 W. 가드너가 말했다. 도전하여 꿈과 희망을 이루려면 종이 위에 기적을 이뤄라! 로맨틱 홀리데이 영화 대사 "내 인생의 주인공은 나다!" 크게 외쳐라! 살아가면서 정말 땡기는 것이 있어야 모든 것이 잘되고 행운이 있다. 술 한 잔을 같이 먹어도, 가락국수 한 그릇을 먹어도 소리까지 맛있게 먹는 사람과 함께 먹으면 정말 맛있다. 우리의 삶도 맛깔나게 살아야 한다.

월더 비조트는 "인생에 있어서 가장 큰 기쁨은 그대가 할 수 없다고 세상이 말하는 일을 해내는 것이다."라고 말했다. 시인 이고 싶다면 마음껏 외쳐라! "세상아! 내가 여기 있다. 나를 써라!" 세상에는 세 종류의 사람이 있다.

1. 꼭 필요한 사람.

2. 있으나 마다한 사람

3. 있어서는 안 될 사람.

"나 하나쯤 없어도 잘 돌아가는 세상에 내가 있으므로 더 멋지고 행복한 세상을 만들자! - 나를 만나면 당신에게 좋은 일이 생길 것이다! 나는 이 세상에 꼭 필요한 사람이다!

메리 케이 애시는 "네게 있어 삶은 금세 꺼져버리는 촛불이 아니다. 그것은 미래 세대에 전해주기 전까지 가능한 한 밝게 타오르도록 만들고 싶은 횃불이다. 우리의 삶도 횃불처럼 밝고 뜨겁게 타올라야 한다."고 말했다. 시카고의 이안 그룹 회장 W. 클레멘트 스톤은 매일 아침 직원들에게 이렇게 외치게 했다. " 나는 오늘 기분이 좋다! 나는 오늘 건강하다! 나는 오늘 멋있다!" 영화 헬프 대사 " 용기는 그저 용감한 것과 다르다. 용기는 육신은 연약해도 옳은 일을 해내는 것이다!

사랑의 시인

내가 화가라면
그대의 모습을 그릴 것입니다
내가 조각가라면
그대의 모습을 조각할 것입니다

내가 작곡가라면
그대의 사랑을 작곡할 것입니다
내가 가수라면
그대의 사랑을 노래할 것입니다

나의 여인이여
사랑하는 사람이여
시인인 것은 내게 기쁨입니다

우리 사랑을 언제나
시를 쓸 수 있습니다
우리 사랑을 언제나
시집으로 만들 수 있습니다

그대가 원한다면
언제나 사랑의 시를 바치리다
나는 그대로 인해
사랑의 시인이 되었습니다

시인은 독자들과 시를 통하여 대화를 나눈다. 시는 시인의 삶의 시작이다. 시를 쓰는 것은 매우 중요하다. 시인의 시를 읽고 독자가 "내 마음을 어떻게 알고 그대로 표현했을까?" 공감할 때 대화가 통한다. 셰익스피어는 "모든 사람에게 너의 귀를 주어라. 그러나 너의 목소리는 몇 사람에게만 주어라."고 말했다. 시인 독자의 목소리를 독자는 시인의 목소리를 잘 들을 줄 알아야 한다. 상대방의 말을 잘 들으려면 경청해 주어야 한다.

현대 사회는 각자의 공간을 가지고 살아가기 좋아하기에 원룸과 오피스텔이 늘어간다. 많은 사람이 개인 공간을 확보하고 자유롭게 살기를 원한다. 혼자라는 것은 한순간은 편할 수 있다. 가족의 기쁨을 모르면 인생은 외롭다. 쓸쓸해 방종하고 탈선하게 된다. 탈선한 자유는 이유가 아니라 위법이다. 대화의 소통은 인간관계를 잘 만들어준다. 때로는 어려운 문제가 일어났을 때도 대화는 의외로 쉽게 풀어나간다. 대화는 삶을 평화롭게 따뜻하게 만들어준다. 대화란 사람들끼리 말을 주고받으며 서로의 감정을 교류한다. 기쁨과 즐거움이 없는 대화는 무의미한 소음에 지나지 않는다. 여러 사람이 있는 곳에서 주목받는 사람은 대화를 즐겁게 이끌어가는 사람이다. 가족에게 사랑을 받고 주변 사람들에게 주목받으려면 대화 속에 유머와 센스를 지녀야 한다. 대화 속에 웃음은 자신에게만 좋은 것이 아니라 주변 사람들도 행복하게 만들어 준다. 항상 명랑하고 낙담하기를 거절하는 사람 앞에서 모든 어려움은 녹아 사라진다. 시를 쓴다는 것은 독자들과 대화를 나누는 것이다.

시 속에는

시 속에는
시인들의
삶의 색깔이 보인다

시인이라면 도전하여 꿈과 희망을 이루려면 시를 쓰는 계획을 적어라. 헨리 엔트 앤 크라우는 저서 "종이 위의 기적. 쓰면 이루어진다"에서 말했다. "목표를 달성하고 싶으면 그것을 기록하라. 목표 달성에 헌신하겠다는 마음으로 목표를 기록하라. 행동이 다른 곳에서의 움직임을 이끌어낼 것이다. 목표를 이루려면 목표를 기록한다." 우리가 꿈을 가지면 이루어진다. " 꿈을 날짜와 함께 적어 놓으면 목표가 되고, 목표를 잘게 나누면 계획이 되며 그 계획을 실행에 옮기면 꿈은 실현되는 것이다."라고 그레그가 말했다.

술 먹은 바다

바다에 술 한 잔
따라주었더니
금방 취했는지
파도가 비틀거리며
계속 밀려온다

　시는 언어로 표현된다. 사랑과 행복을 주는 것은 언어다. 행복한 삶을 살아가고 싶다면 언어를 즐겁고 바르게 표현해야 한다. 언어 표현은 인격의 거울이다. 언어는 각 사람의 삶의 모습과 능력을 그대로 나타낸다. 사람과 사람 사이에 말이 통하지 않는다면 불행이다. 때에 맞는 언어를 유효적절하게 표현해야 한다. 언어는 인간관계를 새롭게 만들어 준다. 행복은 어떤 언어를 사용하느냐에 따라 달라진다. 괴테는 "세계는 넓고 풍부하며 인생은 다양하다. 시를 쓰는데 동기가 부족한 일은 없다. 그러나 시는 모두가 기회 시가 아니어서는 안 된다. 즉 현실이 시에 동기와 재료는 부여하지 않으면 안 되는 것이다. 특수한 사건이라도 시인이 취급하는 데 따라서 보편적인 시적인 것이 된다. 나의 시는 모두가 기회시다. 날조한 시를 나는 좋아하지 않는다." 말했다.

삶이 무엇이냐고 묻는 너에게

삶이 무엇이냐고
묻는 너에게
무엇이라고 말해줄까

아름답다고
슬픔이라고
기쁨이라고 말해줄까

우리들의 삶이란
살아가면서 느낄 수 있단다
우리들의 삶이란
나이 들어가면서 알 수 있단다

삶이란 정답이 없다고 하더구나
사람마다 그들의
삶의 모습이
각기 다르기 때문이 아니겠니

삶이 무엇이냐고 묻는 너에게
말해주고 싶구나
우리들의 삶이란 가꿀수록
아름다운 것이라고
살아갈수록
애착이 가는 것이라고

시인은 이야기꾼이다. 시인은 늘 시로 표현하고 싶은 이야깃거리 만들고 찾아낸다. 플라톤은 " 위대한 시인은 자신을 쓰면서 자기 시대를 그린다. 사랑을 하면 누구나 시인이 된다."고 말했다. "시인은 영혼의 화가다." 디즈레일리가 말했다. "시인은 세계의 마음이다."라고 아이헨도르프가 말했다. 시인은 진실을 사랑하며 살아야 한다. 시인은 삶을 느끼는 시로 표현하는 마음을 가지고 있기에 시를 써야 한다. 아브라함 매슬로의 말처럼 "음악가는 음악을 만들고, 미술가는 그림을 그리고, 시인은 시를 써야 한다.

글을 쓰는 사람은 이야기꾼이다. 사람들이 기대하고 좋아하는 이야기꾼이 되어야 한다. 곧 글을 쓸 수 있는 사람은 글감 곧 이야깃거리가 많아야 한다. 이야기를 잘하는 사람들은 남들이 알아듣기 쉽고 재미있게 한다. 글도 마찬가지다. 글 속에는 살아 있는 이야기가 있어야 한다. 사람을 움직일 수 있는 생명력이 있어야 한다. 자기 혼자만 도취하고 만족하거나 남보다 지나치게 독특하고 색다른 글만을 쓰겠다고 생각하는 것은 잘못이다. 자연스럽게 써 내리며 노력하고 열정을 갖다 보면 좋은 작품이 나온다.

감동

가슴 벅찬 즐거움으로
세상이 떠나가도록 소리치는
기쁜 감동을 만들고 싶다

한순간에
지나가 버리는 삶
뭉개버리듯 살고 싶지 않다

세포 하나 핏줄 하나
살아 움직이는
생생한 삶을 만들어가야 한다

슬프고 괴로운 것도
살아있음을 알려주는 것이기에
한순간도 허무하게 놓치며
살고 싶지 않다

삶의 순간마다
하늘을 향하여
환호를 지르도록
가슴 찡한 감동을 만들고 싶다

어떤 글을 써야 하는가는 스스로도 알 수 있다. 아무리 훌륭한 시인도 평생에 쓴 작품 중에 한 편 또는 몇 편만이 사랑을 받는 걸작이 된다. 평생토록 글을 써 가며 좋은 작품을 만들어야 한다. 세상은 홀로 사는 것이 아니라 더불어, 함께 살아간다. 책을 읽고 경험을 통하여 글감을 많이 가져야 한다. 열정을 갖고 계속 해서 일생토록 꾸준히 써 내려가면 놀라운 걸작품이 써질 것이다. 작가는 한순간에 이루어지는 것은 아니다. 평생을 두고 작품을 써야 한다. 목숨까지 쏟아 시를 써야 한다. 장인 꾼 명장의 마음으로 시를 써야 한다.

세상에 처음 발표되어 시인으로 만들어 준 첫 시는 "옥수수"다. 1986년 KBS "아침의 광장의 내 마음의 시"에서 황금찬 선생님이 추천하여 준 시다. 이 시를 발표함으로 첫 시집 "한 그루의 나무를 아무도 숲이라 하지 않는다."를 출간하게 되었고 지금은 97권의 시집과 13권의 시선집 2권의 동시집 여러 권의 기도시집을 내었다. 3만 편이 넘는 시를 썼다. 총 저서는 212권이다. 나는 살아있는 날 동안 시를 쓰고 시집으로 출간하며 독자들과 함께 시를 공유할 것이다. 나는 시를 쓰는 시인이 되어 시를 쓴다는 것이 가장 놀라운 축복이며 행복이다.

옥수수

먹구름이
몰고 온 여름에
수많은 이야기들이
들판으로 모여든다

할아버지 수염을 달고
익어가는 옥수수가
가난한 여인의
치마폭에 감싸여
이야기를 만들고 있다

알맹이 하나하나에
이쁘디이쁜
개구쟁이 꼬마들의
웃음소리가 가득 차 있다

신나는 것은 수많은 이야기들이
멋진 노래가
입안 가득히
쏟아져 내리는 것이다

여름이 오면
멋진 하모니카를
신나게 불고 싶어진다

시인은 늘 연상하고 이미지를 떠올린다. 시인은 눈에 다가오는 모든 것을 언어로 표현한다. 시어가 따로 있어 시인이 시어를 골라서 시를 쓰는 것은 아니다. 세상의 모든 언어로 시는 써진다. 시인이 언어로 풍자하고 비유하고 은유하는 것이다. 옥수수를 생각하면 떠오르는 것이 많다. 그 떠오르는 이미지를 언어로 잘 표현할 수 있다면 한 편의 시가 만들어진다. "옥수수"는 나를 시인이 되게 만들어 준 시다.

　옥수수는 가난했던 시절의 상징이다. 옥수수와 아이들은 친근하게 다가온다. 아이들만이 아이들의 세계를 잘 펼쳐준다. 옥수수에 대한 삶의 경험과 이미지가 집약되어 시가 나왔다. 시인이 어떠한 삶을 살았는가가 중요하다. 삶의 고통과 아픔을 이겨낸 사람들이 삶을 아름답게 살아간다. 키츠는 "나는 영원한 삶을 믿고 싶다. 나는 영원히 살고 싶다."라고 말했다. 나는 살아있는 동안 시를 쓰고 살고 싶다. 시인은 시를 짓는 사람. 생각의 가지 끝에 시를 꽃피우는 사람. 시는 소리 있는 그림이요. 그림은 소리 없는 시다. 시를 쓴다는 것은 시인의 생생한 목소리를 가슴 시리도록 쏟아놓는 것이다. 살아감 속에 아픔과 고통과 사랑을 살아있는 언어로 표현하는 것이다. 시인이 보고, 가슴으로 느끼고, 상상한 것을 언어의 그림으로 표현한다. 시인은 일생 동안 시를 써 내리며 언어로 세상에 길을 만든다. 시를 쓴다는 것은 시인의 가슴에서 쑥쑥 돋아나는 언어로 표현하는 것이다. 절망과 시련의 능선을 넘어 꿈과 희망을 노래하는 것이다. 시의 잎마다 꽃피고 열매를 맺게 하는 것이다. 시인의 눈물과 시련과 웃음과 행복을 시인과 고통과 절망과 아픔을 불살라 간절한 마음을 펄펄 살아 움직이는 언어로 시를 표현하는 것이다. 오늘도 시인의 가슴에 햇살이 가득해 시가 싹튼다. 오늘도 비라는 시가 온 세상에 쏟아져 내려 세상을 흠뻑 적셔준다. 시인은 시를 써야 한다. 시인은 세상의 모든 것을 시로 승화시켜야 한다.

삶의 의미

맨몸뚱이 하나로
거친 세상과 맞부딪치며
온갖 시련을 이겨내야
참맛을 알 수 있다

홀로 버려져
의지할 곳 없어
울음만 터져 나와도
가야 할 길을 가야 한다

막막하기만 할 때
좌절의 슬픔을 알기에
이를 악물고 뛰어들어
헤쳐 나가야 한다

요행을 바라지 않고
선한 일에 쏟을 때
고통마저 껴안는 여유를 갖는다

피와 눈물과 땀으로
진실을 말하는 사람들이
삶의 참 의미를 알고 산다

고독도 꽃이 핀다

가을이 오는 길
넓은 들판에
국화꽃 외롭게 피어난다

가을의 쓸쓸함에
고독도 꽃이피고
깊은 가을에
고독도 익어가며 열매를 맺는다

가을에는
왠지 혼자 있고 싶어지고
고독이 자꾸 친구가 된다

국화꽃 향기에 젖어
한 잔의 커피를 마시면
그리움이 온몸에 가득하다

가을이 오는 길
국화꽃 홀로 외롭게 피어나고
고독도 꽃이 피어난다

보고픔에 견딜 수 없어
너를 만나러 가고 싶다

내 마음을 읽어주는 사람

오래전부터 나를 아는 듯이
내 마음을 활짝 열어 본 듯이
내 마음을 읽어주는 사람
눈빛으로 마음으로
상처 깊은 고통도 다 알아주기에
마음 놓고 기대고 싶다

쓸쓸한 날이면 저녁에 만나
한 잔의 커피를 함께 마시면
모든 시름이 사라져 버리고
어느 사이에 웃음이 가득해진다

늘 고립되고 외로움에 젖다가도
만나서 밤늦도록 이야기를 나누면
시간 가는 줄 모르고 즐겁다

어느 순간엔 나보다 날
더 잘 알고 있다고 여겨져
내 마음을 다 풀어놓고 만다

내 마음을 다 쏟고 쏟아놓아도
하나도 남김없이 다 들어주기에
나의 피곤한 삶을 기대고 싶다

삶의 고통이 가득한 날도
항상 사랑으로 덮어주기에
내 마음이 편하다.

시인으로 살아간다는 것은 행복이다. 내 마음을 마음껏 표현하여 한 편 한 편 시에 담을 수 있으니 얼마나 놀라운 기쁨인가? 사람의 만남과 이별을 노래할 수 있고, 삶의 모든 것을 노래할 수 있으니 시는 그림이요 살아 있는 표정이다. 나는 날마다 거리를 걷는 시인이다. 시를 쓰고 싶을 때 쓸 수 있고, 시를 읽고 싶을 때 읽고 내 시를 읽어주는 독자가 있으니 나는 얼마나 행복한 시인인가? 시인이라면 가슴에 시를 담아두고만 있지 말고 시를 써서 세상에 내놓아야 한다.

3. 시를 쓰려면 연상을 잘 떠올려야 한다

시를 연상을 잘하려면 어휘력이 있어야 한다. 시인의 마음의 설렘과 애착으로 시가 이 세상에 나오게 되는 것이다. 시인의 망각으로 사라지기 전에 작은 삶의 파편들까지 생각이 살아나고 마음이 동요되면 한 편의 시가 태어나는 것이다. 그러므로 많은 독서가 필요하고 알맞은 언어를 찾아내는 시인의 노력이 절대적으로 필요하다. 시인의 언어는 아침마다 빛나는 이슬방울처럼 시를 써내는 생명의 말이 된다. 시가 떠오르는 생각 속에서 언어를 만지작거리다가 구체적으로 시가 써지는 것이다. 시인은 시가 떠오르고 연상되면 그때마다 수첩에 적어놓거나 핸드폰에 입력해 놓아야 한다. 나중에 생각이 나겠지 하다가 시를 잊어버리고 다시 그 시를 찾을 수 없게 된다. 시를 쓰려면 메모는 꼭 습관이 되어야 한다.

비가 내리는 날이면

비가 내리는 날이면
비의 손가락들이
유리창에 빗물 방울로
수채화를 그려 놓는다

비 오는 날에만 잠시 잠깐 그려지는
살아있는 빗물 방울들이 만들어 놓은
물방울 그림이 아름답다

비 오는 날에는
유리창들이
비의 손가락이 그려놓은
한 장의 그림이 된다

시인은 시를 쓴다. 시인은 평생 동안 시를 찾고, 시를 읽고, 보고, 쓰고 동행하며 살아간다. 시 속에는 시인이 살아온 삶이 그대로 녹아내려 있다. 시는 시인의 직간접 체험을 써 내리는 것이다. 시인은 늘 시를 쓰고 싶은 허기가 있다. 시인은 목숨이 다하는 날까지 시를 쓰는 삶을 살고 싶어 한다. 시인은 시를 쓰며 자신이 쓴 시를 보고 스스로 감동하고 울고 웃는다. 시인의 마음이 자연스럽게 시에 들어가 있기 때문이다. 시는 시인의 마음을 담아놓은 그릇이다. 시는 시인의 삶을 그대로 표현한 것이다. 시인의 생각 속에서 시의 연상의 떠오르면 시인 영감의 손끝에서 시를 쓴다. 시인은 넓고 깊게 다양한 연상을 해야 다양한 시를 쓸 수 있다. 시인의 마음은 제한되지 않고 자유로워야 한다. 시인은 수많은 언어 속에서 시에 맞는 언어를 찾아내어 시를 써야 한다. 시인은 시의 언어로 시를 쓰고 시의 언어로 그림을 그리고 시의 언어로 리듬을 타고 시를 언어로 조각한다. 시인은 세상 언어 속에서 맑은 시샘을 찾아내어 사람들의 심금을 울려야 한다.

바닷가 카페에서

바닷가 카페에서
커피를 마신다

바다에서 치던 파도가
어느 사이의 커피잔에서도
파도를 친다

커피 한 잔과 함께
바다의 파도를 마셔버렸다

조각달

조각달에 외로움
걸어놓았더니
고독이 심각하다

　시인이 자연의 모습 속에서 시를 찾아내는 것은 자연스러운 일이다. 시를 쓸 수 있는 소재는 이 넓은 세상에 참으로 많고 많다. 그 많은 소재를 언제 어느 때에 발견하고 찾아내어 시를 쓰느냐하는 것은 시인의 마음과 행동이다.

생각의 크기

생각의 크기가
인생을 만들어 놓는다

생각의 크기가 작으면
담을 그릇이 작아
큰 꿈을 이루어가지 못한다

생각의 크기가 크면 클수록
담을 그릇이 커서
큰 꿈을 이루어간다

생각의 크기가 좁으면
마음도 좁아 좀팽이로 살고
생각의 크기가 크면 클수록
마음도 커서 대장부로 살 수 있다

생각의 크기를 넓혀가라
인생의 모습이 확 달라진다

시는 시인의 언어가 살고 있는 언어의 집이다. 시인의 시는 시인이 창작한 언어의 낙원이다. 시인의 시가 사람들에게 사랑을 받고 읽혀지는 것은 행복한 일이다. 시를 읽으면 그림을 보듯 눈앞에 생생하게 살아나야 한다. 시를 평생 동안 쓰려면 시의 소재가 많아야 한다. 시인의 시 중에 대부분이라는 시의 소재가 제한되어 있는 것을 알 수 있다. 시집을 읽으면 시 제목도 제한되어 있음을 느낄 때가 많다. 시집을 읽으면 같은 제목의 시가 많다. 시인들의 관심이 서로 같다는 것을 알 수 있다. 시인의 생각과 연상이 한계에 갇혀 있다는 것을 알게 된다. 시의 세계를 넓힐 수 있고 시의 영역을 넓혀가며 다양하고 폭넓게 많은 시를 쓸 수 있다. 시를 쓰려면 시의 세계에 미친 듯이 뛰어들어 밤낮으로 시를 생각하고 시를 좋아하고 시를 마음에 담고 시를 써야 시가 살아난다. 시가 마음에 울림을 주고 서로 공감하고 감동할 수 있어야 시가 생명력이 있다.

비는

비는 하늘과 구름이 함께 연주한
비 오는 날의 연주곡이다

비가 내릴 때마다
연주곡이 달라진다

안개비 이슬비 가랑비 소나기 태풍
진눈깨비 각각 노래가 다르다

비는 계절 따라
연주곡이 달라진다

봄비, 여름비, 가을비, 겨울비
각각 노래가 다르다

비가 내릴 때마다
빗소리와 빗방울이 달라지며
하늘과 구름이 연주하는 곡이 달라진다

비는 하늘과 구름이 연주하는
아름다운 빗 노래다

시인의 고독과 외로움이 시가 되어 언어 속에 흐르는 것이다. 시를 계속하여 쓰려면 생각 속에만 갇혀 있지 말고 시의 다양성을 위하여 다각도로 시의 세계를 넓혀 나가야 한다. 시의 세계를 넓고, 깊고, 높게 하기 위하여 연상과 쓰기가 중요하다. 시를 연상하는 능력이 뛰어나고 언어 표현 능력이 머물고 계속 상승하고 자라나고 살아나야 한다. 시를 쓸 수 있다는 것은 생명이 살아 움직이는 것이다. 시를 쓸 수 있다는 것은 시인의 삶을 살고 있다는 것이다. 시인의 가슴에 심장이 살아 움직이고 있어야 한다.

낡은 코트

세월이 흐르고
나이가 들자
즐겨 입던 코트도
나이가 들어
낡은 코트가 되어
이별을 준비하고 있다

시의 세계는 넓고 무궁무진하다. 시를 써갈 수 있는 공간은 넓고 넓은 세계다. 그 넓고 깊은 세계를 살아있는 생명의 언어로 잘 표현해야 한다. 언어의 다양성이 시의 세계를 넓혀주어야 한다. 시를 오래도록 다행하게 쓰려면 언어의 그릇을 넓혀 나가야 한다. 언어의 바다에 배를 띄워 자유롭게 항해를 시작해야 한다. 시를 통하여 읽을거리, 말할 거리, 상상할 거리, 전할 거리, 감동 거리, 공감 거리 만들어 주어야 한다. 시인의 시선은 시를 찾아내면 시인의 생각이 언어를 불러들여 시를 만든다. 시를 쓰려면 시선이 세상 곳곳에서 시를 찾아내야 한다. 찾아보라. 살펴보라! 시인의 시선이 머무는 곳에 시가 있다. 온 세상이 다 시다. 시를 찾아내어 시를 쓰자. 시를 쓰면 쓸수록 언어의 능력이 생긴다. 시인은 시를 쓰는 자유가 있다. 시인은 시를 쓰는 힘과 능력이 있다.

너를 볼 수 없을 때는

너를 볼 수 없을 때는
너를 안은 듯
허공을 안았다

야생화

숲속의 고독이
꽃으로 피어
야생화가 되었다

겨울 허수아비

겨울 허수아비
가을 허수아비보다
부쩍 늙었다

시를 쓸 때 언어 포착이 아름답다. 잘 다듬어진 짧은 시들이 생각 속으로, 마음속으로 강물처럼 흘러내려 참 많이 무척 행복했다. 시를 쓰려면 연상을 잘해야 한다, 뇌리를 스쳐간 시들이 얼마나 많은가? 적어놓아야지 해놓고 놓쳐버린 시가 얼마나 많은가? 짧은 언어로 이어지는 시가 참 고귀하다. 짧은 언어로 나타내는 시를 잘 가꾸고 표현하며 살아야겠다.

감나무에 감하나

감나무에
감하나
시 한 편처럼 달려있다

하늘과 바다

하늘과 바다는
멀리 떨어져 있어도
푸른 마음으로 한 마음이다

갯바위

갯바위는 파도에게
수없이 맞아도
퍼렇게 멍들지 않는다

장작 패기

오랜 세월 버틴
나무의 세월이
조각나고 있다

흐르는 시냇물에

흐르는 시냇물에
술 한 잔 따르면
취해서 흐를까

풀잎에 이슬

별빛이 떨어져
아침 이슬이 되어
풀잎에서 빛난다

겨울밤에 내린 눈이

겨울밤에 내린 눈이
달빛이 묻어
하얀색이 살아난다

손톱 깎기

손톱을 깎을 때마다
지난 세월이
떨어져 나갔다

입동

입동이 되자
겨울이 시작을 알리듯
불어오는 바람이 차다

쇼윈도에도 가을옷이
총총걸음으로 떠나가고
겨울옷을 마네킹이 입고 있다

입동이 지나면
가을의 모습은 꼬리를
감추기 시작하고
겨울은 맨얼굴을 내밀기 시작한다

한밤중

달이 피곤한지
구름을
덮고 자네

    시는 흘러내린다. 내 마음에서 탁 터져 나오는 언어의 샘물이 있어야 시가 써진다. 시는 사람들의 마음속에서 흘러내린다. 시는 나의 삶이며 나는 지금 시 속에 빠져있다. 나는 시 속에 산다. 아침에 일어나면 시집을 읽고
    하루 종일 시를 생각하며 시를 쓰고 사랑하며 산다. 밤이 되면 시집을 머리맡에 두고 잠이 든다. 때로는 꿈속에서도 시를 읽고 시를 쓴다. 세상에는 시로 써야 할 것들이 밤하늘에 별처럼 해변의 모래알처럼 많다. 시인의 눈이 찾아내고 시인의 두뇌가 생각하고 시인의 마음이 움직여서 시인의 손이 시를 써내려야 한다. 나는 시 속에 산다. 나는 행복하다.

불면

내 머리에
도둑이 들어와
잠을 훔쳐갔다

　시인은 풍부한 언어를 구사할 수 있어야 한다. 언어의 호흡이 길어야 연상이 끝없이 이어져야 자유롭게 시를 쓸 수 있다. 때로는 만 갈래 뻗어가기도 하고 때로는 끝이 보이지 않게 뻗어가기도 하고, 때로는 끝이 보이지 않는 깊이까지 계속 파고들어 가는 것이 시인의 연상이다. 시를 쓰려면 연상이 자유로워야 한다. 경직되어 있거나 틀에 갇혀 있으면 한 걸음 한 걸음 내디딜 때마다 허덕일 수밖에 없다. 연상은 시를 틔우는 씨앗과 같다. 따라서 연상이 이어지지 않고 한계를 넘어서지 못하면 좋은 시를 쓸 수 없다. 수많은 언어를 끌어와 시를 풍성하게 만들어 준다. 시인은 연상이 이끄는 대로 자기만의 그림을 그리며 시를 쓰는 즐거움을 만끽한다. 연상 훈련은 시인의 표현 능력을 키우고 마음을 풍요롭게 만들어 그의 시 세계를 혹정 시킨다. 울림이 있는 시를 쓰고자 한다면 연상 훈련을 끊임없이 해야 한다. 어떤 날은 하루 종일 시속에서 걷고 뛰고 달리고 소리치고 환호하였다. 온 생각과 몸이 시가 되는 것이다. 나는 시를 쓰는 매 순간이 너무나 행복하다.

달밤에 풀들도

달밤에 풀들도
불면증 걸려
잠들지 못한다

시인이 되어 시를 쓰는 것은 삶을 노래하고 싶기 때문이다. 소중하고 아름다운 삶을 체험하는 대로 시로 써 내리고 싶다. 사랑이 어디서 오는지 사랑이 어떻게 이루어지는지 사랑이 어디로 가는지 말하고 싶다. 삶을 시로 표현하며 모든 것을 노래하고 싶다. 사랑하는 사람과 눈에 보이는 산과 들 바다 하늘 모든 것을 노래하고 싶다. 생각나는 모든 것들 보고픔과 그리움을 노래하고 싶다. 마음의 느낌 모든 것을 노래하고 싶다.

달밤에

달밤에 혼자 술 마시다
하도 심심해서
달에게 한 잔 주었다

지금, 이 순간도 시인의 주변을 살펴보면 시를 쓴 글감들이 참으로 많고 많다.
이런 시를 쓸 수 있는 감을 찾아내고 시를 쓰는 것이 시인의 할 일이요 시인의
힘이요 걸어가야 할 길이다. 그러므로 시를 쓰는 시인은 참으로 위대하다.

새벽 강물에

밤의 어둠이
새벽 강물에
씻겨 내려간다

한낮의 해가

한낮의 해가
저녁 강에
노을이 되어 물들었다

시인은 순간 포착과 순간 언어 발상이 잘되어야 한다. 이 세상의 모든 것은 자기 모습과 모양을 통하여 세상에 말하고 전하고 싶은 것들이 있다. 시인이라면 연상을 통하여 세상의 모든 것들이 전하고 싶어 하는 것들을 찾아내고 발견하여 시를 써서 전해야 하는 사명이 있다. 시인은 위대한 언어의 전달자이다.

4. 시를 쓰는 목적은 무엇인가

　시를 쓰는 목적은 무엇인가? 시인의 마음을 나누기 위해서다. 아름답고 행복한 세상을 만들기 위해서다. 정신을 변화시키기 위해서다. 사랑하며 나누며 살아가는 세상을 만들기 위해서다. 시를 쓰는 기쁨은 시를 통해 아름다운 사랑의 열매가 곳곳에서 열리는 것을 볼 때다. 시를 쓰면서 늘 부족함을 느끼고 나약함을 느낀다. 더 많은 것을 알고 깨닫기를 바라는 마음이다.

　시인된 즐거움으로 살아가는 것은 무엇인가? 바로 마음속의 진실을 독자와 나누는 것이다. 언제나 삶을 노래하는 마음으로 살아야 한다. 따뜻하고 진실함을 나눌 수 있다면 놀라운 즐거움이다. 사랑을 나누는 시를 쓰는 시인의 삶을 살아가고 싶다. 하늘이 있는 한 새는 날아간다. 연상하고 떠올리던 것들이 시가 되어 써질 때는 기분 좋은 일이다. 시인이 연상을 몰두하고 몰입해야 시가 써진다. 시인의 삶이 너무나 분주하거나 복잡하면 잘 연상되지 않는다. 시인은 삶을 잘 관리해야 한다. 나태하거나 조급하거나 성급해서는 안 된다. 삶을 삶답게 살아야 한다. 시인은 시를 떠나면 힘을 잃는다. 지금은 시를 쓰기에 가장 좋은 시절이다. 시인의 눈동자에 비쳐오는 세계를 바라보며 시인의 가슴으로 시를 써야 한다.

　시를 쓸 때 처음부터 명작이 나오는 것은 아니다. 명작은 시인의 일생 중에 한두 편 나오는 것이다. 그러므로 언제나 시를 쓰는데, 열정을 다하고 최선을 다하는 것이 중요하다. 시를 쓰고자 한다면 다음의 말들을 귀를 기울여 듣는 것도 매우 중요하다. 글과 시를 쓰려면 제임스 서버는 "제대로 쓰려고 하지 말고 무조건 써라" 시를 처음 쓰려고 하는 분들에게 말하는 것이라 생각한다. 알레글라 굿맨 "글을 쓰고 싶다면 정말로 뭔가 창조하고 싶다면 넘어질 위험을 감수해야 한다." 시를 쓴다는 것이 쉬운 일만은 아니다. 힘들고 지칠 때가 있다.

　레이번드 챈들러는 "기교만으로는 충분하지 않다. 열정을 가져야 한다. 테크닉 자체는 수를 놓는 냄비 받침대에 불과하다."고 말했다. 시는 화려한 언어 나열이 아니다 순수하고 정제된 언어의 표현이다. 테드 쿠저는 "미루겠다는 것은 쓰지 않겠다는 것이다." 모든 글은 시기와 때가 있다. 시기와 때를 놓치면 원하던 글을 시를 쓸 수가 없다. 나탈리 골드버그는 "글쓰기는 글쓰기를 통해서 배울 수 있다. 그 외에는 어떤 배움의 길도 없다."고 말했다. 좋은 시를 쓰고 싶다면 자꾸만 써야 자기가 원하고 독자들이 원하는 시를 쓸 수 있다. 레브 그로스먼은 " 다른 사람의 평가를 너무 진지하게 받아들이지 마라."고 말했다. 자신의 시를 평가한 한 사람의 평론가의 평가 때문에 시를 쓰지 않으려는 마음은 잘못이다. 자신이 확신이 있다면 더 노력하여 온전한 시를 쓰며 시인의 길로 나가면 되는 것이다. 메들렌 랭글은 "영감은 당신이 쓰고 있을 때 온다."고 말했다. "길에서 길을 묻는다." 말처럼 시를 자꾸 써 내릴 때 시의 문이 활짝 열리는 것을 체험하게 될 것이다.

아무 미련 없이 살자

떠난다 떠나야 하는데
아무 미련 없이 살자

아무리 거창하고 화려하게 살아보아도
아무런 흔적도 없이 사라진다

아무리 떠들썩하게 살아도
누가 기억해 줄 것인가

이 넓은 세상에서
오라는 곳 없고, 갈 곳이 없다면
얼마나 허망한가

결국에는 떠나는데
허망한 것에 목숨을 걸지 말고
한순간의 삶일지라도
사랑할 것을 사랑하며 살자

떠난다 다시는 돌아오지 못하고
떠나고 만다

떠나는 날
아무런 후회 없이 떠나자

시의 소재는 어디서나 얻을 수 있다 풀 한 포기, 꽃 한 송이 나무 한 그루, 산, 들 강, 별, 거리, 도시 시골, 산, 여행지, 사람들, 아픔, 기쁨 감정의 변화 시련과 고통 체험 수많은 것들을 연상하면 시의 싹이 움터 나온다. 전경옥 시인은 "시는 나의 무엇일까? 고통일까? 기쁨일까? 시는 언어의 최고의 표현이란 말을 나는 사랑한다. 언어를 통해 사물을 다시 보고 언어를 통해 체험과 상상의 감동을 즐기고 언어가 건너가면서 크고 작은 나의 꿈도 만나게 되리라는 생각에 부풀고 있다. 나의 고통과 싸움 나의 영혼과의 싸움, 저 아름답고 슬픈 감성의 분신들을 붙잡기 위해 나는 계속해서 아파할 것이다." 고 말했다.

내가 사랑하는 사람아

내가 사랑하는 사람아
이 한목숨 다하는 날까지
사랑하여도 좋을 나의 사람아

봄, 여름 그리고 가을, 겨울
그 모든 날들이 다 지나도록
사랑하여도 좋을 나의 사람아

내가 사랑하는 사람아
내 눈에 항상 있고
내 가슴에 항상 있어
늘 그리움으로 가득하게 하는
내가 사랑하는 사람아

날마다 보고 싶고
날마다 부르고 싶고
사랑의 날들이 평생이라 하여도
더 사랑하고 싶고
또다시 사랑하고 싶은
내가 사랑하는 사람아

시인은 연상이 떠오를 때 메모를 잘하는 습관이 필요하다. 어느 날 한순간 떠오르는 시가 메모해놓지 않으면 사라지고 없다. 아름다운 시, 멋진 시를 한순간에 잃어버린다. 적절한 표현을 한 순간에 몽땅 잃어버렸을 때 눈물이 쏟아질 정도로 아쉽다. 시가 떠오르면 잠을 자다가도 벌떡 일어나서 써놓아야 한다. 시인은 연상하여 떠오른 시를 온 마음과 열정을 쏟아 써 내리면 시가 된다.

이 땅의 시인들이여! 힘을 내자! 실망하지 말자. 삶을 노래할 수 있다면 시인이다. 자부심을 갖고 시를 쓰고 펜을 들어야 한다. 언어를 절제해야 한다. 필요 없는 말은 과감하게 던져버려야 한다. 시는 함축미가 많이 필요하다. 가슴 속에 숨죽이며 기다리던 언어가 터져 나와야 시가 된다. 시인은 오감을 열어 시를 써야 한다.

내 마음에 그려 놓은 사람

내 마음에 그려 놓은
마음이 고운
그 사람이 있어서
세상은 살맛이 나고
나의 삶은 쓸쓸하지 않습니다

그리움은 누구나 안고 살지만
이룰 수 있는 그리움이 있다면
삶이 고독하지 않습니다

하루해 날마다 뜨고 지고
눈물 날 것만 같은 그리움도 있지만
나를 바라보는 맑은 눈동자 살아 빛나고
날마다 무르익어 가는 사랑이 있어
나의 삶은 의미가 있습니다

내 마음에 그려 놓은
마음 착한
그 사람이 있어서
세상이 즐겁고
살아가는 재미가 있습니다

웃음이 시가 될까? 걱정할 필요 없이 연상하여 시를 쓰면 된다. 웃음은 사람이 표현할 수 있다. 시인이라면 어떤 것도 시로 형상화하는 노력이 필요하다. 시인은 윤동주의 시처럼 " 죽어가는 모든 것들을 노래해야 한다." 웃고 살아가면 한결 삶이 힘이 덜 들고 세상에 아름답게 보인다. 조지 에세프는 " 걱정일랑 모두 낡은 가방에 넣어버리고 이제 웃어라. 웃어라! 웃어라! "라고 말했다. 웃음을 잃어버린 사람 웃지도 못하는 불행한 사람이다. 웃어야 삶에 재미를 느낀다. 활기차고 행복하게 살 수 있다. 웃음보다 아름답게 피는 꽃은 없다. 슬픔과 고통으로 얼굴에 슬픔이 가득하게 살지 말자. 슬픔과 괴로움과 같이 살지 말자. 웃음을 초대하여 살자. 상포르는 "가장 황당한 날은 한 번도 웃지 않았던 날"이라고 말했다. 웃음은 삶 전체를 바꾸어 놓는다. 아이들의 웃는 얼굴은 언제 보아도 맑고 아름답다.

웃음

웃음은
세상의 모든 어둠을
떠나가게 하는
눈부신 햇살이다

행복한 사람들의
얼굴에 피어나는
생기발랄한 꽃이다

웃음은
순수한 사람들이
즐거울 때 보여주는
마음의 표현이다

살아감이
즐거울 때면
때 묻지 않은 거짓 없는
웃음꽃이 피어나는 사람들이
많은 세상이
살기 좋은 세상이다

성공을 만드는 사람들의 얼굴은 밝고 웃음이 있다. 아무리 현실이 어렵고 힘들더라도 웃음으로 출발하면 놀라운 결과를 만들어 낸다. 성공하는 사람들은 유머가 있고 웃음을 자아내게 하고 열정이 있다. 사람들의 마음을 즐겁게 해주는 유머는 우수한 농담이나 재치, 누군가를 즐겁게 해주고 웃음을 일으키는 기분 좋은 대화를 말한다. 웃음은 마음은 물론 우리의 내장까지 마사지를 해주고 몸과 마음을 건강하게 만들어 준다.

찰리 채플린이 "웃지 않고 보낸 날은 실패한 날이다." 말했다. 살면서 웃음이 없던 날은 일도 잘 안되고 재미도 없고 의욕도 없다. 하루의 시작을 웃음으로 시작한다면 기분도 좋고 일도 잘되고 대하는 사람들도 마음이 편하게 된다. 웃음은 삶의 윤활유와 같아서 삶을 부드럽게 만들어 준다. 삶을 자연스럽게 흘러가게 만들어 준다. 유머는 삶을 즐겁게 만들어 주는 기폭제 역할을 하여 주는 것이다. 유머는 웃음이라는 땅에 아름답게 지을 수 있는 집이며 삶을 맛있게 만들어 주는 요리다. 유머는 짧은 몇 마디의 말로 사람의 마음을 180도 전환시킨다. 유머는 남을 웃기기만 하는 재주가 아니다. 삶의 분위기를 아주 자연스럽게 자신의 편으로 만들 수 있는 순간의 재치다.

당신 웃음

당신 웃음 한 번에도
세상은
잠시 동안 밝아진다

유머 감각이 없다고 하지 말고 자연스럽게 표현한다면 재미있게 유머를 표현할 수 있다. 어떤 날 후배와 이야기하다가 하도 썰렁해서 " 자네는 왜 그렇게 유머가 없나?"고 물었다. 활짝 웃으며 말했다. " 선배님 저는 어렸을 때부터 집이 가난해서 유모가 없었어요." 이 말을 들은 나는 한동안 웃고 말았다. 썰렁하다고 생각했던 후배가 진짜 유머가 있었다. 유머는 누구나 노력하고 손질하면 얼마든지 멋지게 표현할 수 있다. 유머는 웃음과 미소를 만들어 낸다. 이 세상에 미소만큼 아름답고 멋진 표정은 없다. 미소를 지으면 자신감이 넘쳐 보이고 마음이 너그러워 보인다.

어느 시인이 "삶이 무엇이냐고 묻거든 그냥 웃지요!" 노래했다. 웃어야 할 때 웃어야 한다. 그래야 삶이 행복해지고 능력 있는 삶을 살아갈 수 있다. 쓸데없는 이유나 변명은 필요가 없다. 과거와 걱정과 근심을 끌어안고 있으면 아무런 변화도 일어나지 않았다. "과거야! 절망아! 고통아! 나를 떠나가라! 가서는 행방불명이 돼라!" 외치며 어두운 절망에서 벗어나 기쁨과 감동의 삶을 만들어가야 한다. 성공하고 싶다면 삶을 즐겁게 살고 싶다면 웃어야 한다.

모래알은 파도칠 때마다

모래알은 파도칠 때마다
바닷물을 얼마나
많이 먹었을까

시를 쓰려면 연상을 잘 떠올려야 한다. 시인은 눈에 보이는 것과 눈에 보이지 않는 시로 표현한다. 시인은 보고 들을 수 있고 느낄 수 있는 것을 쓴다. 시 속에서 소리를 들을 수 있고 그림을 볼 수 있고 시인의 마음을 바라볼 수 있다. 시인은 상상을 통하여 들판으로 나갈 수 있고, 바다로 떠날 수 있다. 연상을 통하여 세계 여러 나라를 여행할 수 있고 수많은 사람을 만날 수 있다. 시인은 연상을 통하여 자연과 사람과 상상했던 것들을 시로 쓴다. 시인 연상의 세계는 끝이 없고 한이 없는 넓고 넓은 세계. 시인이라면 연상 여행을 즐겨야 한다. "조지훈 시인은 "꽃이 지는 아침은 울고 싶다" 고 했다. 시인의 연상은 대단하다. 시인은 연상을 통하여 삶과 죽음이 인간의 생사고락을 체험하고 느낄 수 있다.

이 세상에 태어나 시인으로 살아가는 즐거움이 많다. 삶의 희로애락을 시로써 나타낼 수 있으니 얼마나 기쁜 일인가. 시는 삶의 진실을 가르쳐 준다. 시인 최초의 독자는 바로 자신이다. 솔직하고 진실해야 한다. 시인의 마음을 쏟아놓지 않으면 거짓이 된다.

사과

붉은 유혹에
한 입 덥석 깨물었더니
피는 쏟아지지 않고
하얀 속살만 보인다

웃음은 모든 구부러지고 찌그러진 것들을 펼 수가 있는 힘이 있다. 지금 당장 웃어 보라. 세상은 미소에 정당한 대가를 가져다준다. 인도에서 소외된 사람들을 보살폈던 마더 테레사는 함께 일할 사람을 뽑을 때 세 가지 기준이 있었다. " 잘 먹고, 잘 웃고, 잘 자는 사람"이다.

사랑하는 사람이 잘 웃는다. 단 하나뿐인 사랑이다. 이 지상에 내가 사랑하는 사람이 있다는 것은 축복이다. 슬픔을 과대 포장하여 스스로 괴롭게 살지 말자. 누구나 어느 정도의 행복은 있다. 언제나 함께 할 것만 같던 행복도 불행의 충돌에 부닥치면 쉽게 사라지는 거품처럼 한순간에 무너져 내릴지 모른다. 걱정이 깊이를 더하면 절벽 앞에 서 있듯 두렵다. 두려움이 가득 차올 때 일어설 줄 알아야 한다. 겉보기에는 불행하지 않지만, 이 땅에 얼마나 많은 사람이 눈물로 사는가. 비관에 빠져 불행하다고 잘못된 감정만을 발산하는 것은 길거리에 토해 놓은 오물과 같다.

이 땅에 언제부터인가. 날카로운 칼을 가진 사람들이 생겨났다. 생각을 가르고 편을 가른다. 이유를 만들어가며 인정사정없이 마구 찔러대고 있다. 자기편이 아니면 무조건 적처럼 대하는 사람이 있다. 무차별적으로 공격하는 그들은 인간미와 살아있는 감성이 없다. 외침은 그럴듯한데 알고 보면 잇속이 가득 차서 냄새를 풍기며 이곳저곳에서 먹이 사냥을 해 무참하게 찢어놓은 속내를 알 수 없다. 알고 보면 노림의 눈빛이다. 욕심만 있는 밥그릇 싸움이다. 바라보는 마음만 허탈해진다.

단 한 사람을 죽도록 사랑하는 것이 가장 멋진 사랑이다. 후회 없이 마음껏 서로 최고로 멋진 사랑을 해야 한다. 사랑은 홀로 이루어지지 않는다. 하나 되어 사랑하는 것이 진실한 사랑이다. 성형수술로 얼굴은 고칠 수 있지만 행복하게 웃는 얼굴은 돈으로 살 수 없다. 스스로 만드는 것이다. 사랑도 돈으로 살 수 없다. 사랑은 모자이크다.

영화 "미술관 옆 동물원" 대사에 "사랑이란 처음부터 풍덩 빠져버리는 줄 알았지 서서히 물들어가는 줄은 몰랐다."라는 말이 나온다. 사랑은 너무 빨리 타오르지 말아야 한다. 생명이 다하는 날까지 사랑은 평생토록 익어가는 열매다. 사랑에 깊이 빠지지 않은 사람은 인생을 잘 모른다. 주변에 사랑하고 있는 사람을 바라보라. 행복하고 재미있는 모습이다. 모두 다 사랑의 힘으로 일생을 산다.

첫사랑

볼이 빨개졌지요

가슴이
두근두근
마구 뛰었지요

누가 마음 알까
숨고만 싶었지요

그리움 없다면 사랑도 그 가치를 잃어버린다. 그리움이 없다면 삶도 가치가 없다. 그리움이 없었다면 나 자신도 오랜 세월 동안 수없이 써 내린 시를 단 한 편도 쓰지 못했을 것이다. 그리움은 희망이며 내일을 살아가는 힘과 용기를 준다. 그리움은 사랑을 만들고 행복을 선물해준다. 그리움은 생명이 있는 사랑의 씨앗이다. 사랑이 싹트고 자랄 수 있게 하는 것이 그리움이다. 그리움이 없는 사랑은 이루어질 수 없다. 그리움은 내 가슴에 사랑을 만들고 나누게 한다. 그리움의 결실과 열매가 사랑의 완성이다. 이 세상에 살면서 그리움을 가슴에 담고 살아가는 이들이 얼마나 많은가. 삶의 주인공이며 행운아다.

황혼까지 아름다운 사랑

젊은 날의 사랑도
아름답지만
황혼까지 아름다운 사랑이라면
얼마나 멋이 있습니까

아침에 동녘 하늘을 붉게 물들이며
떠오르는 태양의 빛깔도
소리치고 싶도록 멋있지만

저녁에 서녘 하늘을 붉게 물들이는
노을 지는 태양의 빛깔도
가슴에 품고만 싶습니다

인생의 황혼도
더 붉게, 붉게 타올라야 합니다
마지막 숨을 몰아쉬기까지
오랜 세월 하나가 되어
황혼까지 동행하는 사랑이
얼마나 아름다운 사랑입니까

사람이 만나고 싶습니다

사람이 만나고 싶습니다
누구든이 아니라
마음이 통하고
눈길이 통하고
언어가 통하는 사람과
잠시만이라도 같이 있고 싶습니다

살아감이 괴로울 때는
만나는 사람이 있으면 힘이 생깁니다
살아감이 지루할 때면
보고픈 사람이 있으면 용기가 생깁니다

그리도 사람은 많은데
모두 다 바라보면
멋적은 모습으로 떠나가고
때론 못 볼 것을 본 것처럼 외면합니다

사람이 만나고 싶습니다
친구라 불러도 좋고
사랑하는 아라 불러도 좋을
사람이 만나고 싶습니다

그리움은 꿈이요, 사랑이며, 낭만이다. 마음속에 그리움이란 배를 띄어 놓고 사는 것도 행복하다. 그리움은 삶에 생동감을 주고 활기가 넘치게 만든다. 그리움은 온 세상을 새롭게 바라볼 수 있게 만든다. 가슴에 그리움 하나 가지고, 살아야 한다. 지나온 그리움을 추억하며 다가오는 그리움으로 가슴에 설렘을 갖고 살아야 한다. 살다 보면 그리움이 밀물처럼 몰려올 때가 있다. 바람에 구르는 낙엽을 바라보면 가슴이 울컥거리고 누군가를 만나고 싶다. 삶이 지치고 힘들 때 그리워지는 사람이 있다. 기분이 아주 좋고 원하던 일을 해냈을 때 보고 싶은 사람이 있다. 내가 사랑하는 사람이다. 삶의 순간순간마다 함께 했던 사람들이 문득 그리워지고 만나고 싶다. 가슴에 점 하나처럼 찍어 놓은 그리움이 온 세상을 퍼져 나가는 날이 있다. 화가 신윤복은 그리움에 대해 "그린다는 것은 그리워하는 것이다. 그리움은 문득 그림이 되고, 그림은 그리움을 부른다. 문득 얼굴 그림을 보면 그 사람이 그립고, 산 그림을 보면 그 산 이 그리운 까닭이다."고 말했다. 내일에 대한 그리움이 있기에 오늘을 의미 있게 살아가고 내일을 기대하며 산다.

그리운 이름 하나

내 마음에
그리운 이름 하나 품고
살아갈 수 있다면 얼마나 행복합니까

눈을 감으면 더 가까이 다가와
마구 달려가 내 가슴에
와락 안고만 싶은데
그리움으로만 가득 채웁니다

그대만 생각하면
삶에 생기가 돌고
온몸에 따뜻한 피가 돕니다

그대만 생각하면
가슴이 찡하고
보고픔에 눈물이 납니다.

세월이 흐른다 해도
쓸쓸하지만은 않습니다
내 가슴에 그리운 이름 하나
늘 살아있음으로
나는 행복합니다.

시를 쓰는 것은 독자들과 마음을 나누는 작업이다. 삶 속에서 최고의 기쁨은 다른 사람이 나 때문에 기뻐하는 것이다. 시인의 마음이 바로 그런 마음이다. 남을 위하여 도우며 자신을 희생하는 마음이 필요하다. 남을 행복하게 해주지 않으면 세상은 어둡고 침울하고 살맛이 나질 않는다. 삶 속에서 걱정과 근심과 고민을 만들지 말자. 행복과 추억과 기쁨을 만들며 살자. 왓슨은 " 봉사란 보이지 않는 사랑이 눈에 보이는 것으로 바꾸는 것이다. 자연은 인간에게 항상 베풀어준다. 다른 사람에게 베풀어줄 수 있다. 지금보다 행복한 삶을 살 수 있다. 봉사는 말로 하는 것이 아니라 행동으로 하는 것이다."라고 말했다.

남을 위하여 가치 있는 일을 만들어야 한다. 다른 사람에게 필요한 존재가 되면 내면적인 것을 채워준다. 시인이 시를 쓰고 자연을 가까이해야 한다. 마음을 크고 넓게 만들어야 한다. 시를 쓰는 것도 남을 위하여 활동적이고 성장하도록 만든다. 시인 마음이 명랑하면 신체와 정신과 정서가 매우 건강해진다. 시인은 어려움을 당한 사람들을 위하여 삶에 가치를 느끼게 해주어야 한다. 일상의 단조로움과 외로움을 떨쳐버려야 한다. 삶의 존재감을 확실하게 만들어 주고 힘 있게 살아야 한다. 톨스토이가 이런 말을 했다. "세상에서 가장 중요한 때는 바로 지금이고 가장 중요한 일은 지금 당신 곁에 있는 사람을 위해 좋은 일을 하는 것이다. 그것이 우리가 이 세상에 있는 이유다." 우리 때문에 나 때문에 행복한 사람이 많아진다는 것은 삶을 살아가는 가장 좋은 이유다. 살면서 도움을 주고받으며 살자. 시인은 즐겁고 명랑한 마음으로 살아야 한다. 즐겁게 살면 마음도 따라 즐거워지고 웃게 된다. 사람들은 누구나 늘 아픔 속에서도 미소를 지을 수 있는 여유를 가져야 한다. 고통이 와도 이겨낼 수 있는 힘을 길러야 한다. 칼정이 "세상이 추울 때 봉사로 모닥불을 밝혀라."고 말했다. 시인 시를 쓰는 것도 독자들을 위한 삶이다. 몰인정한 세상에 가슴을 따뜻하게 해주는 시를 써야 한다. 힘들고 어려울 때 변화를 일으켜 주고 동기부여 해주는 시를 써야 한다. 시가 시인만의 독백이 되어서는 안 된다.

가장 외로운 날엔

모두다 떠돌이 세상살이
살면서 살면서
가장 외로운 날은 누구를 만나야 할까

살아갈수록 서툴기만 한 세상살이
맨몸, 맨손, 맨발로 버틴 삶이 서러워
괜스레 눈물이 나고 고달파
모든 것에서 벗어나고만 싶었다

모두다 제멋에 취해
우정이니 사랑이니 포장해도
때로는 서로의 필요 때문에
만나고 헤어지는 우리들
텅 빈 가슴에 생채기가 찢어지도록 아프다

만나면 하고픈 이야기가 많은데
생각하면 더 눈물만 나는 세상
가슴을 열고 욕심 없이 사심 없이
같이 웃고 같이 울어줄 누가 있을까

인파 속을 헤치며 슬픔에 젖은 몸으로
홀로 낄낄대며 웃어도 보고
꺼이꺼이 울며 생각도 해보았지만
살면서 살면서 가장 외로운 날엔
아무도 만날 사람이 없다

사랑은 순탄하게 흘러가지 않는다. 갖가지 시련과 역경을 만난다. 그 시련과 역경을 어떻게 극복하는가가 중요하다. 사랑은 너무 빨리 타오르지 말아야 한다. 생명이 다하는 날까지 사랑은 평생토록 익어가는 열매다. 사랑에 깊이 빠지지 않은 사람은 인생을 잘 모른다.

　때로는 단 하루만 밤이라도 꿈같은 사랑을 하고 싶다. 아무도 모르게 단둘이 만나 거추장스러운 모든 것을 다 던져버리고 지워버리고 아무런 이유도 조건도 없이 뜨거운 사랑을 나누고 싶다. 세상의 모든 일을 다 잊어버리고 오직 사랑만을 위하여 하룻밤을 불사르고 싶다. 갈증이 사라지고 느낌이 깔끔한 사랑을 하고 싶다. 세월이 흘러도 서로 아무런 후회가 없는 뜨거운 사랑을 하며 살고 싶다. 주변에 사랑하고 있는 사람의 모습을 바라보라. 얼마나 행복한 모습인가. 사랑하는 사람은 서로 닮아가며 사랑의 힘으로 살아간다.

지금은 사랑하기에 가장 좋은 시절

날마다 그대만을 생각하며 산다면
거짓이라 말하겠지만
하루에도 몇 번씩 불쑥불쑥
생각 속으로 파고들어
미치도록 그립게 만드는걸
내가 어찌하겠습니까

봄꽃들처럼 한순간일지라도
미친 듯이 환장이라도 한 듯이
온 세상 다 보란 듯이 피었다가
처절하게 저버렸으면 좋을 텐데
사랑도 못 하고 이별도 못한 채로
살아가니 늘 아쉬움만 남아 있습니다

이런 내 마음을 아는 듯 모르는 듯
시도 때도 없이 아무 때나
가슴에 고여 드는 그리움이
발자국 소리를 내며 떠나지 않으니
남모를 깊은 병이라도 든 것처럼
아픔을 감당할 수 없습니다

내 삶 동안에
지금은 사랑하기에 가장 좋은 시절
우리가 사랑할 시간이
아직 남아 있음이 얼마나 축복입니까
우리 사랑합시다

인간은 세상에 태어날 때 세 가지 몸짓을 하고 태어난다. 울고, 쥐고, 발버둥 친다. 그 모양 그 모습 그대로 일생을 살아가는 것이 사람들의 삶의 모습이다. 그러나 삶의 가치를 새롭게 느끼는 사람들은 욕심보다는 나눔, 미움보다는 사랑의 삶을 살아가야 한다.

욕심과 욕망의 굴레를 벗어나지 못하고 불행하게 살아가는 사람이 많다. 내 것! 내 것만을 주장하는 놀부 같은 사람들이 많다. 그러나 이 세상에 내 것이 얼마나 되겠는가. 어느 날엔가 아무것도 가지지 못한 채로 떠난다. 결코 혼자만의 욕심으로 이루어지지 않는다. 수의에는 주머니가 하나도 없다. 삶이란 빈손으로 왔다가 빈손으로 간다. 살아있는 날 동안의 흔적도 사라진다. 권웅 시인은 " 내가 죽으면 내 삶이 솜털 하나쯤 남을까." 삶을 안타까워하며 노래했다. 세월이 모든 흔적마저 사라진다. 시인이라면 살아있는 날 동안 최선을 다하여 살자.

잡초

아무도 반기지 않아도
서성거리기보다는
스스로의 길을 가야 하기에
살아야겠다는 열망으로
생명의 줄을 이어갑니다

이름 모를 꽃이 피어도
누구든 사랑해주면
한동안의 행복도 가져보지만

떠나는 구름이
한줄기 비라도
쏟아놓으면
그보다 더한 행복이
어디에 있습니까

버려진 땅에서도
진한 목숨만은
어쩔 수 없어
언제든 오신다면
쉬어갈 자리는
비워놓겠습니다.

잡초처럼 맨살을 드러내놓고 시련의 골짜기 넘어 살아남아야 정신이 살아 움직일 수 있다. 갈피를 종잡을 수 없을 때 들뜬 마음을 가라앉혀야 한다. 물어뜯듯 달려들어 틈 하나 주지 말고 흐렸던 윤곽을 분명하게 잡아야 한다. 혼란 속에 어지럽게 빠져있으면 맥이 풀리고 시달린 몰골이 된다. 겁조차 먹으면 움직임조차 흐트러진다. 온갖 잡념의 소용돌이 속에 감각이 어두워지지 않고 살아나야 한다. 주의 깊게 지켜보며 고삐를 당겨야 한다

파랑새의 저자는 말했다. "인생은 한 권의 책이요. 태어나서 죽을 때까지 매일 매일 그 한 페이지 한 페이지를 창작하는 것이다." 삶은 얼마나 소중한 것인가? 욕심만 부리며 충혈된 눈으로 살아갈 것인가? 아니면 진정 사랑하는 마음으로 살 것인가? 나누는 삶으로 부끄러움이 없는 삶을 살아갈 것인가? 아니면 진정 사랑하는 마음으로 나누는 삶을 살아갈 것인가? 그 모든 대답은 우리들의 마음속에 있다. 사랑하는 마음은 진정 부끄러움이 없다. 어떤 통계 자료에 의하면 약 10%의 사람들만이 인생의 위대한 성공자가 된다. 자신의 삶을 누구에게 보여도 부끄럽지 않아야 한다. 진실하고 정직하게 살아가는 데는 욕심이 필요 없다. 도리어 희생이 필요하다.

어느 때 행복하겠는가? 사랑할 때이다. 사랑할 때 나만을 생각하지 않고 남에게 몰두하는 것이다. 부끄러움이 없이 희생할 수 있는 용기를 가져야 한다. 얼마 전 48세의 나이에 간암으로 죽음이 멀지 않은 분을 만났다. 병색이 짙어 이미 얼굴과 눈빛마저 색깔을 잃었다. 주변 사람들은 죽음을 앞둔 그의 모습을 안타까워하는데 웃음을 잃지 않았다. 오히려 병실에 찾아오는 사람들을 삶을 사랑으로 살아가라고 부탁했다. 죽음이 도리어 주변 사람들에게 변화해주었다. 삶을 살아야겠다는 용기와 부끄럽지 않게 살지 말아야겠다는 힘을 주었다. 왜냐하면 삶의 마지막 순간까지 너무도 아름다웠기 때문이다. 삶의 목표가 부끄러움이 없는 삶, 따뜻한 세상을 만들면 불어오는 바람도 따뜻하게 느껴질 것이다.

혼자 울고 싶을 때

이 나이에도
혼자 울고 싶을 때가 있습니다

손등에 뜨거운 눈물을
뚝뚝 떨어뜨리고
멍하니 허공을 바라보며
혼자 울고 싶을 때가 있습니다

이젠 제법 산다는 것에
어울릴 때도 되었는데
아직도 어색한 걸 보면
살아감에 익숙한 이들이 부럽기만 합니다

이젠 어른이 되었는데
자식들도 나만큼 커가는데
아직도 소년 시절의
마음이 그대로 살아있나 봅니다

나잇값을 해야 하는데
이젠 제법 노련해질 때도 됐는데
나는 아직도 더운 눈물이 남아 있어
혼자 울고 싶을 때가 있습니다

사람들은 누구나 이별해야 한다. 황혼이 오고 죽음이 찾아와도 모든 것을 겸손하게 받아들여야 한다. 늘 다가오는 죽음이 있다는 것을 뻔히 알고 있다. 죽음이 다가오지 않을 것처럼 산다는 것은 참으로 안타까운 일이다. 죽음이 아마득한 슬픔으로 있다가 어느새 찾아오면 어둠의 그늘이 가득해진다. 결국에는 빈손으로 가는 것을 알고 또 알면서도 움켜쥐고 숨겨놓고 하여도 모두가 허사일 뿐이다.

추억의 집

추억의 집에는
지난 세월의 이야기가 살고 있다

내 곁을 떠나간
세월의 수많은 일들이 수많은 사람이
기억의 집에서 그 시절 그 모습
그대로 살고 있다

지난 세월 속에
즐거웠던 날도
아쉬웠던 날도
안타까웠던 날도 있었다

추억의 집에서
지난날 그리움 속의 보고 싶었던
사람들을 만나고 있다

칼융이 "인생의 아침 프로그램에 따라 인생의 오후를 살 수 없다. 아침에는 위대했던 것들이 오후에는 보잘것없어지면 아침에 진리였던 것이 오후에는 거짓이 될 수 있기 때문이다."라고 말했다. 언젠가 신문에 90세가 넘은 노부부가 법원에 이혼하러 찾아왔다. "왜 이혼하느냐?" 물었다. "성격 차이 때문이다." "그러면 왜 90세가 넘도록 같이 사셨는가?" "자식들 때문에 같이 살았다." "왜 갑자기 이혼하려는가?" "자식들이 다 죽었다." 참으로 안타까운 일이다. 별것, 이 아닌 관계로 잘못해서 일어난 일이다. 부부는 서로 이해하고 잘 어울려야 행복하다. 현대를 살아가는 사람들의 단면을 보여주는 일이다. 노후 생활은 잘못하면 외롭고, 두렵고 지루할 수 있다. 건강하고, 함께 하는 사람이 있고, 사랑하는 사람이 있어야 한다. 사랑할 때 황혼이 더 아름답고 잘 익어가는 과일 같은 삶을 살 수 있다. 노부부가 산책하는 모습을 본 적이 있다. 팔십 세가 넘어 보이는데 두 분이 아주 정겹게 걷고 있었다. 걷다가 힘이 드는지 아내가 남편에게 손짓하며 말했다. " 어이 먼저가!" 남편은 먼저 걸음을 걷다가 아내를 기다리고 있었다. 이번에는 남편이 아내에게 손짓하며 " 어이 먼저가!"하고 말했다. 저녁노을이 물들어가는 시간에 한참 동안 노부부의 이런 모습을 지켜보던 나도 행복해 한참 동안 웃음을 웃었다. 나이가 들수록 부부는 항상 동행하는 기쁨을 누려야 한다. 그동안 얼마나 아름답게 살아왔으면 황혼이 되어도 정겹고 따뜻하게 살아간다는 것이 한 폭의 그림처럼 아름다웠다. "부부의 사랑은 애정으로 만났다가 우정으로 견디다가 동정으로 끝난다."라는 말이 있다. 부부 사랑이 갈수록 시들해진다는 것이다. 그렇지만 몸과 마음이 건강한 부부는 항상 먼저 배려해주고 따뜻한 정을 주고받으며 살아간다.

5. 시인이 되려면 언어의 능력을 가져라

　시인은 언어 구사 능력이 있어야 한다. 시는 결코 단어를 조합해 놓은 것이 아니다. 늘 사용하는 언어라도 잘 표현해야 한다. 변화를 주어야 늘 새롭게 시를 쓸 수가 있다. 시는 살아있다. 시는 살아서 사람들의 마음을 움직인다. 언어에는 강한 생명력이 있다. 시는 살아 끊임없이 움직이고 행동한다. 시는 언제나 결과를 만들어 놓는다. 시인은 각자 시인 나름대로 시적인 독특한 매력을 갖고 있다. 시인은 다 각기 다른 이미지로 시를 쓰고 있다. 시인들의 시가 절대로 똑같을 수 없다. 개성과 감정과 추구하고 목적하는 것이 다 다르다. 시인의 뛰어난 표현력과 시를 읽는 사람들이 공감할 때 힘 있는 시가 된다.

　하루하루 어떻게 시를 쓸까 번민하고 고민하면서 살아간다. 시인이 숨겨진 감정을 마음껏 시에 담아 쏟아낼 때 온 세상에 강물처럼 흘러내린다. 시인들의 시를 모든 사람이 모두 다 기억해주지 않는다. 누군가 단 한 줄이라도 마음에 담고 음미하며 살아간다면 기쁜 일이다. 예술적인 천재들은 타고난 끼를 발산하여 유명한 예술가가 된다. 예술의 완성에는 예술가의 피와 땀과 눈물과 끼 속에 보이지 않는 숨은 노력이 절실하게 필요하다. 감동을 주는 시를 쓰는 시인이 되려고 한다면 독한 훈련으로 마음을 다져야 한다. 매일 매일 반복되는 일상에 신선한 의미를 전달해주어서 공감할 수 있는 시를 써야 한다. 시인의 눈에 자연을 담는 순간 마음이 풍성해진다.

네가 보고 싶은데

네가 보고 싶은데
그리움이 먼저 와
기다리고 있다

시인의 시 한 편이 때로는 사람을 살릴 수도 있고, 죽일 수도 있다. 한 편의 시가 세상을 변화시킬 수도 있다. 조선 인조 때 예조 참판을 지낸 김시진은 그의 시 " 산을 가면서"에서 " 한가한 꽃 절로 지고 고운 새들 지저귀니 오솔길의 맑은 그늘 또 푸른 시내이네. 앉아 졸고 다니며 읊어 가끔 시를 얻지만, 산중에 붓이 없어 적을 수 없다. "고 적고 있다. 시인은 늘 떠오르는 감성을 가슴에 담고 적을 수 있어야 한다. 시를 쓸 수가 있는 시기를 잃으면 다시 똑같은 감정으로 시를 쓸 수가 없다. 누구나 자신이 하고 있는 말대로 살아간다.

말은 모든 것을 표현하고 이루어낸다. 꿈을 갖고 사는 사람들은 늘 긍정적이다. 자신의 꿈을 분명하게 말하고 행동하며 이루어간다. 늘 비판을 일삼고 비관하는 사람들은 사사건건 늘 불평을 늘어놓는다. 그러므로 꿈을 말하고, 희망을 이야기하고 사랑의 말을 나누어야 한다. 말이 곧 시가 되는 것은 아니다. 시를 써야만 시가 된다.

살아있는 생명의 시

시를 쓰기 위하여
내 속의 감성을 깨운다

잠잠히만 있기에는
흘러가는 시간이 너무나 안타까워
내 속에 있는 끼를 깨운다

나의 감성이 살아나고
나의 끼가 살아나고
나의 영감이 살아나서
살아있는 언어로 시를 쓰고 싶다

시를 보아도 좋고
시를 읽어도 좋고
한 편의 시가 감동을 주는 시를 쓰고 싶다

내 속에 있는
모든 마음이 하나가 되어
생명력 있는 살아있는 시를 쓰고 싶다

희망을 이야기하면

희망을 이야기하면
사람들의 얼굴은
밝고 환하게 빛난다

마음이 열리고
힘이 샘솟고 용기가 생겨서
모든 일에 최선을 다하고
내일을 향하여
새로운 도전을 하고 싶어 한다

어제보다 오늘을
오늘보다 내일에 펼쳐질 일들을
기대하며 살아간다

땀 흘리는 기쁨을 알고
어떠한 고통도 두려움도 없이
기도하며 이겨내고
서로를 신뢰해주며 사랑을 나눌 수 있는
마음에 여유로움이 있다

희망을 이야기하면
사람들의 눈은 빛을 발한다

머뭇거림과 서성거림이 사라지고
리듬감과 생동감 속에 유머를 만들며
열정을 쏟아가며
뜨겁게 살아가기를 원한다

유머와 여유가 있는 말을 해야 한다. 유머는 딱딱하게 굳었던 표정 없는 사람들의 얼굴에도 웃음꽃을 피워준다. 웃음은 행복한 미래를 선물한다. 웃음은 마음에 여유를 만들어 주고 매사에 적극적으로 뛰어들게 만든다. 유머가 있는 사람은 어디서나 행복을 선물한다. 부모가 유머가 있으면 아이들이 행복하다. 얼굴이 밝아진다. 잘 익은 유머 한 마디가 행복이란 열매를 맺게 한다. 늘 기쁨과 웃음 속에 살면 불행이 찾아들어 올 틈이 없어진다. 낭만과 멋이 있는 말을 해야 한다. 대화를 나누고 나면 아쉬울 정도로 말에는 낭만과 멋이 있어야 한다. 자기 말만 쏟아놓으려 하지 말고 타인의 말을 잘 들어주어야 한다. 매사에 간섭하려고만 하지 말고 관심을 두고 들어주어야 한다. " 우리는 만나면 좋고, 함께 있으면 더 좋고 떠나가면 그리운 사람이 되어야 한다."함께 있으면 왠지 행복해지는 사람이 되어야 한다.

삶이란 만나고 헤어지는 삶이다. 그러므로 행복과 여운이 남는 말을 해야 한다. 행복을 주는 말, 사랑을 주는 말, 희망을 주는 말, 격려해 주는 말이 필요하다. " 그대가 있어 참 행복하다!"말은 하는 사람도 듣는 사람도 좋다. 시인의 시가 있어 행복하다는 말을 들을 수 있다면 얼마나 좋을까? 늘 기억하면 입가 웃음이 퍼질 정도로 행복을 주는 말을 해야 한다. 다시 보고픈 사람이 될 정도로 기분 좋은 말을 해야 한다. 그래야 나도 행복하고 주변에 있는 사람도 행복하다. 말은 생명력이 있어 행복을 길러준다.

산책을 하다가 들꽃을 만나도 반갑다. 사람은 원래 고독할 때 작은 꽃도 보이고 모든 것을 사랑하고 싶어진다. 들꽃을 사랑하는 사람은 정이 있고 인간미가 있다. 스위스 알프스 산에서 만난 들꽃들은 너무나 아름다웠다. 산에 오르면 수없이 만난 들꽃이 웃음으로 반갑게 맞아주었다.

들꽃을 볼 수 있다는 것은

들꽃을 가까이 볼 수 있다는 것은
나를 옭아매던 것들에서
벗어나 마음의 여유를 갖는 것이다

숲 향기를 온몸에 받으며
들꽃을 바라보며
그 아름다움에 취할 수 있다는 것은
그만큼 마음이 맑아졌다는 것이다

늘 벗어나려 몸부림치면 칠수록
생각하는 것들이 바뀌는 순간부터
우리의 삶은 달라지기 시작한다

번잡한 일상에서 벗어나
들꽃을 바라보면
마음이 너그러워진다

이름을 알 수 없는 들꽃이지만
알려지지 않은 곳에서
어떤 이유도 말하지 않고
어떤 조건에도 굴하지 않고
온몸을 다하여 피어난다는 것은
참으로 놀라운 일이다

틀 안에 숨어 살며 괴로움에 빠지기보다
들꽃을 바라보면
마음이 편안해진다

마음이 진실해진다

시인은 사색한다. 사색은 마음의 창고에 생각의 씨앗을 담아놓는다. 사색하는 시간이 줄어들고 없어지면 성격이 성급해지고 거칠어지고 실수가 많아진다. 자기 중심적으로 되어 불평과 불만이 늘어난다.

사색이란 몸과 마음이 평온하도록 고요함을 즐긴다. 홀로 사색하는 것은 자기 자신을 들여다볼 수 있는 시간을 마련한다. 꽉 닫힌 마음의 뚜껑을 열고 들어가 생각을 정리하는 시간을 갖는다. 사색하며 마음이 긍정적으로 변하면 삶의 모습이 달라진다.

사색에만 몰두하면 좋은 것이 아니다. 지나친 사색은 행동하지 못하도록 나약하게 만든다. 사색과 행동이 동반되어야 좋은 삶의 결과를 나타낸다. 시인은 행동하는 양심을 갖고 행동하며 살아야 한다.

헨리 데이비드 소로는 사색에 대하여 "사색함으로써 우리는 본심을 잊는 일이 없이 열중할 수 있다. 의지의 의식적인 노력으로써 우리는 행위와 그 결과에서 초연히 서 있을 수 있다. 그리고 만사에 선이든 악이든 격류처럼 우리 옆을 지나간다. 나는 물결에 흘러가는 나무토막일 수도 있고, 또는 공중에서 그 나무토막을 내려다볼 수 있다. 죽음이 다가왔을 때 "나는 나의 삶을 산 것이 아니었다."고 말하지 않기 위해서이다. "라고 말했다. 사색을 통하여 꿈을 만들고 행복을 추구하고 사랑에 빠져들어야 한다. 사색하면 생각이 행동으로 나갈 길을 잘 열어준다. 산책하다 보면 나무들은 자신의 모든 힘을 다해서 가지를 하늘로 뻗는다. 시인의 삶도 나무처럼 살아야 한다.

사색과 생각이 없이 써지는 시는 없다. 시는 생각과 사색의 산물이다. 누구나 생각이 없으면 엄청난 잘못을 저지르게 되는 경우가 종종 있다. 사색할 시간도 없이 바쁘고 힘들게 일을 하다 보면 생각지 않은 곳에서 일이 터진다. 그때는 후회할 시간도 없다. 사색할 시간을 가지면 우리의 삶은 생기가 돈다. 시간이 있을 때 공원이나 한적한 길을 산책하며 사색을 즐기면 삶이 행복해진다. 생각을 가다듬어 행동하면 실수가 줄어들고 삶이 착실해진다. 시인은 산책을 즐기고 생각하는 시간을 많이 가져야 한다.

산책 1

산책을 하며 천천히 걸으면
제자리에 있는 것들은 스쳐 지나가듯
바라보는 즐거움이 있다

녹색의 나무와 제철을 맞아 피어나는 꽃
작은 풀과 넓은 호수
그리고 만나는 사람들이 모두 다 정겹다

늘 쫓기던 일상에서 잠시 떠나
한가롭게 걷는다는 것은
삶 속에 야유를 만드는 것이다

힘들고 어려운 일들 속에 길들여지고
훈련되어야 견딜 수 있는 것에서 잠시 떠나
꽉 막혔던 마음을 활짝 열고
자유로움을 느낀다는 것은
행복과 만나는 것이다

산책은
일상의 반복 속에서 잃어버렸던
자신을 바라보고
자연을 만날 수 있는
큰 즐거움을 만드는 시간이며
긴장된 마음과 육체를 풀어주는
적절한 운동이다

산책 2

산책을 하는 것은
마음을 편안하게 갖고 살아가는 법을
터득하는 것이다

늘 어깨를 짓누르는 무거움과
긴장과 걱정이 꼬리를 물고 늘어져
자신의 틀 안에 갇혀 있던 마음을
숨 쉬게 하는 것이다

산책하면
소심했던 마음이 넓어지고
우울함이 사라져 밝아지고
나약했던 시심이 튼튼해진다

산책을 자주 하면
마음을 편안하게 가질 수 있는 여유가 생겨
끈질기게 달라붙는 욕심과 욕망에서 벗어나
안락하게 휴식을 취할 수 있다

자연을 관심 있게 바라보며
갇혀 있던 그물에서 벗어나 희망을 갖고
삶을 활기차고 명쾌하게 즐기는 시간이다

길을 걷는다는 것은

길을 걷는다는 것은
갇혔던 곳에서
새로운 출구를 찾아 나가는 것이다

천천히 걸으면
늘 분주했던 마음에도 여유가 생긴다

걸으면
생각이 새로워지고
만남이 새로워지고
느낌이 달라진다

바쁘게 뛰어다닌다고
꼭 성공이 보장되는 것은 아니다
사색할 시간이 필요하다
삶은 체험 속에서 변화된다

가장 불행한 사람은
자기라는 울타리 안에
자기라는 생각의 틀에
꼭 갇혀 있는 사람이다

길을 걷는다는 것은
살아있음을 느끼게 하고
희망을 갖게 한다

길을 걸으면 걸을수록 마음이 편안해진다. 잔잔한 마음으로 안정감을 느낄 수 있다. 길을 걸어본 사람이 느낄 수 있는 즐거움이 있다. 천천히 걸어본 사람이 느림의 행복감을 만끽할 수 있다. 삶의 분주함 속에서 잠시 잠깐 멈추어 느림의 법칙대로 걸어보면 한결 따뜻해지고 편안해진다. "아! 이래서 사람들이 천천히 여유롭게 걷는구나!" 하는 생각을 하게 된다. 걸으면 걷는 동안 만나는 것이 더 많아진다. 살면서 너무나 무관심으로 자연을 만나지 못했다. 산책하면 나무들과 대화를 할 수 있다. 자신과도 미루어두었던 대화를 나눌 수 있는 가장 좋은 시간이다.

날씨가 화창해야 상쾌하다. 꽃이 활짝 피어야 유쾌하다. 일도 잘돼야 통쾌하다. 유쾌하게 일을 잘하면 바라보는 사람도 기분 좋다. 유쾌한 마음이란, 행복하고 기분 좋은 감정이 가득한 것이다. 매사에 적극적인 사람이 엉킨 것도 잘 풀어가며 즐겁게 일한다. 루스벨트는 "성공의 공식 중에 가장 중요한 요소는 다른 사람과 잘 지내는 것이다."라고 말했다. 남을 험담하고 비웃으면 비겁한 쾌감을 느끼지만 남을 칭찬하고 배려하면 즐거운 쾌감을 누린다. 살다 보면 고통의 가시에 찔려 가슴을 아파본 경험이 누구에게나 있다. 어떤 순간에도 딴짓하지 않고 한눈팔지 않고 열심히 뛰며 살면 늘 유쾌하다. 싫증과 짜증이 범벅되어 살아가면 신경질만 늘어난다. 후회란 불쾌감을 만들지만 유쾌한 마음은 건강을 만든다. 꿈이 현실이 되면 즐거운 일들이 많이 일어나 유쾌하고 경쾌하게 웃으면서 일할 수 있다. 때때로 힘들고 지쳐도 "하하하!" 기분 좋게 웃으며 훌훌 털어버리고 기분을 확 전환하는 습관을 지녀야 한다. 아주 사소한 일에도 즐거운 마음을 갖는 사람이 되어야 한다. 유쾌하게 살면 얼굴도 나이보다 젊어 보인다. 사람들에게 칭찬의 말을 듣게 된다. "젊어 보여요! 참 멋지게 사시네요!" 산다는 것이 일하는 것이 즐거움이 되어야 한다. 서툴면 어떤가. 부족하면 어떤가. 나약하면 어떤가. 언제나 즐겁게 최선을 다하면 피곤하기보다 보람을 느끼고 행복하다.

아주 작은 것부터 소중하게 여기면 모든 것이 조화를 이룬다. "오늘을 잘 보내면 내일도 잘 된다." 마음으로 살면 안 될 것이 없다. 늘 항상 유쾌한 마음이 샘물처럼 솟아 나와야 한다. 유쾌하게 살아가면 기회도 잘 찾아오고 복도 행운도 따르게 된다. 기왕에 사는 인생 짜릿하게 성취감과 보람을 누리며 살자. 유쾌하게 사는 것이 복 있는 사람이고 복을 누리며 사는 사람이다.

시인이 되고 싶다면 책을 많이 읽어야 한다. 중학교 2학년 15세 때 국어 시간이 시인이 되는 동기가 되었다. 5세 때부터 지금 약 삼 만권 이상의 시집을 읽었다. 헌책방을 돌아다니면 초간 시집을 사고 모았다. 성경도 구약 500 독 신약 2520 독 이상을 읽었습니다. 1997년 12월부터 1998년 12월까지 5개월 동안 삼천 권 이상의 시집을 읽어보기도 했습니다. 2001년에도 10,000권 시집과 책을 읽었다. 2010년에는 1년간 4,000건의 시집을 읽었다. 책을 읽으면 간접경험과 함께 문장력과 어휘력이 늘어나고 이미지가 새롭게 떠오른다.

우리의 두뇌는 자꾸만 써야 발전한다. 언어를 연상하고 사건을 연상하고, 인물을 연상하고 어떤 장소를 연상하면 언어가 풍부해지고 연작시를 쓰는 데도 도움이 된다. 이미지 연상이 부족해지면 많은 시를 쓰더라도 언어의 부족을 심각하게 느끼게 된다. 시인이 되려면 습작 기간을 많이 가져야 한다.

나는 습작 기간을 20년 가졌다. 15세 때 시를 쓰기 시작한 지 20년 후에 시집을 발간했다. 그리고 주변 사람들이 좋은 작품 걸작이라고 칭찬할 때 빠져들지 말고 계속해서 새로운 변화를 가져야 한다. 시인은 누구나 자신이 걸작품을 쓰고 있다고 착각할 수가 있다. 그러나 그것은 금물이다. 계속하여 새로운 작품을 써내려야 한다.

시인이 되려면 시집을 발간해야 한다. 시집을 발간할 때는 먼저 시집의 제목이 좋아야 한다. 제목이 독자의 마음을 끌어당겨야 한다. 그리고 표지가 독자가 좋아하고 금방 싫증이 나지 않는 계속해서 좋아할 표지가 되어야 한다. 그리고 독자가 좋아하고 그들의 마음에 다가갈 시를 내야 한다. 그리하여야만 독자들에게 계속해서 사랑받는 시인이 될 수 있다.

시는 곧 시인의 삶이다. 나의 삶은 온통 시속에 빠져있다 나에게는 때로는 모든 것이 시로 보인다. 나에게는 수도꼭지라는 별명이 있다. 틀면 시가 쏟아진다는 것이다. 그 정도로 나는 시 속에 빠져 살고 있다. 빠져있을 때 좋은 작품을 쓸 수 있다. 사랑도 빠져야 멋진 사랑을 할 수 있는 것처럼 시도 똑같다.

누군가 내 마음을 알아주고 읽어준다면 행복이다. 우리도 다른 사람의 마음을 따뜻하게 읽어줄 수 있다면 행복할 것입니다. 아우렐리우스는. " 다른 사람의 속마음으로 들어가라. 그리고 다른 사람이 당신의 속마음으로 들어오도록 하라."고 말했다. 우리가 먼저 관심을 가질 때 다른 사람에게 관심을 받을 수 있다. 그러한 마음은 긍정적인 마음에서 시작된다. 항상 긍정적인 마음을 갖고 살아가기란 그리 쉽지 않습니다. 어느 순간 의기소침해지고 세상살이에 자신이 없어질 때가 있습니다. 그럴 때는 우울함 속에 빠지게 되고 의욕이 사라지고 짜증이 난다. 긍정적인 마음은 따뜻한 온기 만들어 낸다. 그래서 따뜻한 마음을 가진 사람 중에 긍정적인 사람이 많다.

막심 고리키가 이렇게 말했습니다. "일이 즐거워지면 낙원이지만 일이 의무에 불과하면 인생은 지옥이다." 우리가 일할 때 복잡한 생각이 정신을 지배하는 이유는 마음이 불안하기 때문입니다. 성취감을 보지 못한 사람들이 늘 조급하고 초조하다. 중요하지 않은 일에 분노하거나 서둘러서 자기 능력을 낭비하는 일이 많다. 우리가 분노하거나 서두르지 말고 마음을 읽어 내리며 여유를 차분히 한다면 더 많은 일들을 해낼 수 있다. 마음을 차분하게 하고 편안해질 때 삶에는 활력이 넘친다.

우리는 삶을 살아가는 동안 다양한 사람들과 만나서 관계를 유지한다. 그런 관계 속에서 평생 친구를 만나기도 하고 서로 상처를 주고받는 일이 있을 때도 있다. 우리가 서로의 마음을 읽어주고 친밀하고 독특한 관계를 유지하기 위해서는 시간을 들여야 한다. 사랑하고 이해하는 마음이 없으면 상대방의 마음을 읽어주거나 사로잡을 수 없을 것입니다. 데이비드 슈워츠는 " 성공하는 사람은 그 마음속에 성공의 새싹이 입력되어 있는 것이며 비참하게 사는 사람은 그 마음속에 불행, 평범함, 따분함, 가난한 생각들이 입력되어 있는 것이다."라고 말했다.

사랑이라는 열차

내 삶의 한복판으로
그대가
사랑이라는 이름의 열차가 되어
전속력으로 마구 달려온다면
두 팔을 들고 환호하며
내 가슴을 열고 기쁘게
맞아들일 것이다

오라 그대여
그대는 내 사랑이다

미국의 시인 롱펠로우는 하버드 대학에서 근대어를 가르치며 낭만적인 사랑의 시를 써서 대중적인 사랑을 받았습니다. 세월이 흘러 롱펠로의 머리카락도 하얗게 세었지만, 안색이나 피부는 청년처럼 싱그러웠습니다. 하루는 친구가 나이보다 젊어 보이는 롱펠로에게 물었습니다. " 여보게 친구! 오랜만이군, 그런데 자네는 여전히 젊군 그래, 자네가 이렇게 젊어 보이는 비결은 무엇인가?"이 말을 들은 롱펠로는 정원에 있는 커다란 나무쪽으로 시선을 옮기며 말했습니다. " 저 나무를 보게나! 이제는 늙은 나무지. 그러나 저렇게 꽃도 피우고 열매도 맺는다네! 그것이 가능한 것은 저 나무가 매일 조금이라도 성장하고 있기 때문이야! 나도 그렇다네! 나이가 들었어도 매일매일 성장한다는 마음가짐으로 살아가고 있다네!" 우리도 날마다 성장한다면 마음도 넓어져서 주변 사람들의 마음을 편하게 해줄 수 있을 것입니다. 스탕달이 이렇게 말했습니다. "마음을 정결하게 하여 모든 증오의 감정을 멀리하면 젊음을 오래 보존할 수 있다."

현대인들의 특징이, 무관심, 무목적, 무의식이라고 한다. 세상은 언제나 서로의 마음을 읽어주는 사람들이 있다. 평화가 존재하고 사랑하며 살아가는 힘이 난다. 자신의 마음을 잘 읽어내려 다른 사람의 마음도 읽어주어야 한다. 윌킨슨이 "당신의 마음속으로 들어가서 당신이 무엇인지 그리고 무엇이 될 것인지 읽어보라."고 말했다. 헤르만 헤세는 "마음속에는 언제라도 숨을 수 있고 본래의 자기의 모습을 되찾을 수 있는 안식처와 평화가 있다."고 말했다. 날마다 자신과 가족과 주변 사람을 잘 읽어주므로 행복하게 살아가야 한다.

사랑이 눈을 뜰 때면

사랑이 눈을 뜰 때면
신비한 빛으로 싹트는
푸른 가슴이 되어
순간이 영원처럼
느껴지는 것은 놀라운 일입니다

온 세상이
단 한 사람의 표정으로 바꾸어가고
꿈도 현실이 되는
이 신비한 세계는
단둘이 만드는
크나큰 사랑의 천국입니다

당신의 눈빛이
당신의 손길이
당신의 가슴이
이렇게 설레이게 하는
놀라운 힘을 가짐을 몰랐습니다

나의 마음은 좁은 듯 날고만 싶고
만나는 사람마다
" 사랑하고 있어요"
외치고 싶습니다

사랑은 단 하나의 사랑만이 존재할 수 있다. 사랑은 결코 나눌 수도, 갈라질 수도 없다. 단 한 사람만 목숨 걸고 사랑할 수 있다면 가장 아름답고 진실한 사랑이다. 이 세상에서 단 한 사람을 목숨을 다해 사랑하고 후회하지 말아야 한다. 그보다 아름다운 사람은 이 지상에 없다. 사랑의 감정이 수많은 색깔과 그림들을 만들어 낸다. 우리가 하고픈 사랑은 어떤 사랑인가? 사랑이란 이름의 그림을 멋지게 그려 놓고 싶다. 사랑의 그림을 그리는 사람은 행복하다. 사랑은 마음에서 시작하여 눈빛으로 전달된다. 삶을 아름답게 만들고 싶다면 지금부터라도 사랑의 물감을 만들자. 사랑을 그리자. 그 그림 속으로 뛰어들자.

톨스토이는 단편 소설 "사람은 무엇으로 사는가?"에서 "모든 사람은 걱정으로 사는 것이 아니라 사랑으로 살아간다는 것을 알게 되었다"고 표현했다. 걱정을 떨쳐버리고 일생동안 사랑하며 살자. 당신의 얼굴에서 사랑의 꽃이 피어날 때 행복하다. 당신의 눈빛을 받으면 받을수록 사랑하고 싶다. 마음의 창인 눈으로 바라보는 모습이 너무나 사랑스럽다. 평생토록 보내준 좋은 인상을 늘 간직하며 살고 싶다. 늘 다정한 눈빛과 따뜻한 손길을 보내준 당신을 사랑한다. 아름다운 사랑에 빠진 사람은 얼굴이 행복의 빛으로 빛난다. 사랑에 확 빠지고 싶다.

이 세상에 그대만큼 사랑하고픈 사람있을까

이 세상에 그대만큼
사랑하고픈 사람있을까

처음 만났을 때부터
내 마음 송두리째 사로잡아
머무르고 싶어도
머무를 수 없는 삶 속에서
그대를 사랑함이 좋다

늘 기다려도 지루하지 않은 사람
내 가슴에 안아도 좋고
내 품에 품어도 좋은 사람
단 한 사람일지라도
목숨처럼 사랑하는 사람이 있다는 것은
행복한 일이다

아무리 생각하고 또 생각하고
눈을 감고 생각하고
눈을 뜨고 생각해 보아도
그대를 사랑함이 좋다

이 세상에 그대만큼
사랑하고픈 사람있을까

오늘은 아주 기분 좋은 일이 생겼으면 좋겠다. 꿈이 이루어지고 생각했던 일들이 현실이 되었으면 좋겠다. 소망했던 일들이 눈앞에 펼쳐졌으면 좋겠다. 뜻밖에 반가운 친구를 만나고 싶다. 늘 그리워했던 사람들을 만나고 싶다. 보고 싶었던 이들을 만나고 싶다. 생각지 않았던 행운이 찾아왔으면 좋겠다. 오늘은 아주 신나는 일이 생겼으면 좋겠다. 만나는 모든 것들이 행복해 보이고 살아있음을 만족하면 좋겠다. 내일을 살아가는 희망이 가슴 가득 차올랐으면 좋겠다. 마음껏 환호하고 싶은 일들이 많았으면 좋겠다. 기뻐할 일들이 많았으면 좋겠다. 언젠가 오늘이 생각나면 그날이 있어 행복했다 말하고 싶다. 하고픈 일이 있어서 기대하며 살았고 이루고 싶은 목표가 있어서 설레었다고 말하고 싶다.

사랑에 깊이 빠지지 않은 사람은 인생을 잘 모른다. 이 지상에 사랑하는 사람이 살고 있다는 것은 행복한 일이다. 시모니데스는 "그림은 말 없는 시이고, 시는 말하는 그림이다."라고 말했다. 아름다운 사랑은 아름다운 시를 만들어 준다. 사랑을 하면 그리움이 생긴다. 그 사랑은 아름다운 사랑이다. 독일의 시인 보덴슈테트는 " 사랑은 생명의 꽃이다."라고 표현했다. 삶 속에서 사랑을 꽃피워야 한다. 체호프는 "사랑을 얻는다는 것은 모든 것을 얻는다."라고 말한다. 살고 있는 주변 사람들을 살펴보라. 사랑하고 있는 사람들의 모습을 보라. 얼마나 행복한 모습인가? 사랑의 힘으로 살아간다.

사랑한다는 말을 하고 싶을 때

내 심장에 사랑의 불이 커지면
목 안 깊숙이 숨어 있던
사랑한다는 말이 하고 싶어
입 안에 침이 자꾸만 고여든다

그대 마음의 기슭에 닿아서
사랑의 낯을 내려놓을 때
나는 외로움에서 벗어날 수 있다

내 가슴을 진동시키고
눈물겹도록 사랑해도 좋을
그대를 만났으니
사랑의 고백을 멈출 수가 없다

견디기 힘들었던 시간이 지나고 나면
속 태우던 가슴앓이 다 던져버리고
그대에게 사랑한다는 말을 할 때
내 슬픔은 끝날 것이다

외로웠던 만큼 열렬하게 사랑하며
무성하게 자랐던 고독의 잡초를 잘라버리고
사랑의 새순이 돋아 큰 나무가 될 때까지
그대를 사랑하겠다

삶에는 흥미가 가득하다. 거칠고 격렬한 삶에 마음을 통째로 흔들어 놓을 벅찬 감동이 필요하다. 감동은 삶에서 최고의 명장면을 만든다. 이 땅에 살아가는 모든 사람에게 감동이 자주 만들어져야 한다. 길을 가다가도 생각해도 좋아서 눈물이 흐르고, 너무나 기뻐서 마구 소리를 지르고 싶고, 알리고 싶은 신나는 일들이 있어야 한다. 살면서 힘들고 어려운 일들이 얼마나 많은가? 절망 속에 살아가는 사람들이 얼마나 많은가.

작은 기쁨이라도 찾아와 마음껏 웃을 수 있는 시간이 있어야 한다. 헤르만 헤세는 "번뇌의 한편에 기쁜 웃음이 있고 장례식 종소리와 함께 아이들의 합창 소리가 들리고 곤궁과 비천 곁에 은근과 기지와 위로와 웃음이 있는 것을 보면 볼수록 이 세상은 훌륭하고 감동적이라고 생각하지 않을 수 없었다."라고 말했다. 세상에는 감동을 만들어 주는 사람들이 많다. 모든 분야의 수많은 사람들이 감동을 선물한다. 감동은 차갑고 쓸쓸한 세상을 살아갈 용기를 준다. 가족과 주변 사람들에게 감동을 주면 세상은 밝아지고 행복해진다.

밀레는 "타인을 감동시키려면 먼저 자기가 감동하지 않으면 안 된다. 그렇지 못하면 제아무리 우수한 작품일지라도 생명이 길지 못하다."라고 말했다. 사람들은 슬픔을 원하지 않는다. 사랑은 눈빛에서 시작된다고 한다. 한순간만 좋아하는 것은 사랑의 감정에 불과하다. 누구나 이루어지는 사랑을 원한다.

셰익스피어는 "사랑에는 진실이 넘치고 있지만 정욕에는 날조한 허망이 가득차 있다. 꽃에 향기가 있듯이 사람에게도 품격이라는 것이 있다. 꽃도 생생할 때 향기가 신선하듯이 사람도 그 마음이 맑지 못하면 품격을 보전하기가 어렵다. 썩은 백합꽃은 잡초보다 오히려 냄새가 더 고약하다"라고 말했다. 사랑의 고백은 진실해야 한다. 순간의 욕망이나 허세로 사랑한다면 평생 고통을 당해야 한다. 순수함은 삶을 아름답게 만든다. 괴테는 "모든 예술에 있어서 자연은 마르지 않는 샘이다. 가령 그 샘에서 가장 완성된 모습을 찾지 못한다 하더라도 그것은 끊임없는 창조의 모습이다. 정말 자연이야말로 마르지 않는 것이다. 그 모습 속에 생생한 생기 있는 것을 꾸밈없이 비춰주는 것이다."라고 말했다. 평생을 사랑하는 사람에게 순수한 사랑을 할 수 있다면 얼마나 행복한가.

함께 있으면 좋은 사람

그대를 만나던 날 느낌이 참 좋았습니다

착한 눈빛, 해맑은 웃음 한 마디
한마디의 말에도 따뜻한 배려가 있어
잠시 동안 함께 있었는데
오랜 사귄 친구처럼 마음이 편안했습니다

내가 하는 만들을 웃는 얼굴로 잘 들어주고
어떤 격식이나 체면 차림 없이
있는 그대로 보여주는
솔직하고 담백함이 참으로 좋았습니다

그대가 내 마음을 읽어주는 것만 같아
둥지를 잃은 새가
새 둥지를 찾은 것만 같았습니다
짧은 만남이지만
기쁘고 즐거웠습니다

오랜만에 마음을 함께
맞추고 싶은 사람을 만났습니다

마치 사랑하는 사람에게
장미꽃 한 다발을 받는 것보다
더 행복했습니다

그대는 함께 있으면 있을수록
더 좋은 사람입니다

문학은 생활의 진실을 표현한다. 인간은 홀로 살 수 없는 존재다. 고독보다 무섭고 처절한 병은 없다. 인생이라는 길에서 누군가와 동행해야 한다. 영국 시인 콜리지는 "만나고 알고 사랑하고 헤어지는 것이 사람들 대부분 슬픈 이야기다"라고 말했다. 삶을 행복하게 하는 것은 좋은 만남을 통해서 이루어진다. 내 마음이 열려 있을 때 상대방을 받아들일 수가 있다. 사랑을 먼저 시작해야 한다.

세상의 모든 음악, 모든 미술, 모든 조각품, 모든 문학을 짜 내리면 사랑이 쏟아진다. 사랑을 떠나서는 그 어떤 것도 존재할 수 없다. 사랑을 하자! 멋지게 사랑을 하자! 사랑은 인생에서 가장 아름다운 순간들을 만들어 놓는다.

꽃피어라 내 사랑아

꽃 피어라 내 사랑아
온 땅을 뒤덮을 듯이 피어나는
봄꽃처럼 활짝 피어나
향기를 발하여라

꽃피어라 내 사랑아
꽃잎 속절없이 지더라도
필 때는 모든 것 아낌없이 피어야
탐스러운 열매가 열리고
이어가는 아름다움이 있지 않은가

꽃피어라 내 사랑아
우리에 사랑도
한 번 활짝 피었다가 사라져야
그리움이 남지 않겠는가

꽃피어라 내 사랑아
사랑이란 이름으로
한평생 살아가며 후회하지 않도록
아름답게 아름답게 꽃피어라

찰리 채플린은 자신만의 독특한 코미디로 무성 영화 시대에 세계인을 웃음으로 감동 시켰다. 찰리 채플린은 사랑하는 사람을 만나자 "당신을 좀 더 일찍 만났다면 사랑을 찾아 헤매는 일은 없었을 것이다. 세상에서 단 한 사람에게만 느낄 수 있는 것이 바로 사랑이다."라고 고백했다. 자신의 모든 것을 바쳐 사랑할 수 있는 사람을 만나는 것은 기적이요, 행운이다. 삶 속에 가장 큰 축복이다. 사람들은 이 축복의 주인공이 되기를 원한다. 오늘은 당신이 사랑의 주인공이다.

사랑은 순탄하게 흘러가지 않는다. 갖가지 시련과 역경을 만난다. 다가온 시련과 역경을 어떻게 극복하는가가 중요하다. 클린턴 대통령이 백악관 스캔들로 세계 여론에 질타당했다. 아내 힐러리 클린턴은 언론에 지혜롭게 대처했다. 언론을 향하여 "극심한 고통과 분노의 시간이 있었지만 내 인생의 절반을 그와 함께 했다. 그는 좋은 사람이다. 어떤 일이 있어도 이어질 깊은 끈이 우리 사이에 존재한다. 그것이 사랑이다."라고 말하며 사랑을 지켜냈다. 대단한 여성이다. 남성들은 여성들이 다 힐러리 클린턴이 아니라는 것을 분명하게 기억해야 한다. 당신 아내의 눈빛은 차갑고 매섭다. 용서하지 않을 수도 있다. 분명하게 기억해야 한다. 삶이란 연극 무대에 서 있다. 함께 외치자! "사랑한다! 사랑한다! 너의 모든 것을 사랑한다!" 사랑은 관심과 배려가 충분해야 잘 자란다.

6. 시의 소재가 많아야 한다

시를 평생 동안 쓰려면 시의 소재가 많아야 한다. 시인의 시 중에 대부분이 라는 시의 소재가 제한되어 있는 것을 알 수 있다. 시집을 읽으면 시 제목도 제 한되어 있음을 느낄 때가 많다. 시집을 읽으면 같은 제목의 시가 많다. 시인들의 관심이 서로 같다는 것을 알 수 있다. 시인의 생각과 연상이 한계에 갇혀 있다는 것을 알게 된다. 시의 폭을 넓혀 나가야 시의 세계를 넓힐 수 있고 시의 영역을 넓혀가며 다양하고 폭넓게 많은 시를 쓸 수 있다.

시를 계속하여 쓰려면 생각 속에만 갇혀 있지 말고 시의 다양성을 위하여 다 각도로 시의 세계를 넓혀 나가야 한다. 시의 세계를 넓고, 깊고, 높게 하기 위하 여 연상과 쓰기가 중요하다. 시를 연상하는 능력이 뛰어나고 언어 표현 능력이 머물고 계속 상승하고 자라나고 살아나야 한다.

1월

1월은
가장 깨끗하게 찾아온다

새로운 시작으로
꿈이 생기고
왠지 좋은 일이 있을 거만 같다

올해는 어떤 일이 일어날까
어떤 사람들을 만날까
기대감이 많아진다

올해는
흐르는 강물처럼 살고 싶다
올해는
태양처럼 열정적으로 살고 싶다

먹구름이 몰려와
비도 종종 내리겠지만
햇살이 가득한 날들이 많을 것이다

올해는
일한 기쁨이 수북하게 쌓이고
사랑이란 별 하나
가슴에 떨어졌으면 좋겠다

2월

겨울의 끝자락에 찬 기운이 남아 있고
봄기운을 느끼기엔 아직은 서투르다

외곽에 머물던 봄이 오는 소리가
귓가에 점점 더 가까이 들리기 시작한다

겨울옷의 두께와 무게가 느껴지고
겨우내 얼었던
발걸음이 풀려서 가벼워진다

봄을 만들기 위해
태양의 열기가 높아지고
간간이 비가 내려
봄을 준비하고 있다

땅은 얼었던 몸을 풀고
새싹이 돋아날 몸을 만들고 있다

쇼윈도의 마네킹은
벌써 봄옷을 입고
몸매를 뽐내고 있고
내 마음에는 벌써 봄이 와있다

3월

봄이 고개를
쏙 내밀기에는 아직은 춥다

겨울이 등을 돌리고
확 돌아서기에는
아직은 미련이 남아있다

뼈만 남은 나무들이
봄을 기다리고 있다

연초록 잎과 꽃들의 행진을
눈앞에 그리며
기다림과 설렘으로
가득한 계절이다

땅속에는
햇살이 따사로운
봄을 기다리는
새싹의 눈빛이 가득하다

4월

4월은 꽃들이 화창하게 피어나는
꽃들의 계절이다
햇살 가득한 봄날 어디를 가나
꽃을 찾고 보러 온 상춘객들이 몰려온다

봄꽃이 화창하게 피어나는 풍경을 바라보는
눈 속에 꽃이 가득해 시선이 행복하다

4월에 꽃길을 걸어가면 꽃향기에 온몸이 젖고
초록 향기에 코끝이 싱그럽다

4월은 쑥 향기가 들판에 퍼져나가고
쑥국이 식욕을 당기고 들판에는 나물캐는
여인들의 손길이 바빠지고
농부들은 논밭을 가꾸고
씨를 뿌리고 모내기가 시작된다

4월은 봄꽃이 피고
꽃비가 되어 떨어지면
열매가 열리기 시작하는 계절이다

5월

초록이 좋아서
여행을 떠난다

눈으로 보는 즐거움
마음으로 느끼는 행복이
가슴에 가득하다

오월
하늘이 좋아서
발길 따라 걷는다

초록 보리 자라는 모습이
희망으로 다가와
들길을 말없이 걸어간다

6월

태양의 얼굴이 여름을 재촉하는
열기로 뜨거워지는 계절이다

풀과 나무들은 비가 내릴 때마다
햇살을 듬뿍 먹고 쑥쑥 잘 자란다

6월에는 한 해의 중간에서
어떻게 살아왔는가
잠시 잠깐 되돌아본다

또다시 6개월을
어떻게 살아갈 것인가
생각해본다

삶이란 소중한 시간들이
하루하루 최선을 다하며
감동과 기쁨 속에
보람된 하루하루를 살아가야 겠다

하루하루가
알찬 열매가 열리도록
뜨거운 여름의 계절에
땀 흘리며 살아야겠다

7월

7월은 온 세상에
싱싱한 초록이 가득하게
번성하는 계절이다

바람이 불 때마다
나무들이 두 팔 벌리고
초록 춤을 추기에 바쁘다

산도, 들도, 논도, 밭도 어디를 가나
초록 세상 만들기에 바쁘다

7월은 초록의 싱싱한 힘으로
가을 열매 준비를 위하여
모두다 열심에 빠져있다

무한정으로 쏟아지는 햇살 속에
엄청난 초록의 열정이
풍성한 가을 열매를 만들어간다

7월은 선명한 초록이 무성한
신나는 신록의 계절이다

8월

태양이 달구어진 무더위 속에서도
소낙비 한바탕
쏟아져 내리면 신이 난다

비를 맞은 산들에
초록이 싱싱하다

들판에서는 가을 열매를 준비하며
초록 물결이 거세게 자라난다

뜨거운 여름이라도
단비가 내릴 때마다
산천초목이 신바람 나게 자라나는 계절이다

가을 수확을 위하여
일하는 즐거움에
땀 흘리는 보람을 느낀다

9월

뜨거운 태양의 열기 속에서
열매들이 다투듯 익어가며
가을을 준비하고 있다

하루가 다르게
모양과 크기와 색깔이 달라지는
열매들이 탐스럽고 아름답다

열매를 볼 수 있다는 것은
무척 행복한 일이다
열매를 볼 수 있다는 것은
아주 기쁜 일이다

땀 흘린 보람과
일하며 시간을 보낸 것들이
열매의 감동으로 돌아오기 때문이다

종류가 다양한 열매들을 만나며
사람들은 얼마나 좋아할까
열매들을 보고 먹으면 얼마나
기쁘게 좋아할까

가을 수확의 날을 기다리며
아직 남은 땀을 흘리며 일해야 겠다

10월

가을처럼 긴 여운을 남기는
계절은 없습니다

가을은 고달픈 이들에게
마음의 쉼터를 만들어줍니다

가을의 마지막 순간까지
나뭇가지에 주렁주렁 매달린
감 열매 속에는
여름 햇살의 사랑 노래가 가득합니다

꽃 피는 봄과 찬란했던 여름
열매로 가득한 가을
모두 다 열심히 일했습니다

일한 만큼의 행복을 나누는
당당하고 멋들어진
자연의 이치를 배우고 싶습니다

떠나기 위하여
가을 나무들이 다시 태어나기 위하여
온몸을 물들입니다

아름다움을 만드는
나무 잎새들의 마음이
감동을 만들고 있습니다

11월

11월은 가을이 떠나는
낙엽의 계절이다

거리거리마다 떨어진 낙엽들 속에
가을이 떠나려고
남겨둔 이야기가 남아있다

낙엽이 길 떠나면
가을의 뒷모습도 보이지 않는다

낙엽이 떨어진
가을의 산길을 걸으면
낙엽을 밟으면 밟을수록
사각사각 낙엽들의 이야기를 들을 수 있다

남아 있는 가을조차 떠나보내려고
찬바람은 더 차가워지고
온몸까지 파고드는 찬 공기가
몸을 움츠리게 한다

가을이 떠나는 계절에
고독이 찾아와 쓰디쓴
한 잔의 커피를 마시며 아쉬움을 달래고 싶다

12월

12월엔
달력 한 장
남은 한 해
아쉬움이 남는다

좀 더 잘할걸
좀 더 열심히 살 걸
모두 다 남지 못하고
떠나가야 하는데

12월엔
보고픈 사람도 많아지고
12월엔
그리워지는 사람도 많다

눈 내리는
12월이 있다는 것이 행복하다
새로운 해를
기대할 수 있다는 것이 행복하다

7. 야생화들을 써보는 것도 시의 소재를 넓혀갈 수 있다

이세상 곳곳에 야생화가 시 한편으로 피어 있다
야생화꽃들이 눈에 띄려고 아름답게 피어난다.
시도 야생화처럼 독자들의 눈과 가슴에 피어난다.
시인들의 시가 온 세상에 새처럼 피어났으면 좋겠어.

복수초

봄이 눈을 뜨기 시작할 때
찬란한 햇빛이 비치는 눈 속에
노란색이 선명하게 살아나는
꽃이 피어난다

봄이 온다는 소식에 피려고
성급하게 서두른 듯
하얀 눈밭에 꽃이 피어나
봄이 오고 있음을 알려준다

겨울의 끝에 하얀 눈 속에서
만나는 꽃이기에 꽃 이름보다
몇 배나 어여쁘고 아름다워
꽃을 보면 볼수록 행복해진다

외로움이 햇살을 받을수록
더 예쁘고 힘 있게 피어나
봄이 오고 있음을 온 세상에 전해준다

복수초를 아직도 모르신다면
봄이 온다는 소식을 듣고
한 번 찾아간다면
아름다운 꽃과 향기로 맞아줄 것이다

변산바람꽃

겨울이 떠나는
발자국 소리가 아직 남아 있는
이른 봄에 석회암이 깔린 숲에
변산바람꽃이 핀다

찬바람이 아직은 불어오지만
따스해지는 햇살을 받아
반기는 마음으로 봄을 맞이한다

꽃이 피고 싶어 씨가 뿌리를 내리고
꽃이 피고 싶어 꽃대가 자란다

하얀 꽃에 보랏빛 수술로 단장하며
봄 햇살이 따뜻해질수록 활짝 피어난다
오가는 바람 따라 사람들의 눈길이 머물면
하얀 꽃 웃음 살며시 웃는다

버려진 외로운 꽃이 아니라
하늘과 땅의 수많은 사랑을 받고
자라는 생명의 꽃이다

외로울 때면 꽃을 보러 가자
쓸쓸할 때면 꽃을 보러 가자
고독할 때는 꽃을 보러 가자

꽃이 너무 예뻐서 여기 숨겨놓았구나

흰 민들레

풀숲을 헤치고 나오는
흰 민들레꽃 예쁜 얼굴이 아름답다

흰 민들레꽃 들판에서 만나면
왠지 정이 간다

외로운 곳
쓸쓸한 곳에서 피어나
행복을 주니 만남이 좋다

들풀이 꽃이 피기 까지
얼마나 애를 쓸까

들풀이 꽃이 피기까지
얼마나 혼신을 다할까

꽃망울이 꽃이 되어
활짝 피기까지
얼마나 아픔을 겪어야 할까

능소화

태양의 열기가 불타오르는 한 여름
꽃 중에 큰 꽃으로 피어나는
능소화 주홍빛 얼굴이 빛난다

꽃을 보면 행복해지는 사람들
꽃을 보면 아름다움에 감탄한다

바람이 불면 꽃들이 사랑하라고
꽃술을 흔들고 온몸을 흔들며
향기로운 꽃향기를 내뿜는다

모든 것들이 강렬한 열기로 시들해지는 여름
강렬한 열정으로 피어나는 꽃을 보면
더웠던 열기도 사라지고 말 정도다

아름다운 꽃이 피어나면
눈길이 가고 마음이 찾는다

향기는 어두운 밤에도
향기가 진하게 날린다
향기 따라가면 능소화꽃 만날 수 있다

가을에 잎들이 단풍에 물들어 떨어져도
나무줄기는 멋진 모습으로 살아남는다

나무 1

나무는 왜 일생동안
제 자리에 서 있는 것일까

가고 싶은 곳이 없을까
그리운 곳이 없을까
만나고 싶은 것들이 없을까
궁금하고 참 궁금하다

세월이 흘러도
비바람이 불어도
눈보라가 몰아쳐도
꼼짝하지 않고 그 자리에 서 있다

답답하지 않을까
갑갑하지 않을까

나무는 발조차 보이지 않게
흙 속에 감추고 떠날 줄 모른다

나무 2

나무는
마음껏 가지를 뻗으며 자랄 수 있으니
마음껏 뿌리를 내리며 커갈 수 있으니
얼마나 든든하고 멋진 삶인가

나무는
마음껏 가지에 잎을 돋아낼 수 있고
마음껏 꽃과 열매를 피고 맺을 수 있으니
얼마나 신이 나고 좋을까

외롭지 않게 새들이 찾아와 둥지를 틀고
바람이 불 때마다 손을 흔드는데
바람을 기다린 것일까 사랑하는 것일까

바람만 불면 바람을 환영하듯
모든 손을 흔들며 맞이하고
겨울에도 참 바람에 살갗이
춥고 뼈저리게 시려도 잘 견딘다

극한 추위에 얼어붙어도 참고 견디며
초록 잎이 돋고 꽃 피는 봄을 기다리며
자신의 것을 아무것도 소유하지 않고
모든 것을 아낌없이 나누어 준다

나무 3

나무는 지금 똑같은 동작으로
요가 중이다

하늘 꼭대기에 가닿은 나무
한 그루도 없다

나무는 욕심 없이 일용할 양식에
감사한다

세상이 하 수상해도 외롭다 말하는
나무는 없다

순례의 기도를 마친 나무들은
깊은 묵상에 빠져
숲은 다시 고요해진다

겨울 내내 빈 가지에
봄이 오면 꽃피는 것은 축복이다

나무들은 각자의 방식대로
꽃을 피우고 열매를 맺는다

나무는 팔을 펼치고 살다
우뚝 서서 죽는다

나무 4

나무는 옷을 벗어도
부끄럽지 않다
나무가 옷을 벗으면
겨울이 온다

비바람 불고 눈보라 몰아쳐도
나무는 당당히 서있다

겨우내 나무들이
살아야지 꼭 살아야지
다짐하며 모진 추위를 견디며
봄이 오기를 기다린다

살 후비는 겨울 찬바람에
몸서리치게 발발 떨다가
봄바람 따뜻함에 몸 풀고
아름답게 꽃을 피운다

나무는 일생동안
최고의 걸작을 만든다

나무 5

나무는
새들이 둥지를 틀어도
아무 말도 하지 않는다

딱따구리가 구멍을 파고
둥지를 틀어도
아무 말도 하지 않는다

벌레들이 속살을 파먹어도
아무 말도 하지 않는다

나무들이 온몸을 베여서
집을 짓고 가구를 만들어도
아무 말도 하지 않는다

아무 욕심도 없이
누구나 모든 것을 원하는대로
언제나 모두 다 내주고 산다

나무 6

나무는 대단한 조각가다

나무속에는 꽃을 만드는
작업실이 있나보다

암술과 수술을 만들고
꽃향기와 꽃잎을 만들고
달콤한 꿀을 만들고
색깔을 아주 곱게 물들여서
꽃을 아름답게 피워놓는다

나무는 꽃 한 송이 꽃 한 송이
최고의 명작 품을 만드는 조각가다

숲길

푸른 산언덕 넘고 넘으며
숲길을 걸으며
숲속 이야기를 듣는다

나무 한 그루 한 그루마다
각기 다른 모습으로
살아온 세월을 이야기한다

풀잎 한 포기 한 포기마다
각기 다른 모습으로
지나온 세월을 들려주고 있다

숲길을 걸으면
어느 사이에 가슴에 불어오는 바람이
세상 이야기를 들려준다

나뭇가지에 앉아
노래하는 새들이
숲속 음악회를 열고 있다

내 발자국 소리에 놀란
다람쥐 한 마리가 나를 자꾸 뒤돌아보다
멀찌감치 달아났다

숲길을 걸으며
숲의 이야기를 마음에 담을수록 편안하다

세상을 발전에 발전을 거듭하여 의식주가 개선되고 환경이 편하고 살기 좋아졌다. 그러나 사람과 사람 사이에 갈등과 반목과 비난과 비판이 심해지고 악성댓글과 가짜뉴스에 시달리고 괴로워하는 사람들이 늘어났다. 갑질을 하는 사람들이 늘어나고 무차별 공격이 늘어나고 날마다 사건 속에 사람들은 시달리고 고통스러워하고 있다. 오 헨리는 "고통 없는 인생은 없다."고 말했다. 고통에는 육체적인 고통과 정신적인 고통이 있다. 이 두 고통에서 벗어나야 마음이 편안하고 자신이 원하는 일들을 해 나갈 수 있다. 나로 인해 누군가 눈물을 흘리고 아파하고 고통스러워한다면 불행한 일이다. 나로 인해 누군가 기뻐하고 웃는다면 행복한 일이다. 다른 사람들은 남의 이야기를 하고 살아간다. 남에게 상처와 아픔과 고통을 주는 말을 함부로 하는 것은 어리석고 무책임한 행동이다. 나에게 말하기 전에 자신을 먼저 돌아보아야 한다. 이 세상에 고통과 아픔으로 불행한 사람들이 없어야 하고 아파하고 고통당하는 사람들은 치유를 받아야 한다. 날마다 일어나는 사건과 사고 속에서 사람들이 뇌 속에서 아무리 걱정하고 근심해도 문제를 해결할 수가 없다. 끊임없이 계속되는 행동 없는 생각과 고된 마음을 무겁게 만들 뿐이다. 고통은 당하는 사람에 따라 삶을 파멸로 몰고 가기도 하고 고통 속에서 도리어 힘차게 일어서기도 한다. 고통은 사람들에게는 위대한 스승이다. 고통의 숨결 속에서 성장하고 발전한다. 머릿속에서 고뇌의 꽃이 피면 근심과 걱정으로 고통의 열매가 맺는다. 행복하고 싶다면 걱정에서 떠나 사랑과 행복이 피어나는 삶을 살아야 한다. 고통을 느낄 수 있는 사람은 기쁨도 누릴 수 있다. 고통을 통하여 강해지는 것은 당연한 삶의 원리다.

상처가 치유되면 상처 속에서도 사랑이 꽃피어난다. 링컨은 " 다른 사람의 고통을 덜어주면 나 자신의 고통을 잊을 수 있다."고 말했다. 이 세상에 살고 있는 모든 사람의 상처는 치유되어야 한다. 상처는 몹시 무척 많이 마음을 아프게 한다. 상처의 고통이 죽음까지 만들 때가 있다. 한 사람 한 사람이 서로 관심을 가져주고 함께 같이 함으로 살기 좋은 세상을 만들어가야 한다. 이 치유 시집을 읽으면 마음에 편안아 찾아올 것이다. 한편 한 편 읽을 때마다 자신의 마음을 읽을 수 있고 마음에 찾아드는 평안을 얻게 될 것이다.

상처 1

이 험한 세상 살면서 상처 하나 없이 사는 사람있을까
살펴보면 모두가 상처투성이다
살다 보면 이런 일 저린 일
몸과 마음에 상처가 생기기 마련이다

심한 말 한마디가 상처가 되고
거슬리는 행동 하나 독한 눈빛 하나가
마음에 상처가 될 때도 있다

상처는 아주 작은 상처로부터
헤어 나오기 힘든 큰 상처까지
수많은 갖가지 상처가 있다

상처는 마음을 풀어 나을 수 있는 상처가 있고
약과 수술로 치유될 수 있는 상처가 있고
상처가 더 큰 상처를 만들어 치유될 수 없는 상처도 있다

상처를 서로 주고받지 않는다면
참 좋은 사이가 될 것이다

상처 2

상처는 아픔의 흔적이다
내 상처는 내가 가장 아프다

상처를 자꾸 말하고 보여주고
드러내기만 하면
자기 스스로 초라해진다

상처는 아물어야 하고
상처는 감싸주어야 하고
상처는 치유되어 잊어야 한다

상처를 이겨내고
새로 돋는 살 속에 감추어야 한다

상처 속에 슬퍼하지 말고
상처를 딛고 일어서서
건강하고 튼튼하게 살아야
삶이 생기가 돌고 힘차다

상처로 인한 고통과 아픔은 사람들의 성장에 굉장한 힘을 준다. 고통과 아픔은 인내심을 길러주고 삶에 대한 간절한 의욕을 불러일으키고 때로는 자신도 잘 알지 못했던 새로운 힘을 갖고 있음을 새롭게 알게 되는 일들이 나타난다.

구겨진 마음

이 험한 세상 살다 보면
이리 치이고 저리 치이다
온몸이 으스러지는 피곤 속에
구겨진 마음이 애처롭고 슬프다

구겨진 마음에는 무엇이 담겨져 있을까
지난 세월의 흔적이 들어있고
지난 삶의 체험과 경험이 들어있다

어쩌면 삶의 공간 속에 구겨진 마음이 없었다면
보잘것없이 평범했을지도 모른다

어쩌면 삶의 흐름 속에
구겨진 마음이 없었다면
아무런 의미가 없었을지도 모른다

구겨진 마음만큼
삶의 의미가 가득 담겨 있고
삶의 깊이 듬뿍 담겨 있다

입춘

봄이 온다는 입춘 소식에
맹추위가 텃세를 부려도
눈 덮인 산을 보아도
봄 햇살을 받아 따뜻하다

추웠던 날씨가 풀리며
입춘이 찾아왔다

봄이 찾아온다는 소식이
너무 반가워 벅찬 감동에
마음 밭에 먼저 꽃씨를 심어놓았다

따뜻한 햇살을 받으며
어디선가 봄이 찾아오는
발자국 소리가 들린다

계절의 변화를 시로 쓰는 것도 좋은 일이다. 시인과 독자들이 서로 공감할 수 있는 시를 쓸 수 있기 때문이다. 계절의 변화는 금방 눈으로 다가오고 몸으로 느낀다. 그러므로 계절 변화의 시는 독자들과 만날 때 깊은 공감을 느끼게 할 수 있다. 시인은 시를 써야 시인의 삶을 살아가는 것이다.

8. 삶은 시를 쓰는 여행이다

　삶은 한 권의 책이다. 삶이 어떤 사람은 소설, 어떤 사람은 수필, 어떤 사람은 한 편의 시다. 삶이 책이라면 읽혀지는 책이 되어야 한다. 누가 읽어도 좋은 책이 되어야 한다. 날마다 정겹게 살며 늘 기억하고 싶은 즐거운 날이 되어야 한다. 삶이란 책은 단 한 번밖에 쓸 수 없다. 다시는 반복하여 쓸 수 없고, 절대로 지나간 것을 후회하며 지우거나 고칠 수 없다. 삶의 마지막은 누구에게나 공평하게 찾아온다. 흘러간 시간은 되돌릴 수 없다.

　삶은 소중하고 가치가 있다. 지나간 세월 동안 후회만 남기지 말고 목표를 정해 혼신을 쏟아 살아야 한다. 삶을 즐거워하며 기쁨을 누리고, 살아야 한다. 삶 속에 시인은 마음껏 느끼고 표현하고 공감해야 한다. 아무리 가까운 사이라도 서로 소통하지 않으면 공감할 수 없다. 시의 목적은 무엇인가? 시는 삶의 표현이다. 시에는 삶 속에 살아있는 이야기가 담겨 있어야 한다. 인생도 표현이다. 시인은 시를 통하여 시대를 나타내고 아픔을 나타내고 희망을 나타내고 사랑을 표현한다.

혼자만의 짧은 여행을

짧게 내린
가을비 소리

외로움을 덜어주는
음악처럼 들렸다

하늘이 푸르다
내 마음도 푸르다

떠날까
한 잔의 커피와 함께

나 혼자만을 위한
짧은 여행을

나의 서재에는 만권 이상의 시집이 있다. 날마다 시집을 읽으며 글자 속으로 여행을 떠났다 다시 돌아온다. 날마다 시 속에서 살고, 시 속에서 시인을 만난다. 수많은 시인들의 시를 읽고 감동한다. 이 시인은 어떻게 이런 시를 썼을까? 이 시인은 어떻게 이렇게 멋진 표현할 수 있을까? 어떻게 적절하게 표현했을까? 이 시를 쓸 때는 어떤 연상을 했을까? 이 시는 어느 곳에서 어떤 마음으로 썼을까? 시인의 마음이 되어 생각해 볼 때가 많다. 시를 읽다가 공감하고 기뻐한다. 수많은 시인들에게 감사하고 찬사를 아낌없이 보내며 산다. 시인은 누구나 자기만의 시 세계 만든다. 시인은 독특한 자신만의 개성을 갖고 시를 쓴다.

　시인들이 없다면 시가 없는 세상이 된다. 시가 없는 세상은 상상만 해도 허무하고 싫다. 시인들의 노래는 오늘도 전 세계인의 가슴속을 파고들어 살아서 움직인다. 시는 사랑을 일깨워주고, 마음을 보듬어준다. 사랑을 나누게 한다, 사람들의 가슴을 따뜻하게 하고 희망을 준다. 어느 나라 어느 시대의 남녀노소를 막론하고 감성이 살아 움직이는 사람들이 시를 사랑한다. 시는 삶의 생명의 언어이며, 살아 움직이는 행동의 언어다. 가슴에 시를 담고 좋아하며 한 편 두 편 어디서나 낭송할 수 있다면 낭만적인 삶을 살고 있는 것이다.

인생이란 여행이다

인생이란 단 한 번도 살아본 적이 없는
생소한 삶을 살아가는 여행이다
떠나고 머물고 떠나면서
볼 것도 많고 할 것도 많고
갖고 싶은 것도 많고
만나고 싶은 것도 많고 많다

꿈과 희망을 갖고 사는 사람은
즐거움과 기쁨 속에 기대감을 갖고 살지만
막연하게 사는 사람은 허무하다

인생이란 여행에서 만나는 것
모든 것들은 아름답고 신기하고
멋있는 것들이 너무나 많다
살아있는 자연은 항상 언제나
계절 따라 늘 아름다움 선물한다

사랑하는 삶 속에서
만남과 이별이 연속이라
아쉬움과 미련도 있지만
인생이란 여행은 하루하루가
소중한 시간의 연속이다

인생이란 여행은 사람마다
출발과 끝이 다르다
행복은 인생이란 여행을
즐길 줄 아는 사람에게 찾아온다

오늘까지 살아오면서 수많은 시집을 읽었다. 어떤 시인의 시 전집은 수십 번이나 읽었다. 시집을 반복하여 읽을수록 중요한 것은 읽을 때마다 전에는 느끼지 못한 새로움을 느낄 때가 많다. 국내 시나 외국 시를 감상하거나 낭독할 때 쉽게 다가오는 시가 공감할 수 있고 감동을 준다. 시를 찾고 만나는 여행은 수없이 반복되어도 즐거운 일이다. 내가 살아있는 날 동안 계속된다. 시를 읽고 쓰는 여행은 날마다 나를 찾아 떠나는 여행이다. 내가 알지 못하고 연상하지 못하고 생각하지 못했던 것을 시로 선물해준 시인들에게 늘 감사한다. 이 시인이 없었다면 어떻게 이 시를 만날 수 있을까? 정말 감사하고 고마운 일이다. 시인들의 세계는 무한하고 자유롭다. 시인들은 오늘도 시를 쓴다. 하루 중에 즐거운 시간은 시를 생각하고 시를 쓰는 시간이다.

우리 살아가는 날 동안

우리 살아가는 날 동안
눈물이 핑 돌 정도로
감동스러운 일들이
많았으면 좋겠다

우리 살아가는 날 동안
가슴이 뭉클할 일들이
많았으면 좋겠다

우리 살아가는 날 동안
서로 얼싸안고
기뻐할 일들이
많았으면 좋겠다

우리 살아가는 날 동안
서로 얼싸안고
기뻐할 일들이
많았으면 좋겠다

너와 나 그리고
우리 모두에게
온 세상을 아름답게 할 일들이
많았으면 정말 좋겠다
우리 살아가는 날 동안에

삶을 사랑하는 사람이 아름다움의 날들을 만든다. 혼란하게 얽매인 것들도 마음을 굳게 다짐하면 쉽게 벗어날 수 있다. 힘들고 무거운 삶의 무게를 가볍게 할 수 있다. 아우구스티누스는 "사랑이 어떻게 생겼을까? 사랑은 남을 돕는 손을 가졌으며, 가난한 자와 곤궁한 자에게 재빨리 달려가는 발을 가졌으며, 비극에 처한 자를 알아보는 눈을 가졌으며, 사람들의 한숨과 슬픔을 경청하는 귀를 가졌다." 말했다. 줄리아 로버츠는 "사랑이란 온 우주가 단 한 사람으로 좁혀지는 기적이라."고 말했다. 삶을 사랑할 때 아름답게 펼쳐나갈 수 있는 힘이 생긴다. 아프리카의 희망의 성자인 고 이태석 신부가 자신의 삶을 "나는 세상에서 가장 행복한 사람"이라 말했다. 남을 위하여 일하는 사람들은 행복의 진가를 알고 나누는 삶을 산다. 행복한 사람들은 어려운 이웃을 돕고 나누며 삶 속에 아름다운 장면을 만들어간다. 문득 생각나도 다시 돌아가 보고 싶은 추억을 만들어야 한다. 삶을 아름답게 살아가는 것은 기쁨이다. 아름다운 삶은 자신과 주변 사람들까지, 행복하게 만든다. 착하고 선하게 순수하고 명랑하게 살자. 정직하게 아주 기분 좋게 살자. 결국 지워지는 삶 미워하고 시기하고 질투하고 염장을 질러보아야 기분만 나빠진다. 우연히 만나도 기억 속에만 남아 있어도 여운이 남도록 살자. 오늘도 삶 속에 아름다운 장면들을 만들자.

삶의 아름다운 장면 하나

그대에게
기억하고 싶고
소중하게 간직하고 싶고
누구에게나 말하고 싶은

삶의 아름다운 장면
하나 있습니까

그 그리움 때문에
삶을 더 아름답게 살아가고 싶은
용기가 나고 힘이 생기는
삶의 아름다운 장면 하나

삶은 자신을 찾아 떠나는 여행이다. 삶에 의미를 안다면 악하고 추하고 더럽고 치졸하게 살지 않는다. 남에게 악하게 굴거나 비겁하게 괴롭히지 않는다. 헛된 욕망의 노예가 되어 욕심에 이끌려 살지 않는다. 바람둥이들의 노후가 대체로 외롭다. 행복한 사람들은 노후가 될수록 다정하고 행복하게 산다. 진실하고 정직한 사람들은 불평과 비난만 일삼거나 비판하고 모욕하고 질시하고 음모를 꾸미지 않는다. 진실하게 정정당당하게 살아도 삶이 너무나 짧다. 욕망에 끌려 사는 사람들은 나이가 들어갈수록 들어나는 것은 후회뿐일 것이다. 그들에게 남는 것은 열매가 아니라 냄새나는 쓰레기다. 남을 배려해주고 인정해주는 사람들의 삶이 아름답다. 자신의 일에 최선을 다하는 사람들은 남을 비난하거나 욕할 시간이 없다. 삶은 살수록 너무나 짧고 짧은 여행이다.

겨울 여행

새벽 공기가
코끝을 싸늘하게 만든다

떨리는 열차의 창밖으로
바라보는 들판이
밤새 내린 서리에 감기가 들었는지
내 몸까지 들썩거린다

스쳐 지나가는 어느 마을
어느 집 감나무 가지 끝에는
감 하나 남아 오들오들 떨고 있다

갑자기 함박눈이
펑펑 쏟아져 내린다

삶 속에서 떠나는 여행
한 잔의 커피를 마시며
홀로 즐겨보는 즐거움이
온몸을 적셔온다

삶은 뜨겁게 열정을 불태우며 살아야 한다. 열정이 있다면 삶의 시간을 헛되게 소비하지 않는다. 삶이란 얼마나 소중한 시간인가. 단 한 번 초대받은 삶이다. 이 소중한 시간을 의미 있게 살아가기 위하여 여행을 떠나야 한다. 때로는 생활에서 좀 떨어져서 관조해보아야 한다. 새로운 자연과 환경을 만나 기분 전환과 감성의 변화를 일으켜야 한다. 삶이 답답할 때 지루하고 변화가 없을 때 여행을 떠나고 싶다. 여행을 떠나면 낯선 곳에서 낯선 사람들과의 만남 속에 보고 느끼는 것이 새롭다. 여행은 삶에 여유와 활력을 불어넣어 준다. 여행을 준비하고 나서는 사람들 표정은 매우 밝다. 설렘과 기대감이 가득해 행복한 웃음을 웃는다. 여행을 떠나는 사람의 표정은 밝고 날아갈 듯 기분이 좋다. 여행은 시간을 잊게 해준다. 일에서 떠나는 자유를 누리게 해준다. 삶에 휴식의 공간을 만든다. 조정민은 "사람이 선물이다"에서 " 쉼은 멈춤이고, 쉼은 내려놓음이며, 쉼은 나눔이다. 기계는 쉬지 않는 것이 능력이고 사람은 쉴 줄 아는 것이 능력이다."라고 말했다

여행을 떠날 때 기차를 타거나, 버스를 타거나, 비행기를 타거나, 자전거를 타거나, 걷거나 모든 움직임에 따라 분위기가 다르다. 여행할 때 먹는 음식도 마찬가지다. 여행하는 나라, 도시, 지역, 고장에 따라 다르다. 맛깔나고 보기도 좋은 음식을 맛있게 먹을 때면 역시 여행하면 좋다고 생각한다. 창밖으로 보이는 산과 강과 아주 오래된 건물과 풍경과 들판이 눈앞에 다가온다. 여행을 통하여 사람들 모든 것들이 새롭게 느낀다. 여행은 그만큼 호기심이 많다. 여행을 떠날 때 짐은 가볍게 해야 한다. 짐에 짓눌리면 재미가 없다.

여행 중에 한 잔의 커피와 차를 마시며 명상에 잠겨 보아도 좋다. 사랑하는 사람과 사랑할 시간을 갖는다. 늘 분주하던 삶에서 멀리 떨어져서 여행을 떠나면 힘들고 고단했던 삶도 그리워지고 참 잘 살아왔다는 생각이 든다. 사람들은 여행을 훌쩍 떠난다. 여행을 통하여 삶의 목적을 발견한다. 삶의 의미를 가슴 가까이 느낀다. 릭 워렌은 "삶의 목적이란 우리 개인의 성취감, 마음의 평안과 행복감 이상의 것이며 가족과 직업 그리고 우리의 가장 큰 꿈과 야망보다 훨씬 더 큰 것이다."라고 말했다.

날마다 떠나는 여행

나는 날마다
삶이라는 여행을 떠난다
늘 서툴고
늘 어색하고
늘 뒤처져서
언제나 떠나면
다시 돌아올 줄 알았는데
떠나기만 하는 여행이다

여행이란 아무런 준비도 없이, 목적도 없이 떠나는 여행도 있다. 갈 곳과 목적을 정해놓고 떠나는 여행도 있다. 음악을 찾아서 떠나는 여행, 문학을 찾아서 떠나는 여행, 유적지를 찾아서 떠나는 여행, 단 하루만의 여행도 좋다. 인생도 삶이란 보따리를 풀어가는 짧고 짧은 여행이다. 시인은 여행을 통해 만난 것들을 언어를 통하여 시로 그림을 그린다. 시는 그림이 그려지는 언어다. 살아서 움직이는 리듬감이 있는 언어다.

여행을 떠나려면 지루함이 가득했던 일상에서 떠나라. 자신 속에 숨겨진 모습을 만나는 시간을 가지면 행복해진다. 새로운 풍경, 새로운 거리, 새로운 사람들, 새로운 음식을 먹는 기쁨을 준다. 늘 시달리고 고달프고 힘든 삶일지라도 좀 떨어져 보면 도리어 그리워지고 사랑스러워진다. 여행하면 삶의 폭이 넓어지고 관대해진다. 여행은 가고 싶은 곳을 찾아 떠날 때 가슴이 설레고 간 곳을 다시 찾을 때는 반가운 친구를 만난 듯 정겹다.

삶은 사랑이란 이름의 아름다운 여행이다. 누구나 삶이 소중하고 아름답기를 원한다. 현대 사회는 물질 만능과 성적으로 타락하였다. 가정이 붕괴되고 질서가 파괴되고 생태계마저 손상되어 간다. 순간적 충동과 찰라 주의에 빠져 한순간의 욕정에 매달려 만족을 추구하려고 한다. 그런 삶을 살기보다 여행을 떠나야 한다. "나중에 병원으로 갈 돈으로 여행을 떠나라."라는 말이 있다. 사람에게 그만큼 휴식이 필요하다는 것이다. 여행은 떠날 때 찾아가는 길은 목적이 있다. 방랑은 목적 없이 떠나는 것이다. 여행은 다시 돌아오기 위해 떠나는 것이고 방랑은 갈 길을 몰라 방황하는 것이다. 여행의 목적은 분명해야 한다.

누구나 한번은 어디론가 여행을 떠나고 싶을 것이다. 기억에 남고 오랫동안 추억해도 좋은 여행을 원한다. 홀로 떠나도 주변에는 많은 동행자가 있다. 삶도 어울림과 조화 속에서 아름답게 가꿔야 한다. 여행은 늘 아름다운 추억을 가슴속에 남겨놓는다. 마음속 사진관에 언제 꺼내 보아도 좋을 아름다운 사진 몇 장쯤은 있어야 외롭지 않다. 세월이 흘러가도 언제나 즐거웠던 추억을 만날 수 있다면 풍성해진다. 나이가 들어가면서 사람들은 추억을 먹고 산다. 인생이란 나그넷길의 길목마다 추억을 만든다.

추억 하나쯤은

추억 하나쯤은
꼬깃꼬깃 접어서
마음속 넣어둘 걸 그랬다

살다가 문득 생각이 나면
꾹꾹 눌러 참고 있던 것들을
살짝 다시 꺼내 보고 풀어보고 싶다

목매달고 애원했던 것들도
세월이 지나가면
뭐 그리 대단한 것도 아니다

끊어지고 이어지고
이어지고 끊어지는 것이
인연인가보다

잊어보려고
말끔히 지워버렸는데
왜 다시 이어놓고 싶을까

그리움 탓에 서먹서먹하고
앙상해져 버린 마음
다시 따뜻하게 안아주고 싶다

추억은 마음 한 곳에 꽂혀지는 풍경이다. 단양에 강의하러 가는 길이었다. 옆 자리에 한 할아버지가 앉으셔서 열심히 지도를 살펴보고 있었다. 궁금해서 "할아버지 어디 가세요?"라고 물었다. 할아버지는 빙그레 웃으시면서 할머니와 함께 휴가를 내서 며칠 동안 특별히 정해진 곳이 없이 여행을 떠난다고 했다. 할아버지와 할머니의 모습이 참 아름다웠다. 참 아름다운 황혼의 삶을 살아가고 계시는 것을 느꼈다. 칠순이 다 되어 보이는 노부부가 떠나는 황혼 여행이다. 모두 분주하게 정신없이 욕심 가득하게 살아가려고 하는데 두 분은 삶의 여유를 보여주었다. "할아버지 참 좋으시겠어요!" 하였더니 할아버지는 웃으시며 "그럼요!" 말했다. 잠들어 계시는 할머니를 쳐다보셨다. 나중에 아내와 함께 황혼 여행을 떠나야겠다. 조금만 더 생각하면 삶을 아름답게 살아간다. 분주하고 복잡다단한 오늘을 살아가려면 마음에 여유가 필요하다. 삶에 짬을 내어 늘 가고 싶고 기대되는 곳을 향하여 떠난다. 여행하는 동안 묶였던 마음을 풀어 놓아야 한다. 여행은 기쁘게 생활하게 만든다.

여행

한동안 지루함이 가득하면
어느 날 모든 걸 놔두고 훌쩍 떠나는 것이다

여행은 새로운 것을 만나는 것이다
아름다운 풍경, 재미있는 풍경,
가슴 아픈 풍경 만나는
그 순간의 감동을 느끼려고 떠난다

여행은 낯선 것들을
만나는 흥분과 감동 속에
삶에 행복이 가득하게 붙여준다

여행은 빠르게 흘러가는 세월 속에서
타인이 살고 있는 풍경 속에서
나를 새롭게 만나는 것이다

여행 속의 풍경들은
내 마음속에 잔상으로 담겨 있다가
문득 그리워지면
눈앞에 그림처럼 펼쳐진다

웨인 다이어는 여행을 떠나는 사람들에게 "마음의 눈을 뜨고 길에서 만나는 모든 것을 맛보라. 당신의 행복을 성공으로 평가하지 말고 인생이라는 여행 전반을 즐겨라. 행복 그 자체가 길이다."라고 말했다. 사랑하는 사람과 동행하는 시간은 행복하다. 여행은 삶 속에 가장 아름답게 남아 있을 추억을 만드는 시간이다. 같이 걷고, 같이 바라보고, 같이 먹고, 같이 웃고, 함께 하는 시간은 사랑의 꽃으로 피어난다. 사랑하는 사람과 여행을 떠나라. 먼 훗날 후회하지 않도록 멋진 여행을 떠나라.

바다는 늘 그리움을 가득하게 만든다. 바다는 누구나 동경하고 늘 가고 싶은 곳이다. 삶에 시달리고 힘들 때마다 가방 하나 둘러메고 훌쩍 떠나가고픈 곳이 바다다. 사람들은 누구나 바다를 좋아한다. 바다에 대한 향수와 그리움을 갖고 살아간다. 삶이 지루할 때면 푸념처럼 " 아! 바다에 가고 싶다!" 말한다. 바다는 항상 그 자리에서 하늘을 몽땅 담고 산다. 잔잔함과 고요함 시시때때로 거친 파도 속에 살아있음을 나타낸다. 바다는 언제나 내 마음을 잘 알아준다. 사람들은 바다를 자신의 마음으로 바라본다.

시인도 바다를 좋아한다. 바다는 시인의 마음을 흔들어 놓고 인생을 깨닫게 만든다. 바다가 좋은 것은 바라보는 순간 가슴이 열리고 모든 것을 잊게 해준다. 바다는 늘 시인을 기다리고 있다가 반갑게 만나준다. 바다는 늘 시인에게 찾아오라고 손짓하고 있다. 시인은 여행하다가 멋진 풍경을 보거나 마음을 동요시키는 것들을 만난다. 이때마다 벅찬 가슴으로 시를 쓴다. 시인의 손에서 삶의 한순간 풍경이 시로 써진다. 흘러가는 세월의 강의 흐름을 막을 수 없다. 시인의 시를 통하여도 세월의 흔적 언제나 만날 수 있다.

그 바닷가

가고 싶다
그 바닷가

갯가 내음이 코끝에 와 닿고
파도 소리가 음악이 되는 곳
갈매기들이 바다를
무대 삼아 춤추고
아름다운 섬들이
정답게 이야기를 나누는 곳

수평선을 바라보면
가슴이 탁 트이고
오가는 배 한가로워 보이고
둘이 같이 있으면
속삭이기에 좋은 그곳

가고 싶다
그 바닷가

해변가 모래밭을 맨발로 걸으면
한없이 걸어도 좋을 그곳
파도가 바위에 부딪칠 때마다
더 힘차게 살아가고 싶은 그곳

가고 싶다
그 바닷가

바다를 늘 그리워하며 살아간다. 도시의 시멘트벽에 갇혀 살고 일에 지친 사람들의 그리움의 대상이다. 찌든 공기를 마시며 허파로 숨쉬기 어려운 도시를 떠나고 싶다. 쉼표가 있는 삶을 살고 싶다. 늘 잘살아 보겠다고 전전긍긍하고 버둥거린다. 삶 속에 쉼표 하나 찍을 수 있는 여유를 갖고 싶다. 꼬불꼬불한 진창길에서 헐떡이는 삶이다. 고통의 비탈에서 정신을 압박하며 마모해 오더라도 삶답게 살고 싶다.

파도치는 바다를 바라보면 금방 생동감이 넘친다. 태양이 찬란하게 떠오르는 바다를 보라. 태양이 붉게 물드는 노을 지는 바다를 보라. 시를 쓰지 않을 수 없다. 바다는 늘 찾아오라고 부르고 손짓한다. 바다는 바람이 불어서 시원해서 좋다. 바다는 답답하지 않고 넓어서 좋다. 바다는 사방이 탁 트여서 바라보기가 좋다. 바다를 바라보며 심호흡하면 왠지 기분 좋다. 바다는 바라보는 순간이 행복해서 좋다. 바다를 바라보면 누구나 행복을 느낀다. 바다의 푸른빛이 생명을 느끼게 해준다. 바다의 파도가 생동감을 선물한다.

제주도 올레길에서 정말 제주도가 아름답다는 것을 알았다. 어느 곳이든 걷고 걸어야만 그곳의 아름다운 풍경을 가슴 깊이 체험할 수 있다. 제주도 올레길을 처음 찾았다. 바닷가를 걷다가 바다가 좋아 짧은 시 한 편으로 만났다.

바다

바다를 보니 한순간에
가슴이 탁 터지는데
파도는 자꾸만 몰려와서
그리움을 만들어 놓는다

삶은 길을 따라가는 여행이다. 길을 찾고 길을 만들고 길을 걸어가는 것이다. 소문난 제주도 올레길을 걸었다. 제주도를 수십 번 다녀도 볼 수 없었던 것을 보았다. 늘 관광하면 정해진 코스를 가고 물건을 사야 하고 떠들썩한 설명을 듣고 사람이 많은 곳에서 북적거려야 했다. 올레길은 관광 명소를 만나는 것이 아니다. 자연을 만나고 나를 만날 수 있는 시간을 허락해주었다. 올레길을 걷다 보면 차를 타고 가면서 부분적으로 보고 스쳐 지나가던 것을 눈으로 보고 마음으로 느낄 수 있다. "제주도가 이토록 아름다운가!" 제주도를 마음속 사진관에 그려놓으며 찬사가 터져 나왔다. "그래 잘 왔다! 올레길 잘 걸었다!" 걷고 또 걸어도 행복했다. 도시에 찌든 마음에 쉼표 하나 잘 찍을 수 있었다. 설명을 듣지 않아도 안내 표지를 따라 걸으면 되었다. 바닷가를 걷고, 오름을 걷고, 마을 길을 걷고, 밭길을 걸었다. 여행의 즐거움을 알게 되었다. 올레길을 만나고 걸었기 때문이다. 올레길을 걸으면서 제주도를 더 아름답고 독특하게 하려면 무너진 돌담을 다시 쌓고 시멘트 담을 돌담으로 바꾸는 작업이 필요하다고 생각했다.

돌담

돌담에 돌이 하나씩
쌓여 올라갈 때마다
지나간 세월도
내려앉았다

삶도 사람도 겉만 보고 살아가면 얼마나 실수가 잦고 고통이 많고 아픔이 많은가. 삶의 진가를 아는 그것은 마음을 알 때다. 서로의 마음을 읽지 않고 큰 소리를 지르는 사람들이 많다. 대화를 원하면서도 대화하지 않는다. 서로 고집만 부린다. 자연을 즐기며 바라볼 수 있는 올레길을 걸어야 할 사람들이 참 많다.

올레길을 걷다가 귤 농장을 지나고 있을 때였다. 농장 주인이 부르며 귤을 먹고 가라고 했다. 얼마나 친절한지. 커피도 한 잔 타 주었다. "올레길만 걷지 말고 제주 사람과 이야기도 하고 귤도 먹어보아야 여행이다."고 말했다. 그분을 만난 것은 가슴 찡한 감동을 주는 행운이었다. 사람도 마음을 주고받아야 친구가 된다. 여행도 자연을 가깝게 만나야 친구가 된다.

여행하면서 지역의 유래와 역사를 알아가는 것이 흥미롭다. 어느 나라 어느 곳이나 전통시장 벼룩시장을 돌아보는 것도 즐거운 구경이다. 시장에서 그 지역의 문화를 알 수 있다. 제주도 올레 시장에서 순댓국도 먹고 제주 흙 돼지갈비도 먹고, 방어회도 먹어보고, 갈치조림, 갈치회, 고등어회, 말고기도 먹었다. 여행과 먹거리는 역시 궁합이 잘 맞는다. 여행을 떠나서 가고 싶은 곳을 가고, 만나고 싶은 것을 만나고 음식을 먹어야 한다.

제주 올레길

제주 올레길을 걸으면
마음이 열리고
머물고 쉬면 쉼터가 된다

섬 곳곳에 펼쳐있고 숨어 있는
아름다운 풍경에 발길이 머물고
멋진 풍경을 만나면
감동하며 아낌없는 찬사를 보낸다

바닷가를 걸으며
밀려오는 파도에 마음을 씻고
밀려가는 파도에 고독을 씻는다

오름에 오르며 삶의 의미를 깨닫고
삶의 가치를 마음에 담는다

돌담길을 걸으며 삶의 고단함에서 벗어나고
밭길을 걸으며 삶의 즐거움을 일깨운다

올레길은 어느 곳이나 처음부터 끝까지 걸어야
그 묘미와 맛을 더 깊이 알게 된다

올레길을 걷다 보면
바다가 보이고 풍경이 보이고
삶이 보이고 휴식이 되었다

여행은 거창스러운 것이 아니다. 매일의 삶이 곧 여행이다. 여행을 멀리 떠나는 것은 일상을 잠시 접어두고 삶을 이야기하고 낭만을 느끼고 인생을 생각하기 위해서다. 오늘 무엇이 가장 소중한가? 무엇이 가장 우선인가? 날마다 분주하게 살아가는 데 진정 원하는 것은 무엇인가? 잠시의 휴식과 쉼 속에서 참다운 인생을 느껴야 한다. 지금은 무너지고 찢긴 사랑을 회복할 때다. 마음을 회복하여야 한다.

길을 떠나면 어디든지 여행길이다. 내가 살고 있는 일산 마두동에는 정겨운 산 정발산이 있다. 시간이 나서 틈이 날 때 정발산 걷다 보면 시의 연상이 잘 된다. 걸을 때마다 시를 연상하여 쓰게 된다. 자연은 언제나 시인에게 시를 선물해 주고 있다.

정발산 둘레 길

우리 동네 정발산 둘레 길은
걸으면 걸을수록
정겨운 내 마음의 길이다

정발산을 천천히 걸으면
높지 않은 언덕길을 중간중간에 만나고
평지의 숲길도 걸을 수 있어
마음의 쉼터가 되고 편하고 좋은 길이다

정발산 둘레길을
자주 걷다 보면 길마다 친구가 되고
나무 한 그루 한 그루
풀 한 포기 한 포기가 벗이 되어준다

정발산 숲길을 만나 걸으며
듣는 새 소리가 숲속의 노래가 되어 들리고
숲길을 만나며 걸으며 듣는
흐르는 물소리가 자연의 노래가 되어 들린다

정발산 숲길은 자연의 정원이고
내 마음의 정원이다

정발산 숲길은 건강의 길이고
내 마음의 행복의 길이다

산은 언제나 제자리를 지키고 기다리고 있다는 듯이 늘 반갑게 맞아준다. 산은 지조가 있다. 산의 품은 넓고 너그럽다. 지리산에 올랐다. 지리산 노고단에서 산 아래를 내려다보는 산들과 나무들과 풍경이 참으로 아름답다. 지리산의 분단의 아픔의 세월을 품고 잘 견디어 왔다. 삶과 죽음의 능선에서 고통과 절망 세월의 흔적이 세월 따라 사라졌다. 한때는 이념과 사상 때문에 피를 흘리고 아픔의 고름을 짜야 했다. 지리산은 같은 민족끼리 형제끼리 갈등으로 서로 총을 겨누고 가슴 아픈 시절을 담고 있다. 도망치고 숨고 찾는 비극적인 운명이 다시는 반복되지 말아야 한다는 교훈을 말없이 전해준다. 지리산은 살아있는 역사가 되어 말한다. 지리산은 늘 살아서 시대마다 울림을 보여준다.

지리산

나무들이 숲이 될 때는
자기의 이름
자기들의 모습을 드러내지 않는다

산들이 모여들어 능선을 만들고
거대한 산 하나를 만들 때에도
자기들의 모습만 드러내지 않는다

산들과 나무들과
이름 모를 풀잎들이 모여들어
지리산을 만들고 있다

노고단에 오르니
힘차게 일어서는 나무와 산들 위로
하늘이 활짝 열려 있고
모든 것들이 발아래 작게 보인다

피 흘리며 숨 막혀 울던
세월도 지나고 나면
추억이 되고
골짜기마다 뼈아픈 흔적도 사라지고
쉴 새 없이 흘러내리는 물이
새로운 역사 만들고 있다

성숙한 숲으로 울창한
지리산은 살아 움직이고 있다

아내와 함께 2박 3일 동안 제주도 우도를 여행했다. 이틀 동안은 제주도 이곳 저곳을 돌아보았다. 하루는 성산포에서 배를 타고 우도에 들어갔다. 제주도는 수십 번 이상 다녀와서 익숙한 만남으로 늘 반갑다. 우도는 처음이라 모든 것들이 새롭고 신기했다. 우도는 섬 속의 섬이라 불리는 곳이다. 행정 구역상으로 북제주군 우도면이다. 우도를 여행하면 우도 팔경을 볼 수 있다. 우도에서는 자연의 아름다움이 살아있다. 우도는 섬 전체가 한 폭의 그림처럼 아름답다. 우도에서 소섬바라기라는 민박집에 머물게 되었다. 털보 남편과 착한 아내가 전통적이고 고풍스러운 분위기 속에 민박집을 만들고 있다. 여행에서 만난 사람들과 친숙해졌다. 민박집 부부가 정성스럽게 만들어 준 음식 탓에 노독도 풀었다. 여행의 즐거움을 만족하게 했다.

소섬바라기

파도도 지쳐 머물다가는 섬
우도엔
소섬바라기가 있다

타향 남도 처녀와
고향 토박이 총각이
사랑으로 한마음이 되어
세상 나그네들의 쉼터를 만들어가고 있다

덥수룩한 수염에
삶의 멋을 낼 줄 아는 남편과
손끝에서 가슴에서 정감 있게
있는 정성을 다해 대접하는 아내
왠지 모르게 따스함이 가득해
찾아온 이들의 마음이 편안해진다

우도 바다에 낚시를 던졌더니
바다가 다 걸려 올라온다
담을 그릇이 없어 놓아주었더니
더욱더 힘차게 파도가 출렁거린다

우도에서 만난 쉼터
소섬바라기의 멋진 낭만은
소문에 소문을 내어도 좋을 듯싶다

여행에서 만나는 곳의 문화와 풍습은 시인에게 체험을 만들어 준다. 여행은 삶에 활력을 불어넣어 준다. 여행은 창작력을 북돋아 준다. 여행하다 보면 신이 나서 감탄사를 연발할 정도로 아름다운 곳을 만난다. 마치 반가운 사람이 만난 듯 맨발로 달려가 보고 싶은 곳이다. 우리나라와 세계 곳곳에 많이 있다. 여행을 마치고 돌아온 후에도 눈을 감으면 떠오르는 아름다운 풍경들이 많다. 여행은 새로운 것들을 만나는 기대와 기쁨을 준다. 바다에 섬이 없다면 쓸쓸하고 외롭다. 드넓은 바다에 섬이 있기에 바다가 아름답게 보인다. 바다가 삭막하지 않고 정겹게 다가온다. 바다에 다정한 연인처럼 친구처럼 함께 하는 섬들이 있다. 섬들은 각기 자기 나름대로 독특한 풍광을 선물한다. 섬을 찾아가고 싶게 한다. 섬에 찾아가면 포구가 반갑게 맞아준다. 여행 중에 섬은 외로움보다 잠시 잠깐 편안하게 해준다.

섬

얼마나 애타게
보고 싶었으면
그리움을 참지 못하고
고개를 쏙
내밀었을까

　바다를 찾아 육지 끝에 서서 먼바다를 바라보면 환상처럼 수평선이 눈앞에 다가온다. 수평성은 선이 분명하고 확실하다. 멋진 한 줄의 선이 눈과 가슴에 다가올 때 탄성을 지른다. "왜 이런 멋진 바다를 왜 일찍 찾아오지 못했을까?" 수평선은 지구가 선물하는 아름다운 곡선 중의 하나다. 계절과 시간에 따라 바다마다 수평선의 느낌이 다르다. 카리브해의 수평선은 바다 색깔 함께 너무나 아름다웠다. 언제 어디서나 만나는 바다는 멋지게 그려 놓은 수채화 한 폭이다. 바다와 수평선 잘 어울린다. 삶도 마찬가지다. 가끔씩 분명한 선을 그어놓아야 한다. 수평선은 하늘과 바다를 갈라놓은 선이 분명하다. 해야 할 것과 하지 말아야 할 것이 분명해야 한다. 가야 할 곳과 가지 말아야 할 곳이 분명해야 한다. 언제나 한쪽으로 치우치지 않도록 정돈된 삶을 살아야 한다.
　바다는 두 가지 선물을 준다. 파도와 수평선이다. 사람들은 파도와 수평선을 보려고 바다를 찾는다. 바다를 그리워하게 만들고 바다를 다시 찾아오게 만든다. 파도는 바라보는 사람의 감정에 따라 파도를 친다. 사랑할 때 바다를 찾으면 파도가 "사랑해! 사랑해!" 치는 것만 같다. 미움이 가득해 찾으면 "미워해! 미워해!" 하며 파도가 친다. 사진 찍어 놓은 바다나 그림 그려 놓은 바다는 절대로 파도치지 않는다. 삶에 고통과 아픔과 눈물이 있다는 것은 살아있다는 증거다. 고통과 절망을 이겨낼 때 감동은 파도처럼 밀려온다. 삶에 아픔이 있다는 것을 슬퍼할 필요는 없다. 그 모든 것을 받아들여야 성숙된 삶을 살 수 있다. 롱펠로우는 "누구의 인생이든 비는 내린다."고 말했다. 누구의 인생이든 아픔과 절망과 시련과 고독이 있다. 그래서 더욱 인생을 살만한 가치가 있다.

수평선

누가 바다 끝에
저렇게 아름다운 금 하나를
그어 놓았을까

시인은 늘 바다가 그립다. 바다가 항상 시인을 부른다. 바다는 시인의 마음을 촉촉하게 적셔 주고 한 편의 시를 선물한다. 바다는 늘 만나고 싶다. 어느 날 해변을 찾았더니 그 아름다운 모래 해변에 연인들이 찾아와 사랑의 말을 써놓았다. 해변을 따라 걷고 뛰고 포옹하고 키스했다. 해변을 걷고 뛰고 달리는 모습이 아름다웠다. 청춘은 진정 가슴이 타오르는 계절이다. 젊은이들의 사랑놀이 하는 모습이 보기 좋았다. 사랑할 때가 가장 행복하다. 해변이 시인의 눈과 마음을 같이 하고자 유도하고 있다. 해변을 마음껏 달리며 가슴이 시원하다고 소리를 지르고 싶다.

해변에서

수많은 연인들이
바닷가에 사랑의 흔적을 남겨놓지만
파도가 몰려와서
다음 연인들을 위해서
모두 다 지워버리고 떠나간다

또다시 언제든지 시간을 내어 바다를 만나러 달려가고 싶다. 바다를 만나 마음속에 숨어 있던 시 한 편을 써 내리고 싶다. 바다가 보고 싶다. 바다를 가슴에 폭 안고 싶다. 바다에 내 마음을 풍덩 던져버리고 싶다. 바다는 모든 사람이 그리워하는 곳 중의 하나다. 드넓은 바다에서 파도치는 모습을 바라보며 해변을 걸을 수 있는 것은 낭만 중의 낭만이다. 바다는 아이들에게도, 노인들에게도, 연인들에게도, 그 누구에게나 그리움을 가져다준다. 시인은 바다를 어떻게 생각하는가? 바다는 모든 감정을 다 표현한다. 사랑할 때 바다를 바라보아도 아무런 감정의 변화가 없다면 목석 중의 목석이다. 삶 속에 열정을 갖고 감정을 표현하여 살아야 한다. 변화무쌍한 바다의 표정을 배우고 싶다. 삶이 시들해질 때면 바다로 달려가고 싶다. 바다는 늘 시인의 마음에 파도친다.

쿠바 여행을 갔을 때 "노인과 바다"를 집필한 소설가 헤밍웨이 집을 찾았다. 그는 하바나 근처 마을에서 살았다. 바다와 늘 가까이하며 배를 타고 낚시를 하는 것을 즐기며 살았다. 친구들과 술과 음식과 음악을 즐기며 살았다. 바다와 같이 함께 한 삶이 세계적인 명작 만들어 놓았다. 시인은 바다를 상상과 생각으로 시를 쓰는 것이 아니다. 바다를 만나고 바다를 체험해야 한다. 바다를 찾고 만나러 여행을 떠난다.

어느 날 하루는 여행을

어느 날 하루는 여행을 떠나
발길 닿는 대로 가야겠습니다
그날은 누구를 꼭 만나거나 무슨 일을 해야 한다는
마음의 짐을 지지 않아서 좋을 것입니다
하늘도 땅도 달라 보이고
날아갈 듯한 마음에 가슴 벅찬 노래를 부르며
살아있는 표정을 만나고 싶습니다
시골 아낙네의 모습에서
농부의 모습에서
어부의 모습에서
개구쟁이들의 모습에서
모든 것을 새롭게 알고 싶습니다
정류장에서 만난 사람에게 가벼운 목례를 하고
산길에서 웃음으로 길을 묻고
옆자리의 시선도 만나
오며 가며 잃었던 나를 만나야 겠습니다
아침이면 숲길에서 나무들의 이야기를 묻고
구름이 떠가는 이유를 알고
파도의 울부짖는 소리를 들으며
나를 가만히 들여다보겠습니다
저녁이 오면 인생의 모든 이야기를
하룻밤에 만들고 싶습니다
돌아올 때는 비밀스런 이야기로
행복한 웃음을 띄우겠습니다

여행을 떠나라 1

분주하고 복잡한 일상을 접어놓고
홀가분한 마음으로
짐은 가볍게 마음은 편하게 훌쩍 여행을 떠나라

푸른 하늘을 마음껏 바라보고
드넓은 바다를 만나
파도가 밀려오는 소리를 듣고
별들이 쏟아져 내리는 밤하늘을 보라보라

두 눈이 맑아지고
가슴이 탁 터지도록
시원한 공기를 폐 속 깊숙이 받아들여라

삶에 짜증과 피로의 찌꺼기가
다 사라지도록 살아 숨 쉬는 자연에
몸과 마음을 던져버려라

잠시 쉰다고 삶이 정지되거나
잘못되는 것은 결코 아니다
여행은 삶을 풍요롭게 해주고
활력을 주고 넉넉함을 가져다 준다

여행을 떠나라
이유와 변명을 늘어놓지 말고 떠나라
돌아온 후에 알 것이다
여행을 얼마나 잘 떠나고
얼마나 잘 갔다 왔는가를 알 것이다.

여행을 떠나고 싶다면 갖가지 이유와 조건과 여건을 탓하지 말고 떠나라. 이유 대지 말고 변명하지 말고 핑계 대지 말고 떠나라. 어쩌면 이번 외에는 여행 갈 기회가 다시는 오지 않을지 모른다. 당신이 없어도 해야 할 일이라면 해줄 사람이 생긴다. 단 하루 또는 며칠 동안 자리를 비워둔다고 천지개벽이 일어나지 않는다. 휴식을 원한다면 주저 말고 여행을 떠나라. 어느 날 갑자기 죽음이 찾아오면 아무것도 없다. 단 하나쯤 없어도 되는 세상에 내가 있으므로 행복한 삶을 살고 나누자. 결국에는 빈손으로 떠나야 한다. 죽음은 끝 모를 여행이다.

여행을 오라고 부르는 곳은 너무나 많다. 마음을 정하고 떠나면 된다. 지금 당장이라도 떠나면 된다. 여행은 구경하는 즐거움을 선물한다. 어디를 가든지 마음에 낯설음에 대한 긴장을 풀고 신나게 구경하는 즐거움에 빠져라. 오랜 역사와 전통을 간직하고 있는 유럽으로 여행을 떠나면 세계적인 예술가들이 남겨놓은 흔적과 유산을 만날 수 있다. 러시아의 오랜 전통의 역사의 유물의 그 숫자 셀 수 없도록 많다. 언어와 문화가 있는 나라가 전통과 미래를 잘 이루어간다. 오래된 건물, 사람들, 커피를 마실 수 있는 카페, 맛있는 음식을 먹을 수 있는 음식점, 산과 들 바다, 아주 오래된 성, 섬, 호수, 멋진 호텔 낭만적인 해변가, 여행 중의 여행을 멋과 맛을 모르는 사람들이 신분 자랑 재산 자랑, 자식 자랑에 여행을 즐기지 못한다. 여행 중에도 젊은이는 미래를 보고 노인은 과거를 회상한다. 여행은 모든 것들이 새롭게 만남 속에서 자신을 만나게 해준다.

여행을 떠나라 2

멀리 떠나면 떠날수록
낯선 곳을 만나면 만날수록
시간이 지나면 지날수록
집에 대한 그리움과 가족이 대한
그리움으로 가득해져 돌아가고 싶어진다

여행은 새로운 사람을 만나고
새로운 것을 눈으로 보고
마음으로 느끼고
추억 속에 남겨놓을 수 있는
삶 속에서 만들 수 있는
가장 값있는 순간이다

여행은 보람과 후회를
한꺼번에 가져다주기도 하지만
삶의 폭을 넓혀주고
인생의 가치를 더 높여준다

여행을 떠나라
여러 가지 핑계와 이유를 대지 마라
떠나고 싶으면 무조건 떠나라
여행하고 돌아오면
삶이 그만큼 풍요로워질 것이다

여행은 삶의 친구다. 여행하면서 많은 것을 생각하고, 배우고, 느끼고 감동한다. 여행하면 생활 속에서 좁혀지고 갖가지에 얽매였던 마음이 넓어지고 후련해진다. 여행은 변화를 갖게 한다. 시간을 내어 종종 떠나면 활기를 북돋아 주고 넘치게 한다. 여행은 마음의 다짐을 불어 넣는다. 자연과 역사의 위대함을 보면 겸손해진다. 때로는 여행을 혼자 떠나 동떨어진 외로움을 느껴보는 것도 좋다. 외로움이 가족들과 주변 사람들을 어떻게 대하면 좋을 것인가 알게 한다. 하늘에 두둥실 떠 있는 구름을 바라보면 부럽다. 구름은 온 세상을 자유롭게 떠다니는 여행자다. 삶 자체가 여행이 다 한순간이 아니라 인생 전체를 즐길 줄 아는 여유를 가져야 한다. 고독은 고독대로 기쁨은 기쁨대로 맞이해야 마음이 넉넉해진다. 여행의 발길은 마음속에 그림 한 장, 시 한 편을 남겨놓는다.

9. 시는 삶의 표현이다

　시는 삶의 표현이다. 시인은 시가 쓰고 싶다. 마음 칸칸이 가득 찬 것을 쏟아 낸다. 미치도록 시가 쓰고 싶다. " 괴테는 "만일 내가 시를 쓰는 일을 할 수 없다면 나는 살고 있는 보람이 없다. 누에가 고치를 틀면서 죽음으로 다가간다고 해서 고치를 틀지 않을 수 있겠는가!"고 말했다. 목숨을 다하여 시를 쓴다면 살아서 움직이는 시가 된다. 인생도 표현이다. 사랑이야말로 진실한 삶의 표현이다. 이 세상의 모든 예술이 사랑을 표현한다. 사랑을 하면 아름답고 진실하게 표현할 수 있다. 시인의 마음속에 시의 불길이 강렬하게 활활 타오른다.

　호라티우스는 "시는 아름답기만 해서는 안 된다. 사람의 마음을 뒤흔들 필요가 있고 듣는 이의 영혼을 뜻대로 이끌어 나가야 한다." 말했다. 시의 진정한 가치는 영혼을 감동 시키고 마음의 동요를 일으켜야 한다. 시는 세상에 보내는 사랑의 편지다. 셸 리는 "시는 가장 행복하고 가장 행복한 순간의 기록이다."라고 말한다. 시인은 원하던 시가 써질 때 기쁨과 감동이 대단해 소리치고 싶고 환호하고 싶다. 누군가에게 말하고 싶고, 많은 사람에게 전하고 싶다. 세상을 가슴에 안은 듯 행복하다. 자기가 쓴 시에 자신을 먼저 감동시켜야 한다. 시가 살아 움직여 주변 사람들뿐만 아니라 남모르는 독자를 감동시켜야 한다.

　해바라기를 생각하면 왠지 입가에 웃음이 떠오른다. 해바라기는 순수하고 해맑고 웃고 있었다. 신나고 즐겁게 웃고 있는 해바라기 목덜미를 누가 간지럽게 했을까? 바람. 잠자리, 햇살일까? 아니다 해바라기가 웃는 것처럼 바라보았기 때문이다. 세상의 모든 것들은 바라보는 감정에 따라 느낌에 따라 다르다. 여름날 해바라기를 보고 있으면 웃음이 저절로 나온다. 삶도 해바라기처럼 가식이 없는 해맑은 웃음을 웃을 때 행복하다. 이 세상에서 가장 행복해야 할 사람들은 누구인가? 사랑하는 사람들의 목덜미를 간지럽게 해줄 사람은 누구인가? 바로 그대와 나 우리다. 머릿속에 해바라기를 그려보라. 기분이 좋아지고 웃음이 입가에 번진다

해바라기

해바라기
목덜미를
누가 간지럽혔으면
저렇게 신나게 웃고 있을까

　자연을 사랑하고 삶을 사랑하는 사람이 시를 쓴다. 영화배우 루실 볼은 "먼저 자신을 사랑하면 다른 모든 것이 제대로 흘러간다. 이 세상에서 무언가를 성취하고 싶다면 자신을 진정으로 사랑해야 한다."고 말했다. 삶을 살아가는 동안 사라지고 없어질 것들을 애착을 갖고 사랑하며 살아야 한다.
　어느 날 들길을 걸어가다가 바람결에 풀들 사이에서 마구 꼬리치며 흔들리는 강아지풀을 보았다. 웃음이 저절로 터져 나왔다. 강아지풀을 보고 있으니 해학이 느껴졌다. 강아지풀이 바람결 따라 움직이는 것이 재미가 있다. 한참 동안 쳐다보았다. 풀들 사이에서 흔들리는 것이 마치 강아지 꼬리가 흔들고 있는 것처럼 눈에 보였다. 웃음이 가득해져서 터져 나와 강아지풀 보고 있어도 행복했다. 하늘이 풀들을 온 세상에 마음껏 풀어 놓았다. 온 세상에 풀들이 가득하다. 풀들이 꽃이 피고 열매를 맺는다. 강아지풀이 시인의 눈에 펼쳐진 재미있는 풍경이 되었다.

강아지풀

누가 얼마나
반가웠으면
뛰쳐나가고
꼬리만 남아서
흔들거리고 있을까

시인은 늘 연상하고 새로운 이미지를 떠올린다. 시인은 모든 것을 가슴에 담아만 두지 말고 표현해야 한다. 시인은 눈에 다가오는 모든 것들을 호기심을 갖고 바라본다. 호기심이 시로 표현된다. 사과는 붉은 유혹의 눈빛으로 유혹한다. 우리나라 붉은 사과는 참 맛이 좋다. 사과의 동그라미 속에 유혹의 눈빛이 가득하다. 세계 여러 나라 여러 곳을 여행을 해보아도 우리나라 사과같이 맛있는 사과를 만날 수 없다. 붉은빛에 유혹되고 맛에 유혹된다. 유럽에도 호주에도 미국에도 없다. 어느 날 붉은 사과를 물로 잘 씻었다. 붉은 유혹에 한 입 꽉 깨물었다. 상 위에 놓아둔 사과를 바라보다가 붉은 유혹의 매력에 풍덩 빠져버렸다. 사과가 노골적으로 유혹해도 좋았다. 왜냐하면 먹고 싶었기 때문이다. 그냥 가만히 있을 수가 없다. 너무나 매혹적으로 맛있다. 지금도 사과가 먹고 싶다. 파블로 피카소의 말이 생각났다. "삶에서 최고의 유혹은 일이다." 마르쿠스 안토니우스는 "인간의 마음은 항상 네 가지 유혹에 직면하고 있다. 우리는 그 유혹과 싸우지 않으면 안 된다. 그 네 가지 유혹이란 다음과 같다. 첫째, 공상이다. 지금 내가 생각하는 것은 부질없는 일이라고 자신을 타이름으로써 공상을 억제하도록 하라. 둘째, 자만심이다. 이것은 만인의 행복과 배반되는 것이라 타이르고 억제하라. 셋째는 허위다. 이제는 내가 말하는 것은 진실에 배반되는 일이라고 타이름으로 억제하라. 넷째는 색욕이다. 나는 지금 맹목적 정열의 동물성 때문에 이성을 잃고 신에 속하는 자기의 본성을 구할 수 없는 해독에 빠뜨리고 있다고 생각함으로써 억제하라."고 말했다.

버섯

차갑고 쌀쌀한 세상
비 맞고 살기 싫어
우산부터 쓰고
나오는구나

　오리는 언제나 보아도 물가에서 자유자재로 물놀이를 하며 즐긴다. 오리는
웃음과 재미를 준다. 오리를 보면 즐겁다. 웃음은 삶 속에 꼭 필요한 동반자다.
웃음이 없다면 세상은 곧 어둠이 가득 차 멸망하고 말 것이다. 삶을 웃음을 주고
웃음을 받으며 살아야 한다. 물가에서 여유롭게 놀고 있는 오리를 보다가 함박웃
음을 웃었다. 웃음이란 자기 얼굴에 행복한 꽃을 활짝 피우는 것이다. 웃음은 슬
픔을 뛰어넘어 행복을 만드는 것이다. 잘 웃는 사람이 행복한 삶을 산다. 모든
나무와 풀을 꽃을 피운다. 이 세상에서 가장 아름다운 꽃은 사람의 얼굴에서 피
어나는 웃음꽃이다. 웃음은 행복의 시작이고 행복의 열매다. 웃는다는 것은 날마
다 행복하게 살아가고 있다는 표현이다. 오리를 바라보는 즐거움에 짧게 표현해
보았다.

오리

오리야
공부를 얼마나 못했으면
하루 종일
2자 한 자만 쓰고
놀고 있느냐

　시인의 시선은 마치 카메라의 앵글처럼 순간을 잘 포착해야 한다. 때로는 스펀지처럼 모든 것을 다 빨아들였다가 다시 쏟아내야 한다. 시인의 가슴에는 시라는 샘물이 있다. 샘물이 터지듯이 시로 표현해야 한다. 어느 날 갑자기 샘물이 터질 때도 있고 어떤 때는 계속해서 샘물이 흘러내릴 때가 있다. 시인의 가슴에 샘이 마를 때 시인이 고독하고 외롭고 쓸쓸하고 적막하다. 시의 샘물이 터져야 시의 강이 되고 시의 바다가 되어 파도친다. 시인은 시를 쓰기 위하여 이 세상에 태어났다. 시인은 이 지상의 모든 것들을 목숨처럼 사랑하며 가슴으로 시를 쓴다. 때로는 피로 눈물로, 사랑으로 시를 써 내린다.

　가을에 지방에서 강의하고 돌아오는데 강변에서 바람에 흔들리는 갈대를 만났다. 갈대가 너무 아름다웠다. 갈대들이 마치 사랑하는 이가 손을 흔들며 마중해주는 것만 같은 착각을 잠시 잠깐동안 생각해 보았다. 차를 세우고 갈대를 정답게 만났다. 사랑하는 사람들이 생각났다. 그리운 친구들이 생각이 났다. 다정한 사람들이 그리워졌다. 사랑하는 이가 없다면 삶은 얼마나 쓸쓸해질까 하는 생각이 들었다. 삶은 만남과 헤어짐 속에 살아간다. 사람을 만나는 일이 행복해야 삶이 즐겁다. "우리는 만나면 왜 이렇게 좋을까?" " 나를 만나면 당신에게 좋을 것이다." 이런 행복한 말을 하며 살아야 한다. " 사랑하는 사람이 우리 곁에 있다는 것이 얼마나 행복한 일인가. 그렇다면 "당신이 있어서 고맙습니다! 당신이 있어서 행복합니다." 말하면서 살아야 한다. 시인의 눈은 언제나 자연을 만나고 싶어 한다. 살아있는 것은 행복이다. 시를 쓸 수 있다는 것은 놀라운 자유이며 축복이다.

맨발이 되는 것은

맨발이 되는 것은 쉬고 싶을 때
홀가분해지고 싶을 때
자유롭고 싶을 때 맨발이 된다

맨발이 되고 싶은 것은
갇힌 듯한 답답함이 사라지고
편하고 가볍기 때문이다

숲길을 걸을 때
맨발로 걷는 것은
편안한 마음으로
가볍게 걸을 수 있기 때문이다

춤을 출 때도
노래를 부를 때에도
맨발이 되는 자유로움 속에
표현하고 싶기 때문이다

맨발이 되는 것은
사람이 태어날 때
본래의 순수한 모습으로 돌아가는 것이다

삶은 시간이 만든다. 삶 속에 찾아온 시간이 다시는 돌아오지 않는다. 시간이 얼마나 소중한 것인가를 깨닫고 살아야 한다. 낡은 시계에서도 새로운 시간이 울린다. 시계는 어쩌면 째깍째깍하면서 삶을 갈아먹는 소리를 낸다. 내일은 없다. 언제나 오늘을 산다. 이 순간을 사랑하며 살자. 마르쿠스 아우렐리우스는 "시간은 일종의 지나가는 사건들의 강물이며, 그 물살은 세다. 그리하여 어떤 것이 나타났는가 하면 금방 스쳐 가 버리고 다른 것이 그 자리를 대신 차지한다. 새로 등장한 것도 곧 스쳐 가 버리고 말 것이다. 인간의 지혜가 얼마나 무상하며 하찮은 것인가를 눈여겨보라. 어제까지만 해도 태아였던 존재가 내일이면 빳빳한 시체나 한 줌의 재가 되니, 그대의 몫으로 할당한 시간이란 그토록 짧은 것이다. 그러니 순리대로 살다가 기쁘게 죽어라. 마치 올리브 열매가 자기를 낳은 계절과 자기를 키워 준 나무로부터 떨어지듯."이라고 말했다. 시간은 흘러간다. 흘러가서는 다시는 돌아오지 않는다. 삶은 우리에게 주어진 단 한 번뿐인 삶이다. 너무나 소중하다. 후회하지 않도록 살아야 한다. 주어진 삶의 시간이 너무나 짧다. 데일 카네기는 "시간은 말로써 나타낼 수 없을 만큼 멋진 만물의 재료다. 시간 안에 있으면 모든 것이 가능하다. 시간 없이는 무엇이든 불가능하다. 날마다 우리에게 시간이 빠짐없이 공급되는 것은 생각하면 할수록 기적 같다." 말했다. 시간을 잃어버리면 모든 것을 잃게 된다. 사라지고 죽어가는 시간을 보람 있고 알차게 살자.

강변의 갈대

강변의 갈대들이
손을 흔들어주지 않았더라면
강물은 얼마나
외롭게 흘러갔을까

죽음을 앞둔 암 환자들이 가장 후회하는 세 가지가 있다. 첫째, 48%의 환자들이 사랑하는 사람에게 사랑을 많이 표현하지 못한 것을 후회한다. 둘째, 자신만을 위한 시간을 갖지 못한 것을 후회한다. 셋째, 자신이 하고 싶은 일에 최선을 다하지 못한 것을 후회한다." 그러므로 사랑할 사람이 있을 때 사랑해야 한다. 사랑해야 할 시간을 절대로 놓치지 말자. 죽어가는 최후의 순간까지 사랑을 놓치지 말아야 한다. 사랑할 시간이 너무 짧다. 왜 그때 매정했을까? 야박했을까? 어리석은 행동은 비참한 후회와 탄식을 남겨놓는다.

스코틀랜드 속담에 보면 "살아있는 동안 행복하라! 죽어있는 시간이 길다!"라고 말하고 있다. 살아있을 때 마음껏 사랑하며 살자. 시간은 흘러간다.

별

수많은
그리움이
하늘에
떠올라
빛을 내고 있다

    삶을 아름답게 보고 긍정적으로 살아가는 사람들이 행복하다. 사랑을 하면 모든 것은 긍정적으로 아름답게 다가온다. 얼굴이 밝아지고 표정이 살아난다. 힘이 생겨나고 매사가 즐거워진다. 한 사람 때문에 가족이 행복해지고 어디서든지 주변 사람들을 행복하게 해준다.

    세상에는 수많은 나무가 존재한다. 나무들은 종류도 크기도 모양도 다양하다. 피어나는 꽃도 향기도 나뭇잎도 각기 다르다. 시인은 나무들의 다양한 모습과 성장 과정으로 보며 삶의 모습을 찾는다. 자연에는 똑같이 판박이는 없다. 똑같은 종류 제각기 다른 모양으로 산다. 어느 봄날 지방에 강의를 갔을 때 길가에 늘어서 있는 버드나무를 보았다. 초봄이라 버드나무들의 연초록 잎이 돋아나고 있는데 한순간 즐거운 착각을 했다. 길가에 수많은 처녀가 머리를 감고 목욕하고 서 있는 모습을 보는 듯 즐거운 착각이었다. 너무나 많은 처녀가 줄지어 서 있어 반갑게 맞이할 수 없었다.

버드나무

봄 햇살 좋은 날
머리를 막 감고 나온
처녀 마냥 연초록 머리칼을
바람에 말리고 있다

　내가 살고 있는 집 일산에 가까운 곳에 호수 공원이 있다. 드넓은 곳에 나무가 많아 산책하기에 좋다. 걷다가 연꽃을 만났다. 연꽃은 더러운 흙탕물 속에서 잘 자란다. 땅속에 뿌리는 내리고 물 위에 참으로 아름다운 꽃을 피워놓는다. 연꽃을 보자 그리움이 마음속에 불을 지른 듯 확 번졌다. 시는 삶 속에서 만나는 모든 것을 쓰는 것이다. 영화 러브레터에 이런 대사가 나온다. " 기억 저편에 사라졌다. 그의 모습들이 하나둘 떠오른다. 하지만 그 추억은 당신의 것이기에 돌려드린다. 가슴이 아파서 이 편지는 보내지 못할 것 같아요!"삶에 그리움이 있어서 좋다. 살아가면서 그리움이 늘 피어나서 고독 속에서도 즐거운 삶이다.

연꽃

물 위에
그리움이 하나씩 하나씩
떠올라
꽃으로 피어난다

홀로 남는다는 것은 고독이며 지독한 절망이다. 외면당하는 것처럼 가슴 아픈 일은 없다. 소외당하는 슬픔은 당해본 사람만이 알 수 있다. 고독할 때 만날 사람이 없고 함께 할 사람이 없다면 절망이다. 마가렛 뮬락은" 인간에게 고독이란 중요한 것이다. 당신은 평안과 만족을 얻으려면 그것이 필요하다. 그것은 당신 영혼의 갈증을 해소시키는 샘이다. 당신이 당신의 모든 경험으로부터 진실로 가치 있는 것을 선택할 수 있는 실험이다. 당신에게 생기는 불미스러운 사건들 때문에 기초까지 동요될 때 당신을 안정시키는 안식처다."라고 말했다. 고독은 병이 아니라 성숙하게 하고 성장시키고 단련시키는 삶의 도구다. 고독은 시를 쓸 수 있는 시간을 허락한다. 고독할 때 사람이 그립다. 반갑게 만나주는 사람이 좋다. 만나면 좋고 함께 있으면 더 좋고 떠나면 그리운 사람이 되자.

정말 사랑했을까? 잊고자 생각했는데 그리움이 자꾸만 마음속에 한 자리를 잡는다. 왜 자꾸 생각나는지 모르겠다. 그냥 잊고 살기에는 사랑했던 순간이 너무나 아름다웠다. 마음 한 곳에 새겨두고 싶었다. 잊을까 두려워 마음 한구석에 꽁꽁 숨겨놓으려 했다. 자꾸만 밝은 얼굴로 떠올라 심장을 뜨겁게 흔들며 왜 자꾸만 되살아나는지 모르겠다. 외로움이 파고들 때 더 생각난다. 그냥 놓아버리기에는 너무나 안타깝다. 마음 한 곳에 남겨두고 싶다. 왠지 외면당한 느낌이 들 때가 많다.

시인들도 수없이 외면당한다. 이 외면을 이겨내야 하고 시를 통하여 변화를 일으켜야 한다. 살아있는 날 동안 외면당하다 사후에 유명해진 시인도 있다. 시를 쓴다면 모든 것을 잊고 던져버리고 시를 써야 한다. 모두 다 떠나는 삶이다.

외면

누구일까
등 돌리고
돌아선 사람
침 밉다

시인은 열정의 소유자다. 열정이 없다면 시를 쓸 수 없다. 주타번은 "열정이 없는 사람은 미지근한 물로 인생이라는 기관차를 움직이려 드는 사람이다. 이때 일어날 수 있는 오직 한 가지 현상 그는 멈춰버리고 말 것이다. 열정은 불 속의 온기이며 모든 살아있는 존재의 숨결과 같은 것이다."라고 말했다. 베고니아는 참으로 열정적인 꽃이다. 붉은빛이 아름답다. 불꽃이 쉴 사이 없이 피어나는 열정이다. 붉게, 붉게 연이어 피어나는 베고니아를 보면 쏟아지는 열정에 감탄과 찬사를 보내지 않을 수 없다. 베고니아는 왜 저토록 쉬지 않고 온몸으로 붉게 타오르며 꽃을 피워내고 있을까? 가슴이 불타오르는 연정을 나타내는 것은 아닐까? 볼 때마다 감탄할 정도로 대단하다. 베고니아의 열정처럼 살고 싶다. 한없이 끝없이 살아있는 날 동안 마르지 않고 시들지 않는 뜨거운 열정을 쏟아야 한다.

어항

누가
언제부터
바다를 한 조각씩 잘라서
눈요기 감으로 팔았을까

파도마저 죽은 곳에
힘찬 헤엄조차 잃고

삶을 포기한
금붕어의 입에선

오늘도
고독의 동그라미가
물 위로 떠오르고 있다

　비 오는 날 생각을 해보았다. 비가 내리는 날이면 바라보는 즐거움이 있다. 창밖에 흘러내리는 비를 보고 싶을 때가 있다. 거리에 흘러가는 비를 볼 때가 있다. 개울에 흘러가는 비를 볼 때가 있다. 세차게 비가 오면 왠지 이 세상이 엄청난 슬픔이 찾아온 사람이 있다는 생각을 했다. 너무나 가슴이 아파 두 다리를 뻗고 통곡해도 시원찮을 아픔이 찾아왔다. 저 높고 넓은 하늘마저 감당을 할 수 없어 같이 울고 있다. 어쩌면 엉뚱한 생각이지만 시인은 연상을 하고 시를 쓴다. 비는 온 세상을 깨끗하게 씻어주는 하늘의 청소부다. 비가 내리는 시간은 세상이 맑아지는 시간이다. 온 세상을 깨끗하게 씻어놓는다. 이 힘은 쏟아져 내리는 비가 갖고 있다.

베고니아

이 지상에서 그 누가
그토록 열정적일 수 있나

네 가슴에서 수리 새 없이
고백하는 사랑은
누가 불 질러놓은 것이냐

베고니아 너는
빨간 우체통
날마다 누구에게
편지를 부치는가

누가 감당하랴
너의 열정을

베고니아 너는
누가 그리워
붉게 피는가

너를 본 내 가슴에도
붉은 꽃이 피고 말았다

어항을 바라보다가 답답해졌다. 갇혀 있는 금붕어가 불쌍해 보였다. 마치 바다를 한 조각씩 잘라다가 팔아버린 듯했다. 인간의 잔인함을 알았다. 물고기가 갇혀 있는 고독을 보았다. 사람도 아파트의 사각에 갇혀 사는 것은 아닐까? 점점 몰인정하고 갑갑하게 산다. 온갖 오염과 욕심이 가득한 가슴을 열고 숨을 크게 쉬고 살고 싶다. 헤르만 헤세는 "고통이 그대를 괴롭히는 것은 다만 그대가 고통에 대해서 겁을 먹기 때문이며 그대가 그것을 건드리기 때문이다. 고통이 그대를 따라다니는 것은 그대가 그것으로부터 도망치려하기 때문이다. 그대는 그것으로부터 도망쳐서는 안 되고 그것을 건드려서도 안 되고 겁내서도 안 된다. 그대는 사랑해야만 한다. 그대는 무엇이든 스스로 알고 있다. 마음속 깊이에서는 알고 있다. 세상에는 단 하나의 마술, 단 하나의 힘, 단 하나의 행복이 있을 뿐이고 그것은 사랑이라는 것을 그러니까 고통에 거역하지 말고 고통을 사랑하고 고통으로부터 도망치지 말 것이다. 그대는 고통의 밑바닥이 얼마나 아름다운 것인가를 맛보아야 한다." 말했다. 찾아온 고통을 이겨내고 벗어나야 한다. 고통에 굴복해서는 안 된다. 고통의 능선을 넘어서면 마음이 편하다.

비 오는 날

누군가
몹시 슬펐던 모양이다

그 슬픔이
얼마나 컸으면

하늘마저
울고 말았을까

    가을날 호수 공원을 걸었다. 가을 단풍이 물드는 것을 보고 시 한 편이 툭 터져 나왔다. 나무 한 그루 한 그루 단풍잎으로 채색된 아름다움에 감탄했다. 얼마나 색깔이 다양하고 아름다운지 찬사를 아낌없이 보내고 싶다. 이 세상의 누가 이토록 모든 물감을 동원해서 단풍을 만들 수 있을까. 가을은 색깔들의 잔치다. 가을에 초대된 사람들은 축복받은 사람들이다. 가을은 고독의 계절이다. 가을은 사랑을 하게 만드는 계절이다. 단풍 든 나무를 바라보다. 문득 생각했다. 나무들이 오랜만에 다정한 친구들을 만난 모양이다. 잘 어울려 회포를 풀었나보다. 나무들이 얼큰하게 취해서 얼굴이 붉어졌다.

가을 나무

가을 나무들이 고독에 취해
독한 술을 마셨나 보다
뻘겋게 취하고 노랗게 질려
모두다 속마음을
드러내 보이고 있다

노을이 지는 시간에는 바다 어둠이 찾아온다. 시간에 빛과 어둠이 조화를 이룬다. 강가나 해변 가에서 노을이 다 지기 직전 나무들의 빛과 어둠의 조화는 너무나 아름답다. 젊은 날에는 정동진에 태양이 떠오르는 일출을 보러 갔다. 일출을 보면 가슴 속에 희망이 밀려올 것 같았다. 일출을 볼 수 있는 것만으로 좋았다. 여행을 하면서 이 곳 저 곳에서 태양이 떠오르는 바라본 기억들이 남아있다. 나이가 들면서 언제부터인가 노을이 지는 모습이 너무나 아름다워 애간장을 태우기 시작했다. 노을이 지면 끝까지 바라보고 싶어진다. 저녁노을 같은 인생을 살고 싶다. 삶의 종말의 끝을 알고 있다. 저녁노을을 바라보고 있으면 빛의 연출이 온 세상을 환장하도록 물들인다. 저녁노을 같은 미친 사랑에 빠지고 싶다. 산에서 들에서 도시에서 바다에서 빌딩 숲에서 바라보는 노을의 모습이 달랐다.

저녁노을

저 뜨거운 불덩어리
가슴으로만
안고 있을 수 없으니까
드디어 지고야 마는구나

이 세상은 수많은 시인들을 초대했다. 살아가는 날 동안 마음껏 모든 것을 노래하라고 기회를 주었다. 시인은 하늘을 노래하고, 땅을 노래하고, 바다를 노래하고, 산을 노래하고, 꽃을 노래해야 한다. 살아있는 심장으로 시를 써낸다. 감정이 부족하다면 살려내어 써야 한다. 이 세상에 존재하는 모든 것들을 의인화시키고 생명력을 불어넣어 살아 움직이게 해야 한다.

시를 쓰면서 수많은 시인들의 삶을 시집을 보면서 달라졌다. 시에 대한 쓸데없는 욕심을 버리게 되었다. 마음 편하게 마음이 가는 대로 편하게 쓰기로 했다. 나이가 들어가면서 마음에 여유가 생긴다. 이해하는 마음이 넓어진다. 욕심과 욕망이 아무 소용없다. 수석을 모으던 사람이 죽기 전에 갖고 있던 수석을 선물을 하고 하나만 가졌다. "하나 속에 모든 수석이 들어있다."고 말했다. 죽기 전에 수석 하나도 주었다. 죽어갈 때 마음속에 가져갔다고 했다. 소유욕을 떠나면 마음이 편안해진다. 모든 것들을 관조하게 되고 이해하게 되고 용서하게 된다. 그만큼 경험하고 인생을 알게 되었다. 나이가 들수록 저녁노을처럼 멋지게 살겠다.

기다려

기다려 기다려
조금만 더 기다려
힘들어도 지쳐도 여기까지 견디며
살아왔잖아

기다려 기다려
절대포기 말고 기다려
못 견디게 괴로워도 오늘까지 견디며
살아왔잖아

눈앞에 원하던 것들을
곧 바라보게 될 거야
기쁨과 감동이 넘치는 날이
찾아올 거야

기다려 기다려
조금만 더 기다려

10. 생활이 곧 시다

삶도 한 편의 시다. 시인의 생활이 시가 된다. 시를 쓸 수 있는 마음을 항상 준비 해야 한다. 보고 느끼고 생각하는 것이다. 시인은 자신의 체험 이상 시를 쓸 수 없다. 자신의 삶의 영역을 넓혀야 한다. 절대로 우물 안 개구리가 되어서는 안 된다. 변화가 재빠르게 일어나는 오늘의 시대에 시인을 처절하게 훈련하고 단련을 시켜야 한다. 시인은 언제나 살아있고 힘 있는 시를 써야한다. 눈도 마음도 살아있어 내일을 노래해야 한다. 빌딩의 높이만큼 마음의 담이 높아가고, 집들이 많아진 만큼 사회가 복잡다단해진다. 날마다 늘어난 길처럼 마음들이 점점 갈라지고 있다. 미워하고 시기하고 다투고 고집부리고 신경질적으로 변한 마음들이 너무나 많다. 수다쟁이들은 혼자 떠들어대고 변덕이 심하다. 사소한 것들도 극도로 과장하며 별스럽지 않은 일도 장난 삼아 소문을 낸다. 약속도 지키지 않고 배반하는 사람들이 많다. 정직하게 살아가는 것이 고통이다. 교만한 사람들은 별다른 이유 없이 손가락질을 마구해내며 상처를 준다. 이유 없이 파헤쳐 놓고 공격적인 말로 비난을 일삼는다. 인정사정없이 깎아내리고 모욕을 주는 사람들 속에서 순수하게 살아가는 것이 절망이 된다. 도도히 흐르는 큰 강처럼 삶의 흐름도 흘러야 한다. 산에 우뚝 선 큰 나무처럼 비바람 눈보라 몰아쳐도 제자리를 지키는 용기를 보여주어야 한다. 비굴하게 단점이나 약점을 찾아내기보다는 격려를 아끼지 말고 만남을 소중하게 여겨야 한다. 좌절 속에서도 꿈을 찾다. 성급하게 다가가지 말자. 지나치게 편견을 내세우지 말자. 모든 고통도 시간이 지나가면 헐렁해진다. 세상에 대단한 것도 한 순간이다.

땀을 흘릴 줄 아는 사람들은 사랑하는 방법을 안다. 세상에 진실이 활동하게 만들자. 삶이 즐거우면 음악이 없어도 춤추고 싶다. 열심히 일하면 살맛나고 행복과 웃음이 깃든다. 남에게 부드럽게 대하면 아름답게 보인다. 환하게 웃는 것, 미소를 짓는 것, 언어와 표정을 부드럽게 하는 것, 행동을 자연스럽게 하는 것들이 세상을 아름답게 만든다.

흘러만 가는 강물같은 세월에

흘러만 가는 강물같은 세월에
나이가 들어간다
뒤돌아보면 아쉬움만 남고
앞을 바라보면 안타까움이 가득하다

인생을 알만 하고
인생을 느낄만 하고
인생을 바라볼 수 있을만 하니
이마에 주름이 깊이 새겨져 있다

한 조각 한 조각 모자이크한 한 삶
어떻게 맞추나 걱정하다 세월만 보내고
완성되는 맛 느낄만 하니
세월은 나무나 빠르게 흐른다

일찍 철이 들었더라면
일찍 깨달았더라면
좀더 성숙한 삶을 살았을텐데
아쉽고 안타깝지만
남은 세월이 있기에
아직은 맞추어야할 삶이란 모자이크를
마지막까지 멋지게 완성시켜야겠다

흘러만 가는 강물같은 세월이지만
살아있음으로 얼마나 행복한가를
더욱더 가슴 깊이 느끼며 살아가야겠다

삶은 물 흐르듯 살아가면 된다. 억지를 부리고, 서로 가로막고, 돌 던지고, 편을 가르려고 하니까. 골치 아픈 문제가 생긴다. 순리대로 흘러가면 되는데 그냥 바라보고 있지 않으니 문제가 된다. 나만 옳고 너는 잘못됐다고 하면 문제다. 삶이란 결국 죽음으로 흘러가는 데 왜 마음에 여유를 갖지 못하는지 안타깝다. 서로 화합하면 모든 것이 쉽게 해결되는 반목을 하니 문제다. 겸손하게 대하면 얼마나 고맙고 기분이 좋은가. 날마다 가족과 주변 사람들에게 배려하는 삶을 살자. 자기에게 이익을 줄 때만 남에게 부드럽게 대하면 안 된다. 사랑이 가득한 사람은 마음속에 남을 수 있는 호의를 베푼다. 미움을 벗겨내고 따뜻한 마음을 만들면 작은 것에도 감동을 받는다.

외로울 거야

외로울 거야
피가 말갛게 흐르는 시간을
어떻게 보낼까

가슴에 구멍이 숭숭 뚫려
바람이 세차게 불어올 텐데
외로울 거야

떠날 만큼 떠나고
돌아설 만큼 돌아서서
그리운 마음 꾸욱 눌러놓았어도
외로울 거야

날마다 차곡차곡 쌓이는 그리움
등 따습게 기대고 살려면
마음의 물고는 트고 살아야지
싸늘하게 냉기를 불어넣으면
어떻게 감당하며 사나

잔잔히 떠도는 그리움에
사랑한다는 말
그립다는 말
보고 싶다는 말이 맴도는데
숨이 꼴깍 넘어가도록 외로울 거야

사람들의 언어가 너무나 거칠어지고 험악해졌다. 남을 지적하려고만 해서는 안 된다. 서로 섬겨주고 돌봐주어야 한다. 내 마음이 기쁘고 즐거워야 한다. 스스로 행복하지 않으면 남을 편하게 해줄 수 없다. 시인의 언어도 너무나 거칠기만 하고 구호가 되어서는 안 된다. 사람의 마음을 표현해 주어야 한다. 시인은 행복한 마음으로 정직하고 강한 마음으로 살아야 한다. 시인의 언어도 독자들에게 친절하게 다가가야 한다. 톨스토이는 "친절은 세상을 아름답게 한다. 모든 비난을 해결한다. 얽힌 것을 풀어헤치고, 곤란한 일을 수월하게 하고 암담한 것을 즐거움으로 바꾼다."고 말했다. 불평과 불만, 비난과 욕설이 가득하면 마음이 편할 수 없다. 남에게 상냥하게 대하며 선하고 진실한 마음이 되어야 한다.

딸 아람이가 결혼하기 전에 아침에 출근 할 때 " 예쁜 딸 잘 가!"했더니 웃으며 말했다. " 잘 생긴 아빠 갔다 올께!" 친절한 인사말을 주고받으니 금방 행복해졌다. 반가움은 살아가는데 꼭 필요하다. 가족과 이웃이 힘들고 치쳐있을 때 진심에서 우러나오는 마음을 전해야 한다. 모든 사람들에게 행복한 웃음으로 말하자. 상냥함과 부드러움으로 기억하게 만들자. 얼굴에는 웃음이 가득하고, 눈에는 미소가 흐르고, 부드러운 말을 나누자. 사람을 대하거나, 보살피거나, 가르쳐주는 태도가 정답고 따뜻해 서로 고마움을 느끼게 하자. 남에게 칭찬과 격려를 아끼지 말자. 가슴이 찡하도록 멋진 감동을 만들자.

외로운 사람들이 많아졌다 아파트에 갇혀 혼자 사는 사람들도 많아졌다. 사람들은 어울려 살아야 행복하다. 저 들판의 나무 한 그루가 아무리 멋있어도 그 한 그루의 나무를 아무도 숲이라 하지 않는다. 산에는 이름 모를 아주 작은 풀부터 큰 나무까지 잘 어울려야 숲이 된다. 외로움을 느낀다면 서로 관심을 두어야 한다. 첫 시집을 낼 때 삶이 너무 외롭고 쓸쓸하고 힘들 때였다. 시집 제목을 "한 그루의 나무를 아무도 숲이라 하지 않는다."고 정하여 출간하였다.

너를 어떻게 하면 좋으냐

늘 마음에 곱게만 다가오는
너를 어떻게 하면 좋으냐

늘 그리운 너를 안고 싶어
가슴이 저려오는데
너를 어떻게 하면 좋으냐

잔잔한 내 마음을 흔들어놓아
다가가면 뒷걸음 치고 달아나는
너를 어떻게 하면 좋으냐

사랑의 불씨를 담고 있을 수 없어
마구 사랑하고 싶은데
너를 어떻게 하면 좋으냐

네 마음에 내 마음을 내려놓고
마음껏 사랑하고 싶은데
너를 어떻게 하면 좋으냐

삶이란 울고 쥐고 발버둥 치며 태어난다. 혼자 울고 태어나 몇 번 웃다가 남아있는 사람들을 울게 만들고 떠난다. 결국 떠나는 인생살이 관심도 주고받지 못하면 얼마나 쓸쓸한 삶인가. 알프레드 아들러는 "다른 사람들에게 관심을 갖지 않는 인간은 고난 속에서 인생을 살아갈 수밖에 없다. 그런 사람은 상대방에게도 무거운 짐이 될 뿐이다. 왜냐하면 인간관계의 모든 실패는 그러한 인간들 사이에서 일어난다."고 말했다. 자기주장만 펼치고 상대방의 말을 들어주지 않으면 관심이 아니다. 고집불통이고 편견과 아집으로 고통스러운 결과만 낳는다. 혼자서 살아갈 수 없다. 서로 관심을 갖고 어울리며 살아야 정감을 느끼고 살맛이 난다. 함께 할 수 있는 사람이 있어야 인간다운 멋이 있고 살아갈 재미를 느끼고 삶의 보람을 갖는다. 삶을 열정으로 살고 싶고 멋지게 살고 싶다. 희망과 꿈을 이루며 살고 싶다. 삶이 서툴 때 지독한 외로움과 고독에 빠져든다.

외로움

혼자는
고독한 죽음이다

한 그루의 나무를
아무도
숲이라 하지 않는다

　어떤 남자가 사업에 실패해서 가족들과 주변 사람들에게 관심도 받지 못하고 외롭게 지냈다. 어느 날 혼자라는 생각이 심장 끝까지 찔러왔다. 자살을 결심하고 아파트 베란다에서 담배를 피우고 있었다. 피우고 난 후에 떨어져 죽을 생각을 했다. 아파트를 들어오던 아내가 남편을 보았다. 오늘따라 남편이 멋있게 보였다. 평상시에 쌀쌀하고 표독하게 대하던 아내가 남편을 바라보고 웃으며 손을 흔들며 말했다. "여보! 나에게 사랑해요!" 남자는 아내의 모습을 보고 살고 싶다는 생각이 머리끝까지 치솟아 올랐다. 남자는 그대로 달려가서 아내를 꼭 안고 새로운 인생을 살았다. 때로는 눈빛 하나. 말 한마디 손짓 하나가 사람을 살리고 죽게 만든다. 시인도 관심을 가져야 시가 써진다. 무관심은 아무 일도 해놓지 못한다. 관심이란 상대방의 마음으로 상대방을 생각해 주는 것이다. 간섭은 내 마음속에 상대방을 가두는 것이다.
　사람들은 관심을 원하자 간섭을 원하지 않는다. 어느 사이에 관심을 둔다고 하면서 얼굴을 붉히고 핏대를 올리고 주먹을 주고 고함을 치는 사람들이 많아졌다. 대화도 하지 않고 무조건적이다. 로런스 굴드의 말을 기억해야 한다. "남이 당신에게 관심을 끌게 하고 싶거든 당신 자신이 귀와 눈을 감지 말고 다른 사람에게 관심을 표시하라. 이점을 이해하지 않으면 아무리 재간이 있고 능력이 있더라도 남과 사이좋게 지내기는 불가능하다." 사람들은 누구나 마음이 통하면 좋아한다.

파도

밤새도록 파도가 밀려와
어둠을 한 움큼씩 한 움큼씩
물고 달아나니까
새벽이 오는 구나

시인은 자기 삶 속에 숨어있는 언어의 잠재력을 가지고 있다. 언어의 잠재력을 나타내야 한다. 잠재력이란 밖으로 표출되었을 때 엄청난 힘을 발휘한다. 잠재력을 찾는 것은 미진한 부분을 개척하여 자기의 영역을 넓히는 것이다. 장점이 숨겨져 있을 때가 있다. 자신의 삶을 잘 개간할 때 놀라운 변화를 가져온다. 짐론이 말했다. "변화시키고 싶은 것이 있다면 당신이 변해야 한다. 그렇지 않으면 아무것도 변하지 않는다." 변화시킬 수 있는 놀라운 힘은 숨어있는 잠재력을 잘 발견하여 나타내야 한다. 글도 마찬가지다. 잠재력을 나타내는 것이다.

미켈란젤로가 망치를 들면 놀라운 작품이 나오지만, 범죄자가 망치를 들면 사람을 피투성이로 만든다. 누구에게나 삶이 있다. 삶이 바로 문학의 도구다. 걸작품으로 만드느냐 아니냐는 조각가의 손에 달려 있다. 어떤 조각가에게 물었다. "당신은 어떻게 이렇게 놀라운 작품을 만들었는가?" 조각가는 "대리석에서 필요 없는 부분을 떼어냈더니 이런 좋은 작품이 되었다."고 말했다. 시를 쓸 때도 필요 없는 언어는 떼 내야 한다. 시는 언어의 함축이 필요하다. 삶이란 도구를 잘 사용하여 좋은 작품을 만들어야 한다.

김춘수 시인은 시를 쓰는 것에 대해서 "이 글을 쓰는 것은 나의 작시 과정이 남과 어떤 대화를 나눌 수 있는가를 알고 싶어서다. 이것마저 허영이라고 한다면, 나는 시에 대하여 일체의 말을 삼가야 하고 시를 쓰는 일까지 그만두어야 한다."고 말 환타. 시인은 시를 통하여 독자들과 늘 함께한다. 삶 속에 체험할 것들을 통하여 시를 써서 독자와 대화를 나눈다.

관심

늘 지켜보며, 무언가를 해주고 싶었다
네가 울면 같이 울고
네가 웃으면 같이 웃고 싶었다
깊게 보는 눈으로
넓게 보는 눈으로
너를 바라보고 있다
바라보고만 있어도 행복하기에
모든 것을 포기하더라도
모든 것을 잃더라도
다 해주고 싶었다

요즘 하루에도 몇 번씩 외치는 말이 "자식들이 아니 짜식들아! 멋지게 살아주마!"이다. 가정에 웃음이 있고 행복하게 산다는 것은 최고의 기쁨이다. 가족의 행복을 위해 함께 하는 마음이 필요하다. 서로 미워하면 틈새로 불행 스며들어온다. 가족이 주는 상처는 아프고 잘 아물지 않는다. 모든 범죄는 가족 사랑의 파괴에서 시작한다. 가족을 사랑하고 순수하고 진실한 마음으로 산다면 범죄를 저지를 수 없다. 모든 범죄는 욕심과 욕망에서 시작한다.

아들이 전화도 없이 안 들어왔다. 새벽 1시에 현관문을 열고 들어오다가 눈이 마주쳤다. 씩 웃으며 다가오더니 옆구리 툭 치면서 말했다! " 사나이끼리 왜 이래! 아버지 잘자!" 아들이 왠지 맘에 들었다!

젊은 시절 지하 단칸방에 살았다. 가난과 궁핍에 찌들었던 시절 저녁에 일을 마치고 집으로 돌아가면 귀여운 꼬맹이 딸과 아들이 뛰쳐나왔다. "아빠!" 아이들이 나를 부르는 소리가 얼마나 좋은지 가슴이 저려 왔다. "짜식들! 아빠 오는 것

어떻게 알았냐!" 아이들은 시인의 자식들이라 역시 달랐다. "아빠 발자국 소리 우리 알고 있잖아!" 지금 생각해도 가슴이 뜨거워진다. 가족이 있고 가족을 사랑하는 것은 멋진 일이다.

존 키블이 "가족들이 서로 주고받는 미소는 기분이 좋은 것이다. 특히 서로의 마음을 신뢰하고 있을 때 더욱 그렇다."고 말했다. 가족이 행복하여지려면 웃음이 살아나야 한다. 가정은 고달픈 삶의 안식처다. 너무나 오랫동안 떨어져 있으면 정이 사라진다. 어느 날 강의가 저녁 늦게 끝나 현관문을 열고 들어가는데 아들과 눈이 마주쳤다. 아들이 웃으며 말했다. "아버지! 내 가슴에 안겨봐!" 나는 아들 가슴에 안겼다. 나를 번쩍 들더니 엉덩이를 몇 번 치더니 껄껄 웃으며 말했다. "우리 아버지 다 컸네!" 나는 아들과 한참이나 웃고 서로 행복했다. 아들도 나를 닮아서 유머가 풍부해서 좋다.

토니 험프리스는 "가족에게는 울타리가 있어야 한다. 그것은 '한 가족'이라는 소속감을 느끼게 하고, 가족의 문턱을 아무나 넘어 들어오지 못하게 막아주는 장벽이 된다."고 말했다. 가족은 행복이라는 사랑의 울타리가 있어야 한다. 가족의 행복만큼은 빼앗겨서는 안 된다. 가족의 이름은 언제나 불러도 좋다. 가족의 사랑은 이 세상을 아름답게 하는 초석이다.

살다 보면 행복하고 기쁨이 넘치고 좋을 때도 많지만 힘들고 벅차고 어려울 때도 많다. 부부가 가장 힘들 때 하면 좋은 말이 있다. "여보! 나 있잖아!" 아주 짧은 표현이지만 정감이 있고 신뢰를 주는 말이다. 영국 속담에 " 성공할 사람은 먼저 아내에게 묻는다."라는 말이 있다. 부부가 신뢰하며 산다는 것은 축복 중의 축복이다. 어떤 행복도 부부와 가족의 행복을 뛰어넘을 수 없다.

부부 생활도 산맥과 같다. 높은 곳도 있고 낮은 곳도 있다. 실패할 때도 있고, 성공할 때도 있다. 결혼 생활의 행복은 평생을 두고 익어가는 과일이다. 아무리 힘들고 어렵더라도 마음이 바짝 마르게 살지 말자. 마음이 정이 가득해야 한다. 북미 인디언 가족의 전통적인 인사말이 "당신이 있어서 고맙습니다."라고 한다. 사랑하는 아내에게 남편에게 가족에게 주변 사람들에게 해주면 참 좋은 말이다. "당신이 있어서 고맙습니다."

가족

하늘 아래
행복한 곳은
나의 사랑 나의 아이들이 있는 곳입니다

한 가슴에 안고
온 천지를 돌며 춤추어도 좋을
나의 아이들

이토록 살아보아도
살기 어려운 세상을
평생이라도 이루어야 할 꿈이라도 깨어
사랑을 주겠습니다

어설픈 아비의 모습이 싫어
커다란 목소리로 말하지만
애정의 목소리를 더 잘 듣는 것을

가족을 위하여
목숨을 뿌리더라도
고통을 웃음으로 답하며
꿋꿋이 서 있는 아버지의
건강한 모습을 보이겠습니다

삶을 복되게 살자. 복은 삶에서 누리는 좋고 만족할만한 행운이다. 삶에서 얻는 행복이다. 처복은 훌륭한 아내를 맞이하는 복이다. 아내 덕분에 누리는 복이다. "여보"라는 말은 "보배와 같은 사람이라는 뜻"이다. "당신"이라는 말은 "마땅할 당 몸 신" "당신은 내 몸과 같다는 뜻"이다.

부부 사랑은 둘이 만드는 단 하나의 사랑이다. 남에게는 친절하게 배려를 잘하는데 가족들에게 쌀쌀하고 대하는 것은 큰 잘못이다. 도움을 받는 사람보다 도움을 주는 사람이 행복하다. 가족에게 잘하고 다른 사람에게 잘할 때 조화를 잘 이룬다. 가족을 사랑할 줄 모르는 것은 어리석고 못난 사람이다. 이 세상에 내가 사랑하는 사람과 함께 사는 것보다 더한 행복은 없다.

둘이 만드는 단 하나의 사랑

나의 눈이
그대를 향해 있음이
얼마나 놀라운 축복입니까

세상에 수많은 사람이 살고 있지만
나를 사랑으로
감동 시킬 수 있는 사람은
그대밖에 없습니다

나 언제나
그대의 숨결 안에 있을 수 있음이
날마다 행복하기에

나 언제나
그대의 속삭임에 기쁨이 넘치기에

이 세상의 그 누구보다
멋진 사랑을 펼치고 싶습니다

그대는 내 마음의
틈새를 열고 들어와
나를 사랑으로 점령하고 말았습니다

우리들의 사랑은
이 세상에 하나뿐인
둘이 만드는
단 하나의 사랑입니다

행복은 먼 곳에 있지 않다. 가장 가까운 곳에 있다. 가족이 행복한 사람들은 어디서든지 행복을 전한다. 사람들은 누구나 행복할 권리가 있다. 지나친 욕망으로 거대한 행복을 찾지 말아야 한다. 기포드 핀쇼는 "나는 자연을 주인으로 만드는 어떤 공동체 안에서 글을 쓰거나 그림을 그리거나 그리고 뭔가 만들거나 집을 짓는다. 그곳 사람들과 대화하고, 서로 관심을 갖고 서로의 말에 깊이 귀를 기울인다. 거기서는 내가 모든 것과 하나로 연결되어 있는 기분이 든다. 내 안의 모든 짐을 풀어놓는 듯한 느낌이다."라고 말했다.

　생활 속에서 잔잔한 즐거움을 좋아하고 아주 작은 행복도 기뻐하며 사는 일이 복이다. 돈보다 중요한 것은 정이 넘치고 다정다감하게 사는 것이다. 행복은 말이 아니라 행동이다. 행복하게 살아야 행복을 노래할 수 있다. 시인은 행복을 찾아내어 행복한 노래해야 한다. 누군가를 사랑할 때가 가장 행복하다. 시인의 삶도 행복할 때 행복을 시로 표현하고 시련이 있을 때 시련을 시로 표현한다.

행복을 느낄 수 있다는 것은

삶이란 바다에 잔잔한 파도가
치고 있다는 것이다

사랑하는 사람과 함께 할 수 있어
낭만이 흐르고 음악이 흐르는 곳에서
서로의 눈빛을 통하며 함께 커피를 마실 수 있고
흐르는 계절을 따라 사랑의 거리를 함께 정답게 걸으며
하고픈 이야기를 정답게 나눌 수 있다는 것이다

사랑하는 사람과 한집에 살아
신발을 나란히 놓을 수 있으며
마주 바라보며 식사를 할 수 있고
잠자리를 함께하며
편안히 눕고 깨어날 수 있다는 것이다

서로를 소유할 수 있으며
서로가 원하는 것을 나누며
함께 꿈을 이루어 가며
기쁨과 사랑이 충만하다는 것이다

행복을 느낄 수 있다는 것은
보이지 않는 삶의 울타리 안에
편안함이 가득하다는 것이다.

삶이란 들판에 거세지 않게
가슴을 잔잔히 흔들어놓는
바람이 불고 있다는 것이다.

아내가 예뻐 보일 때가 행복하다"라는 말이 있다. 부부 사이는 살면 살수록 닮아가기에 깊은 정이 생겨난다. 이 세상에서 가장 행복한 사람은 사랑하는 사람과 결혼한 사람이다. 사랑을 표현하며 살아야 한다. 꽃은 피어야 하고, 비는 내려야 하고, 바람은 불어야 한다. 부부 사이는 대화 속에서 사랑이 따뜻하고 아름답게 표현된다. 사랑의 대화는 깊은 관심을 끌게 한다.

요즘 나는 아침에 일어나서 아내와 눈이 마주치면 개구쟁이처럼 아내에게 "밤새 보고 싶었지?" 하고 말한다. 이 말을 들은 아내는 마구 웃으며 고개를 흔든다. 아내의 얼굴에 웃음이 가득하다. 행복한 결혼 생활의 비결은 양보하고 감싸주고 이해하는 것이다. 부부는 삶이란 여행의 동반자다. 영혼이 깃든 순수한 사랑을 해야 한다.

사랑에 실패하는 것은 서로가 신뢰하지 않기 때문이다. 아침을 맛있는 커피 한 잔으로 시작한다. 아내가 타 주는 커피로 시작되는 아침은 기분이 좋다. 영국 속담에 "결혼은 슬픔을 절반으로 기쁨은 두 배로 생활비는 네 배로 만들어 준다."는 말이 있다. 부부 사랑은 가정을 평안한 안식처로 만든다. 집안을 늘 편안하고 행복하게 하는 것은 가족의 노력에 의해서 만들어진다.

부부 사이는 살아가면 갈수록 점점 닮아간다. 아내도 유머가 넘친다. 어느 날 아내가 잠들어 있는 모습을 보고 있는데 눈을 뜨더니 "잠자는 것만 보고 있어도 예쁘지!"라고 말했다. 서로 바라보며 웃고 말았다. 결혼 초기에는 서로가 다른 것이 너무나 많았다. 의견 차이도 있고 다툼도 있었다. 살면 살수록 공감하고 서로가 같아지는 것이 많다. 좋아하는 음식도 영화도 커피도 생각도 점점 가까워지고 거리가 좁혀진다.

한 번은 아침 일찍 조조 프로 영화를 보러 갔을 때의 일이다. 종로에 있는 극장에 갔는데 시작할 시간이 다 되었는데 극장 안에 아내와 나밖에 없었다. 이 때를 놓칠세라 아내에게 "여보! 당신을 위해서 극장을 통째로 빌렸다!"고 말했다. 아내는 또 웃고 말았다. 참 아쉬운 것은 한 사람이 더 들어왔다.

하늘은 화가다

하늘은 화가다

하루에도 수없이
계절 따라 다르게
구름으로 그림을 그려 놓으면
감탄할 정도로 아름답다

하늘은 조각가다

하늘에는 수많은 별들이
조각해 놓아서
밤마다 반짝이고 있다

하늘은 수채화다

해가 뜰 때 동트는 아침을
아름답게 그리고
해가 지는 아름다운 저녁
노을을 아름답게 그려 놓아
바라보는 마음을 감동하게 만든다

어떤 사람은 "삶이 너무 뻔하다."라고 생각한다. 삶이 재미가 없이 흘러만 간다고 생각한다. 삶은 모자이크와 같다. 어떤 모습으로 어떻게 삶을 만드느냐에 따라서 행복해질 수 있고 불행해질 수 있다. 삶이 뻔하면 재미있고 즐겁게 만들면 된다. 죽음도 뻔하고 한데 무엇을 하려고 사는가? 생각과 의식을 바꾸고 목적을 분명하게 하고, 살아야 한다. "결혼 이전에는 눈을 크게 뜨고 결혼 이후에는 반쯤 닫으라. 결혼의 3할은 사랑이고 7할은 용서이다."라고 말한다. 참을성과 인내력을 가지면 어떤 불행도 막을 수 있다.

행복한 결혼 생활의 비결은 삶의 변화에 따라 환경에 적응하는 법을 배우는 것이다. 끊임없이 서로를 돕고 사는 데 있다. 행복한 결혼 생활은 한 순간을 평가하는 것이 아니다. 평생을 두고 말하는 것이다. 행복한 결혼 생활은 부부가 친구와 같이 된다. 부부의 사랑은 사계절 동안 꽃 피워도 좋을 사랑이다.

너를 만나면 더 멋지게 살고 싶다

너를 만나면
눈인사를 나눌 때부터
재미가 넘친다

짧은 유머에도
깔깔 웃어주는 너의 모습이
내 마음을 간질인다

너를 만나면
나는 영웅이라도 된 듯
큰 소리로 떠들어댄다

너를 만나면
어지럽게 맴돌다 지쳐있던
나의 마음에 생기가 돌아
더 멋지게 살고 싶어진다

너를 만나면
온 세상에 아무런 부러울 것이 없다
나는 너를 만날 수 있어
신난다

너를 만나면
더 멋지게 살고 싶어진다

삶은 동행이다. 동행하는 이가 없다면 삶은 고독하고 비참한 너무나 처절하다. 홀로 떨어져 산다면 세상에 내던져지고 버려진 듯 괴로운 나날들을 보내게 될 것이다. 들판에 아주 멋있게 서 있는 나무일지라도 한 그루 라면 외롭다. 삶을 사랑하며 동행하는 사람들이 있어야 한다. 살면서 순간순간마다 동행하며 살아갈 수 있는 기쁨을 가진 사람은 행복한 사람이다. 맥스웰 몰츠는 "행복은 인간의 마음과 신체에 내재된 천성이다. 우리의 감각 기관도 행복하다고 느낄 때 더욱 활발하게 움직인다."라고 말했다.

봄이 오는 길목에서 주말에 동호인들과 동행했다. 전북 군산시 옥도면 신시도를 걷고 또 걸었다. 새만금을 눈앞에서 바라보고 월영봉을 거쳐서 대각산 전망대에 올랐다. 그리 높은 산은 아니지만 산과 산의 등선을 타고 걷는 것이 때로는 힘이 들고 땀이 났다. 하지만 자연과 바다를 보는 상쾌하고 시원한 기쁨을 만끽할 수 있었다. 늘 함께 할 수 있고 늘 동행하는 사람이 있다면 지루함도 사라지고 열정이 가득해진다.

삶이 힘들 때 손을 잡아 줄 수 있는 여유가 편안함과 기쁨을 준다. 자꾸만 따지고 불평하고 비교하고 탓하면 동행할 수 없다. 멀리 떨어져 나가야 한다. 나보다 상대방을 먼저 생각해 주고 배려해주고 칭찬해 줄 때 훨씬 좋다. 가족도 친구도 사회도 마찬가지다. 나보다 먼저 남에게 배려할 때 삶은 행복해진다. 이 세상에 벽을 쌓지 말고 동행해주고 함께 하는 사람들이 점점 많아졌으면 좋겠다. 문득 생각이 나고 입가에 웃음을 짓게하는 사람이 되어야 한다.

동행

인생길에 동행하는 사람이 있다는 것은
참으로 행복한 일입니다

힘들 때 서로 기댈 수 있고
아플 때 곁에 있어 줄 수 있고
어려울 때 힘이 되어줄 수 있으니
서로 위로가 될 것입니다

여행을 떠나도 홀로면 고독할 터인데
서로의 눈빛 맞추어 웃으며
동행하는 이 있으니
참으로 기쁜 일입니다

사랑은 홀로는 할 수가 없고
맛있는 음식도 홀로는 맛없고
멋진 영화도 홀로는 재미없고
아름다운 옷도 보아줄 사람이 없다면
무슨 소용이 있겠습니까

아무리 재미있는 이야기도
들어줄 사람이 없다면
독백이 되고 맙니다

인생길에 동행하는 사람이 있다면
더 깊이 사랑해야 합니다
그 사랑으로 인하여
오늘도 내일도 행복할 수 있습니다.

11. 시는 사랑과 그리움의 표현이다

" 사랑을 깨우쳐 알고 있는 시인만이 진실로 세상을 사랑할 수 있다"라고 말한다. 사랑이 없는 문학은 생명이 없다. 인간은 누구나 사랑을 원하며 살아간다. 세상의 모든 작품 시, 소설, 수필, 영화, 연극, 조각 모든 예술을 짜 내리면 사랑이 쏟아진다. 삶이 곧 사랑이다. 이동순 시인은 "바람에 찢긴 돛처럼 너풀거리는 세상을 하나로 꿰맬 수 있는 바늘은 오직 사랑뿐입니다."라고 노래했다.

문학은 인간의 사상과 감정을 언어로 표현한다. 인간의 정신을 언어로 표현하고 있다. 문학을 표현하는 것이 언어다. 문학은 감성, 사상으로 삶을 표현한다. 문학은 읽는 이들에게 즐거움을 준다. 읽는 즐거움이 없는 문학은 독자들이 좋아하지 않고 읽지 않는다. 아무리 위대한 사상이나 의미를 내포한다고 하여도 읽는 즐거움, 깨닫는 것이 없다면 위대한 문학이라고 할 수 없다.

시인이라면 시로써 자신의 삶을 표현해야 한다. 헨리 워드 비처는 "생각하는 것이 표현될 때까지는 명료하지 않다. 우리는 생각한 것에 관해 쓰거나, 말하거나 행위로 나타내지 않으면 그것 중 반쯤은 마비된 상태인 것이다. 우리의 감정은 구름과 같아서 비로 내려질 때까지는 꽃 피우거나 열매 맺게 할 수 없기에 표현되어져야만 한다. 그리하여 우리의 내부에 있는 모든 느낌이 표현됨으로 발전되는 것이다. 생각은 씨요, 말은 꽃이며, 행위는 열매다."라고 말했다.

혼자 생각

눈 뜨면 보이지 않는
그대가
눈 감으면
어느 사이에
내 곁에 와 있습니다

    그리움은 꿈이요, 사랑이며, 낭만이다. 마음속에 그리움이란 배를 띄어 놓고 사는 것도 행복하다. 그리움은 삶에 생동감을 주고 활기가 넘치게 한다. 온 세상을 새롭게 바라볼 수 있게 만든다. 가슴에 그리움 하나 가지고 살아야 한다. 지나온 그리움을 추억하며 다가오는 그리움으로 가슴에 설렘을 갖고 살아가야 한다. 살다 보면 그리움이 밀물처럼 몰려올 때가 있다. 봄에 꽃이 피면 그리움으로 설렌다. 가을의 바람에 구르는 낙엽을 바라보면 가슴이 울컥거리고 누군가를 만나고 싶다. 삶이 지치고 힘들 때 그리워지는 사람이 있다. 기분이 아주 좋고 원하던 일을 해냈을 때 보고 싶은 사람이 있다. 내가 사랑하는 사람이다. 삶의 순간순간마다 함께 했던 사람들이 문득 그리워지고 만나고 싶을 때가 있다. 가슴에 점 하나처럼 찍어 놓은 그리움이 온 세상을 퍼져 나가는 날이 있다. 화가 신윤복은 그리움에 대해 "그린다는 것은 그리워하는 것이다. 그리움은 문득 그림이 되고, 그림은 그리움을 부른다. 문득 얼굴 그림을 보면 그 사람이 그립고, 산 그림을 보면 그 산 이 그리운 까닭이다."라고 말했다. 내일에 대한 그리움이 있기에 오늘을 의미 있게 살아가고 내일을 기대하며 산다.

늘 그리운 사람

늘 그리움의 고개를
넘어오는 사람이 있습니다

기다리는 내 마음을 알고 있다면
고독에 갇혀
홀로 절망하지는 않을 것입니다

마지막이어야 할 순간까지
우리의 사랑은
끝날 수 없고 끝나지 않을 것입니다

막연한 기다림이
어리석은 슬픔뿐이라는 걸 알고 있지만
그리움이 심장에 꽂혀
온 가슴을 적셔와도 잘 견딜 수 있습니다

그대를 사랑하는 내 마음
그대로 그대에게 전해질 것을 알기에
끈질기게 기다리며
그리움의 그늘을 벗겨내지 못합니다

내 마음은 그대 외에는
그 누구에게도 정착할 수 없습니다
밀려오는 그리움을 감당할 수 없어
수많은 시간을 아파하면서도
미친 듯이 그대를 찾아다녔습니다

내 목숨 꽃 지는 날까지

내 목숨 꽃 피었다가
소리 없이 지는 날까지
아무런 후회 없이
그대만을 사랑하고 싶습니다

겨우내 찬 바람에 할퀴었던
상처투성이에서도
봄꽃이 화려하게 피어나듯이

이렇게 화창한 봄날이라면
내 마음도 마음껏
풀어내었으면 좋겠습니다

이렇게 화창한 봄날이라면
한동안 모아두었던
그리움도 꽃으로 피워내고 싶습니다

행복이 가득한 꽃향기로
웃음이 가득한 꽃향기로

내가 어디를 가나 그대가 쫓아오고
내가 어디로 가나 그대가 앞서갑니다

내 목숨 꽃 피었다가
소리 없이 지는 날까지
아무런 후회 없이
그대만을 사랑하고 싶습니다

삶에는 그리움이 가득하다. 그리움이 없는 삶은 낭만도 멋도 성취감도 없다. 가슴 속에 그리움을 하나씩 등불처럼 켜놓고 살아야 삶은 더욱더 빛을 발한다. 사랑을 하면 그리움이 가슴에 가득해 견딜 수가 없다. 분명한 것은 떠난 후에 후회하지 말자. 실생활에서 더욱더 잘하고 살아야 한다. 황금찬 시인은 "나무와 계절" 시집 서문에서 "시는 인격이어야 한다. 그리고 윤리이며, 또한 도덕이다. 시는 사랑이다. 시가 사랑을 내포하지 않으면 시가 될 수 없다"라고 말하고 있다. 시인과 사랑은 절대로 뗄 수 없는 가장 친밀한 관계다.

삶 속에서 그리움은 한 폭의 그림을 만들고 사랑을 만들어 놓는다. 가족과 동유럽 여행을 떠났을 때 의사로 활동하는 70세 된 분이 일행 중에 있었다. 여행 일행들과 연주회에 참석했다가 지갑을 잃었다. 우여곡절 끝에 다시 찾고서 기분이 좋아 동행하는 사람들에게 "지갑을 찾아서 참 좋다."는 말과 함께 "작년에 아내와 함께 여행을 오기로 했는데 아내가 세상을 떠났다. 있을 때 잘할 것을 그랬다."라고 말했다. 그분이 "노래를 한 곡 부르고 싶다."면서 그리움이 가득한 노래를 불렀다. 눈물이 목소리에까지 젖어왔다. 물론 듣고 있는 내 가슴도 촉촉이 젖어왔다. 못다 베푼 사랑이 가슴에 한이 되어 강처럼 흘러내렸다. 떠난 후에 사랑이 더 간절하고 애처롭다.

떠난 후에 후회하기보다 뜨겁게 함께 할 때 베풀며 있을 때 잘하자. 세월이 흘러가도 그리움은 남는다. 홀로 남을 때 얼마나 외로운가. 다시는 돌아올 수 없는 그리움이 가득한 삶이다. 철도원이란 영화에 "그리움을 놓치지 않으면 꿈이 이루어진다."는 대사가 나온다. 삶에 마침표를 찍을 때까지 서로 후회 없는 사랑을 하며 살자. 아무리 사랑한다고 하여도 눈에서 멀어지면 마음마저 멀어진다. 건강도 돈도 명예도 권세도 잃을 날이 오고야 만다. 나이조차 말할 힘이 없는 날이 온다. 늘 자신의 주장만 앞서면 다른 사람들이 상처를 입을 때가 많다. 사랑은 허물조차 덮어주는 아름다운 마음을 만든다.

우리 보고 싶으면 만나자

그리움이 마음의 모퉁이에서
눈물이 고이도록 번져나가면
간절한 맘 잔뜩 쌓아놓지 말고
망설임의 골목을 지나
우리 보고 싶으면 만나자

무슨 사연이 그리 많아
무슨 곡절이 그리 많아
끈적끈적 달라붙는 보고픈 마음을
근근이 막아놓는가
그렇게 고민하지만 말고
애타는 마음에 상처만 만들지 말고
우리 보고 싶으면 만나자

보고픈 생각이 심장의 혈관까지 찔러와
속병이 드는데
만나지도 못하면
세월이 흐른 후에 아무런 남김이 없이
억울함에 통곡한들 무슨 소용인가
남은 기억 속에 쓸쓸함으로 남기 전에
우리 보고 싶으면 만나자

그리워 하염없이 눈물만 흘리며
마음의 갈피를 못 잡고
뼛골이 사무치도록 서운했던 마음
다 떨쳐버리고
우리 보고 싶으면 만나자

그리움 없다면 사랑도 가치를 잃어버린다. 그리움이 없다면 삶은 가치가 없다. 어느 날 그리움이 몰려와서 시를 쓰게 된다. 그리움이 없다면 오랜 세월 동안 수 없이 써 내린 시를 단 한 편도 쓰지 못했을 것이다. 그리움은 희망이며 내일을 살아가는 힘과 용기를 준다. 그리움은 사랑을 만들고 행복을 선물해준다. 폴 발레리는 "시는 절조 있는 언어로써 절규, 눈물, 입맞춤, 탄식 등을 암암리에 표현하는 것."이라고 했다. 그리움은 생명이 있는 사랑의 씨앗이다. 사랑이 싹트고 자랄 수 있게 하는 것이 그리움이다. 그리움이 없는 사랑은 이루어질 수 없다. 그리움은 내 가슴에 사랑을 만들어주고 사랑을 나누게 한다. 그리움의 결실과 열매가 사랑의 완성이다. 이 세상에 살면서 누구나 그리움을 가슴에 담고 산다.

내 사랑은 외길이라

나는 언제나 그대에게로 가는
길밖에 모릅니다
내 마음은 늘 그대로 인해 따뜻합니다

우리 만나면 그리움의 가지가지마다
우리의 사랑이 만발하는
아름다운 풍경을 만들겠습니다

그리움은 대상이 있다. 누군가 그리움의 대상이 있을 때 그리움은 시작된다. 사람은 평생 동안 그리워할 대상을 만들고 그리워하다가 떠난다. 그리워할 것조차 없으면 의욕을 잃고 절망스럽게 삶을 마친다. 그리움은 삶에 힘이 되고 용기가 되고 희망이 된다. 사랑을 하면서 때로는 떠난다는 것을 알았다. 붙잡을 수 없도록 멀어졌다. 영영 기별조차 없었다. 세월은 떠나가도 계절은 다시 찾아오고 꽃도 피지만 떠나간 사람은 다시 돌아오지 않는다. 무심한 사람이다. 떠도는 세월 속에서 마음을 같이 할 것 같더니 떠나가 버렸다. 문득 외롭고 쓸쓸하더라도 잊어야 할 것이라면 잊어야 한다. 그리움도 훌훌 털어버려야 할 때가 있다. 구자 억 시인은 "사람은 아름다운 것을 보고 아름답다 표현해야 하고 사랑하는 사람에게 사랑한다고 말할 수 있어야 한다. 또 어떤 대상을 사물에 대해 그리움을 말할 수 없다면 모두 불행하지 않을까. 삶의 의미와 살아있다는 것들이 정말 지난날을 계수해보면 잠깐일 것 같다."라고 말했다. 좋아할 것도 그리워할 것도 없다면 무슨 이유로 살 수 있을까? 삶이 비참해진다. 시인은 그리움의 대상을 시로 쓴다. 그리움은 표현해야 이루어진다.

누군가를 사랑한다는 것은

누군가를
사랑한다는 것은

마음속에
그 사람이
가득 차 오는 것이다

누군가를
사랑한다는 것은

나를 버리고
그를 따라
나서는 것이다

누군가를
사랑한다는 것은

그로 인해
기뻐하고 슬퍼하는 것이다

12. 시는 아픔과 희망의 표현이다

삶에 고통이 있기에 아픔에 더 살고 싶고 인생에 가치가 있다. 죽은 것들은 아픔과 고통을 느낄 수 없다. 살아있기에 아픔과 절망과 고독을 느낄 수 있다. 절망적이고 지독한 고독이 시대를 거친 사람들이 명작을 낸다. 처절한 아픔과 고통이 인생을 성숙한다. 시인의 마음을 더욱더 풍성하게 만든다. 고통과 아픔을 모르는 순탄한 삶을 살아온 사람은 삶의 진가를 모른다. 땀 흘림 속에 거둔 가치는 쉽게 사라지지 않는다. 아픔과 고통은 성숙이라는 선물을 안겨다 준다. 칼린 터너는 "아픔을 사라지게 할 힘이 당신 자신 속에 있는 것인지 조용히 정직한 목소리에 귀를 기울여보라."라고 말했다. 아픔을 아픔으로 끝내면 병이 되지만 아픔으로 이겨내면 힘 있고 강한 삶을 살 수 있다.

못

깊숙이 파고들어야 한다
흔들리지 않도록
심장 속을 꿰뚫어야 한다

견디기 위하여
살아남기 위하여
고정되어야 한다
말이 필요 없다.

두들겨 박히면 박힐수록
나는 너를 걸어둘 수 있는
하나의 의미로 살아남는 것이다

헤르만 헤세는 "고통이 그대를 괴롭히는 것은 다만 그대가 고통에 대해서 겁을 먹기 때문이며 그대가 그것을 건드리기 때문이다. 고통이 그대를 따라다니는 것은 그대가 그것으로부터 도망치려 하기 때문이다. 그대는 그것으로부터 도망쳐서는 안 되고 그것을 건드려서도 안 되고 겁내서도 안 된다. 그대는 사랑해야만 한다. 그대는 무엇이든 스스로 알고 있다. 마음속 깊이에서는 알고 있는 것이다. 세상에는 단 하나의 마술, 단 하나의 힘, 단 하나의 행복이 있을 뿐이고 그것은 사랑이라는 것을 그러니까 고통에 거역하지 말고 고통을 사랑하고 고통으로부터 도망치지 말 것이다. 그대는 고통의 밑바닥이 얼마나 아름다운 것인가를 맛보아야 한다."라고 말했다. 돈 없는 가난의 슬픔은 절망적인 고통이다. 먹을 것 없고 입을 것 없고 거처할 곳이 없는 슬픔은 인생을 절망의 나락으로 떨어뜨린다. 일한 곳도 없고 희망도 없고 내일이 없으면 죽음으로까지 몰아간다. 돈이 없으면 세상은 금방 냉정해진다. 부모 자식 사이도 부부 사이도 가족 사이도 친구 사이도 멀어진다. 혼자 남게 된다. 절망 속에서도 희망의 끈을 놓치지 않고 헤쳐 나갈 때 내일은 화창하게 다가온다. 삶에서 두려움 없애고 두려움에서 떠나야 활기차게 살 수 있다.

노을 지는 해

노을 지는 해가
낮술에 취한 듯
얼굴이 벌겋게 취해
노을을 아주 붉게 물들여 놓는다

노을 지는 해도
하루가 피곤했는지
머뭇거리지 않고
석양 넘어 서둘러 퇴근하고 있다

영국의 화가 터너의 작품 가운데 "바다와 폭풍우"라는 그림이 있다. 그는 그리기 위해 남다른 경험을 했다. 폭풍우가 몰아치는 어느 날, 터너는 배에 올랐다. 화실에 틀어박혀서는 폭풍우가 몰아치는 바다를 제대로 그릴 수가 없었다. 그는 배를 집어삼킬 듯한 거센 풍랑과 싸우면서 휘몰아치는 폭풍을 눈으로 확인했다. 그런 후에 화실로 돌아와 그림을 그렸는데 이전에 그린 어떤 그림보다 훨씬 더 생동감이 넘쳤다. 터너는 직접 보지 않고도 폭풍우가 몰아치는 그림을 그릴 수가 없었다. 작가가 겪고 체험한 고통과 아픔은 꼭 대가를 지불한다.

러셀은 "사람은 누구나 원하는 바 어떠한 사업 또는 어떠한 목적에 대한 열정과 희망이 있다. 그 열정과 희망이 깨어졌을 때 사람은 불행에 빠진다. 당신의 희망과 뜻을 파괴하는 망치가 바로 당신의 그릇된 세계관이나 인생관 속에 있었다. 그릇된 도덕관, 그릇된 생활 습관에서 그 원인을 깨달을 필요가 있다."라고 말했다.

휘트먼은 "나도 다른 누구도 당신의 길을 대신 가줄 수 없다. 그 길은 당신 스스로가 가야 한다." 말했다. 희망 속에 사는 시인은 힘들고 어려웠던 시기를 시로 나타난다.

장터 아낙네

장터에
살아가는 모습을 펼쳐놓은 아낙네
낯선 땅 하루하루
고달픈 육신 묵고 가니
야윈 어깨 천근만근 짓눌린다

핏덩이들 키워가며 느는 욕설에
입심만 거세다 소문나고
맨몸뚱이 하나로 세상을 사니
거미줄 쳐진 빚더미에
저당 잡힌목숨 누가 알까

시장통에 선심 쓰듯 내놓은 일숫돈
아쉬움에 받아쓰면
피고름 짜듯
한날 한날 눈물 절인 돈 받아 가며
구제라도 한 듯 설치는 일수쟁이들

목돈 꾸는 날
인심 사나운 세상에
고맙고 반가워 한순간 좋았으나
이리저리 갈라놓고 나면
언 가슴에 살점 떼듯
두 눈 부릅뜬 남의 돈이 무섭다

장시간
한 푼 두 푼 돈주머니 넣기도 전에

도장 찍을 자라 하나하나 쌍불 켜고 달려들면
날아간다 날아간다
꿈도 희망도 날아간다

장사가 공치는 날은
깜박 조는 꿈자리에도 가위눌려
하루해가 병든 서방 누운 자리만큼 길고
중얼대는 넋두리엔
바람 타고 도망치고 싶다

신용 없이 애걸복걸 다시 얻은 돈
사방팔방 연줄 달려 모두 다 날아가면
언제나 남처럼 사나 푸념만 늘어간다

손님에게 굽실거리다 욕먹고
법 따지고 들면 코만 꿰는 세상
서글픈 팔자는
이래저래 손가락질만 당하고
울며불며 사는데
목숨줄로 매달린 자식
추스를 시간도 없이
애꿎은 세월은 잘도 가고
일수 장부에 남은 날은 많고 지난날은 적어
속 썩은 한숨에 눈마저 질퍽거린다

세상에는 많고 많은 돈이
저리도 돌고 도는데

어찌 내 손에만 들어오면 단숨에 날아가고
나에겐 머무를 주소 없이 헤매이나
허탕만 온다

오늘 아침 아낙네는 신이 나는가
핏기 없는 얼굴도
노랫가락에 흥겹다

틈만 나면 자랑하던 자식 대학가
몇 년만 기다리면
언덕 넘은 절벽 고생 끝이라고
웃는 아낙이 안쓰럽다

자식만은 자식만은
다시 꾼 일숫돈 손에 움켜쥐고
심장 짜듯 하늘을 본다

가난은 남기지 말아야지 넘기지 말아야지
아낙네 돌아가는
어두운 골목길이 피맺힌 눈물로 젖는다

장터에는 수많은 사람 애환의 모습이 있다. 늘 어두운 골목길에서 아파하며 살아간다. 가난한 사람들이 사는 골목길에는 절망이 가득하고 눈물과 아픔이 시궁창 물처럼 흘러내린다. 가난과 질병과 우울증이 가득한 사람들이 있다. 그 절망 속에서도 내일을 바라보며 살아가기에 희망이 있다. 가난도 절망 질곡의 마음을 단단히 먹고 살아가면 끊어질 날이 온다. 가난은 자꾸만 주눅이 들게만든다 눈물이 나고 가슴이 아프고 온몸이 저려왔다. 가난이 질병처럼 저리고 늘 떠오르지 않을 때가 있다.

절망이 삶을 짓누를 때 힘들고 몹시 아팠다. 희망이라는 말이 너무나 좋은 것이다. 마르쿠스 아우렐리우스는 "절망하지 말라. 좋은 것들을 성취하고 깊은 마음은 간절하나 비록 성취하지 못한다고 하더라도 낙담하지 말라. 혹시 쓰러지더라도 다시 일어서도록 노력하고 어려움을 극복하도록 노력하라. 모든 사건의 본질과 사물의 본질을 터득하라."라고 말했다. 절망에 빠져 있을 때 나약해지면 더 큰 불행에 빠지고 허약해질 뿐이다. 버어튼의 말을 기억해야 한다. "절망하지 말라. 절망해도 절망 속에서 일하라." 현실에 절망하기보다는 내일의 희망을 품고 살아야 현명하다. 절망을 벗으로 삼고 이겨내는 방법이 더 좋다. 삶을 억지로 산다고 생각하면 불행하다. 삶에 초대받았다고 생각하며 어떤 고난도 역경도 이겨내야 한다.

헤르만 헤세는 "절망이 다시 은총이 되고 우리가 생을 탈피해서 새로이 태어난다는 경험은 몇 번이고 되풀이했다. 당신은 나를 정신 분석하는 자라고 그러니까 나는 이 경험을 다음과 같이 정의하고 싶다. 문화나 정신이 요구하는 것을 참되게 받아 그것에 따라 생활하려고 작정하면 틀림없이 절망에 빠지고 만다. 그런데 주관적인 경험이나 상태를 지나치게 객관화하였다는 것을 알면 거기로부터 구제가 된다."고 말했다. 절망을 어떻게 극복하는지 알고 싶다면 자신의 절망에서 빠져나와야 한다. 고민하고 좌절하기보다 다른 사람에게 도움을 주면 절망이 말끔히 사라지고 만다.

김남조 시인 시집 "희망 학습" 서문에서 "시인이 침묵하는 동안에는 누구도 희망을 노래하지 않는다. 절망의 처방으로서의 희망이 처음엔 아주 작은 종자 속의 그것이더라도 지열로 태워 싹 틔운다면 마침내 강건한 줄들이 자라 오르리라."라고 말했다. 시인은 절망과 고통 속에서 희망을 노래해야 한다. 어둠 속에서 빛을 노래하며 산다.

절망으로부터 많은 것을 배우고 내일을 향하여 발걸음을 옮겨야 한다. 살면서 정말 아프고 힘들고 고통스러울 때 이제 끝인가 하고 반문하고 싶을 때가 있다. 기회는 찾아오고 밝은 내일이 다가온다. 절망을 딛고 일어선 사람들이 삶답게 살아가는 사람이다. 절망은 극복하라고 찾아온다. 장님이고 소경이고 말 못 했던 헬렌 켈러가 "태양을 보고 살아라! 그리하면 너의 그림자를 보지 않을 것이다!"라고 말했다. 삶 속에 늘 질병처럼 따라다니는 어둠과 절망의 그림자만 보고 살면 안 된다. 우주의 중심에 떠 있는 희망의 태양을 바라보며 강한 열정으로 힘차게 살아야 한다.

내 어머니는 야채 장수

내 어머니는 손에 늘 초록 물감이
들어 있던 야채장수였다
맨몸으로 가난을 헤쳐 나가려고
그녀는 늘 몸부림을 쳐야만 했다

돈 몇 푼 안 되는 야채들을 팔면서도 눈치를 살피고
서글픔에 정강이가 시려도
꺼져갈 듯한 삶을 살려내려는 애착만은 대단했다

온갖 시련이 찐득찐득 달라붙어도
응어리진 가슴이 팽팽하게 조여와도
쓰러질 듯 쓰러질 듯하면서도
늘 이겨내고 말았다

피곤이 산처럼 쌓여와 무게를 견딜 수 없어
중풍에 쓰러졌어도
다섯 자식 눈앞에 아른거려
다시 일어났다

시시각각 턱까지 숨차게 다가오는 고난에
힘에 부쳐 늘 헐떡여야 하는
질기고 모진 목숨이었다

늘 짓밟히고 산 내 어머니 몸에선
가난이 떠나지 않아
핏줄까지 흘러내렸지만
자식들에게만은 흘러내리지 않기를 바랐다

어느 시대이든 삶이 고달픈 어둠에 내동 냉이 쳐진 사람들이 있다. 세상에 버려진 사람들이다 아무리 몸부림쳐도 벗어날 수 없다. 노동하는 사람들의 삶이 참으로 고달픈 삶이다. 돈 없어 보라. 지갑에 먼지가 나도록 텅텅 비어보라. 이곳저곳에서 찬 바람이 쌩쌩 불어온다. 돈 없으면 누가 사람대우를 해주는가. 누가 눈길 한 번 제대로 주는가. 가위눌리고 발끝에 부딪히는 것은 슬픔뿐이다. 집도 없고 직장도 없고 가족도 흩어지면 신음만 가득하고 사는 게 사는 것이 아니다. 빈둥대고 사는 알거지 신세는 처량하다. 산산조각이 아는 꿈을 다시는 붙일 수 없다. 우정은 무슨 우정이냐. 애정은 무슨 애정이냐. 사랑은 무슨 사랑이냐. 다 외면하고 떠나간다. 돈 없어 보라. 하늘도 땅도 깜깜해 앞이 보이지 않고 온통 낭떠러지 모든 것들이 발과 손을 꽁꽁 묶어놓아 옴짝달싹할 수 없다. 슬픔의 무게를 견딜 수 없다. 맨땅에 주저앉아 허공을 바라보는 신세가 되어보라. 구박덩어리 찬밥 신세도 못 면한다. 헐벗은 뼛골마다 울화가 치밀어 소리를 지르고 싶다. 눈물겹게 살 수밖에 없다. 능력 없는 사람의 노동은 힘든 만큼 대가는 작고 힘들고 고달프다. 행복한 사람들은 주변에 힘들어하는 사람들을 결코 잊어서는 안 된다. 서로 나누며 함께 사는 세상을 만들어야 한다. 고달픈 생존경쟁서 살아남으려면 긍정을 불러들여 힘차게 살아야 한다. 포기하는 마음을 버리고 어떤 극한 상황도 극복해야 한다. 샤피로는 "바람직한 삶의 공식은 자신이 속한 곳에서 사랑하는 이들과 함께하며 삶의 목적을 위해 자기 일을 하는 것"이라고 말했다.

노동 곧 일은 해야 한다. 땀 흘려 일한 노동의 정당한 댓가가 지급되지 않을 때 고통스럽고 노동이 정당하면 댓가는 분명하게 따라오게 된다. 일을 즐겁게 하면 생각하는 삶이 달라진다. 어떤 어려운 일도 피할 수 없다면 즐겨야 한다. 톨스토이는 "이마에 땀을 흘리며 노동하는 생활이 무위도식하는 것보다 존경받을 생활이라는 것을 확신하고 그 확신에 부합된 생활을 하며, 타인을 높이 평가하고 존경하는 사람! 그러한 사람에게는 산다는 것이 실로 즐거운 일이다."라고 말했다. 나로 인해 행복할 수 있는 사람들을 만들어야 한다. 나로 인해 웃을 수 있는 사람들을 만들어가야 한다. 그래야 좋은 세상 살아갈 힘을 얻는 세상이 된다.

노동하는 사람들

날품팔이
노동판에서
잔뼈가 굵고
검붉게 그을린 얼굴들을 보면
기름기가 빠져 피곤이 엉켜 붙어있다

일 년 사시사철
동서남북 안 가는 곳이 없이
공사판이 벌어지면
이골이 나도록 일을 하는데
늘상 가난을 면치 못하는
이유는 무엇인가

공사판이 끝나면
품삯을 못 받아 실랑이 벌이다
한 달이 가고
새로운 일감을 따라가다가
날짜 다 보내고
일을 시작해도 한 자락 깔아야
품삯을 주니
뼛골은 다 빠져나가는데
쥐어 잡은 돈은 없다

아파트란 아파트는 다 지었는데
사글셋방 신세 면치 못하고
큼직한 백화점은 다 지었는데
그 많게 쌓아놓은 물건은

허술한 옷차림에 눈요기도 못 한다

빌어먹을 세상이라
한잔 취하면 욕설해대지만
모두가 못 배운 탓이요
모두가 못난 탓이라 하지만
복장이 터지도록
아파 올 때는 이렇게
억울할 수가 없는 것이다

노동판에
목숨을 걸고 곡예 하듯
고층 아파트를 다 지어갈 때면
가슴이 저려온다

누구는 아파트가 당첨됐다고
뛰면서 좋아할 텐데
우리네 인생은
닭 쫓던 개만도 못한가
어깻죽지 깊어 가는 멍 자국보다
가슴에 깊어 가는 멍이 더 슬프다

불우한 환경이나 조건 때문에 삶을 포기하거나 자포자기는 하지 말아야 한다. 살아있는 작은 물고기는 물살을 거슬러 올라간다. 그러나 죽어 있는 큰 물고기는 물살에 둥둥 떠내려간다. 흐르는 세월을 따라 흘러가듯 살아가는 것처럼 어리석은 사람은 없다. 이 시대를 바로 보고, 바로 느끼고 내일을 바라보면서 살아가야 한다. 오늘의 시대에 오죽하면 어항의 금붕어가 어항에서 살기 싫어 뛰쳐나와 자살했다는 것을 보면 시대가 힘들다는 말이다. 희망을 내던져버리면 구겨져 버린 기분이 아주 더러워진다. 부족할 때는 치명적인 결점만 찾아내는 비꼬는 눈초리가 정말 싫다. 삶이 비참해지면 모든 것이 토막 나고 갈라지고 비틀려버린다. 가까운 사람들에게 양심의 가책을 덜기 위해서 얽어진 사고의 틀을 벗어나 몸을 숨기고 싶을 때가 있다. 절망의 미몽에서 깨어나고 싶었다. 아무것도 되지 않을 때는 절망이란 감옥에 갇혀 꼴이 우스꽝스럽게 된다.

실패를 극복하고 나면 힘이 생긴다. 때로는 실패가 더 아름다울 때가 있다. 실패에서 많은 교훈과 힘을 얻는다. 적극적이고 자신감 있는 성격이 되는 방법이 있다. 한 가지라도 자신 있는 일부터 차근차근하게 시작한다. 자신의 일에 흥미를 갖게 되면 숙달이 되고 성숙해지는 지름길이 된다. 적극적인 사고가 성공을 부르는 첫걸음이 된다. 부족한 점을 깨닫고 대처하는 것도 옳은 행동이다. 모든 일은 부족함에서 출발하여 충만하게 된다. 자신이 하는 일에 열심히 할 때 삶의 보람을 느낀다. 성취감을 얻음으로 어떤 일도 해내갈 힘을 얻는다. 윌리암 제임스는 "풍요한 인생을 믿어라. 그리고 인생은 살 가치가 있다고 믿어라. 그러면 당신의 신념이 이를 사실로 높여준다." 말했다. 실패나 결핍이나 한계에 마음을 일치시키려는 행동은 그만두어야 한다. 강하고 담대한 마음으로 꿈과 비전에 맞추어야 한다. 겁을 먹는다는 것은 일종의 마음 병이다. 겁이 많은 사람은 열정이 없다. 꿈과 비전을 숨기려는 잘못된 생각을 갖는다. 꿈을 성취해 나가는 삶을 살아야 한다.

일이 잘 안 풀리고 고통스러울 때 번민에 시달린다. 이것을 선택할까? 저것을 선택할까 삶은 번민의 연속이다. 로댕의 "생각하는 사람"을 보라. "아무리 생각해도 자기 옷 하나 해결 못 한다."는 유머가 있다. 생각하면 행동해야 변한다.

힘이 없고 너무나 힘들 때 찾아오는 것은 쓸데없는 번민과 고민뿐이다. 하루 종일 많은 고민의 탑을 쌓아도 해결될 기미가 보이지 않는다. 쓸모없는 인생, 쓸모없는 인간이라는 생각이 들 때 참으로 비참하다. 고통을 이겨낼 때 비참했던 것들이 변화되고 반전된다. 아주 작은 성공에 도취 되어 어리석게 잘난 척한다면 결코 큰일을 할 수 없다. 시냇물에는 고래가 살지 않는다. 진정한 성공은 도도히 흐르는 강물처럼 거친 파도가 휘몰아치는 바다처럼 어떤 고난과 역경 속에서도 꿋꿋하게 일어서는 묘미를 맛보아야 한다. 비판 여론이 들끓어 분노가 하늘을 찔러도 땀과 눈물이 범벅이 되도록 열정을 쏟으면 시련의 바람조차 비껴가고 만다. 진정한 성공은 만났던 사람들의 입에서 어떻게 말하는가가 결정한다. 진정한 성공의 삶 최후의 모습이 결정한다.

번민

나는 투쟁도 하지 않았는데
피투성이가 되었다
허공에 내던져진 열 손가락을 끌어당겨
스물여덟 뼈마디를 움켜쥐고 있는데
피투성이가 된 이유는 무엇인가

심장조차 도려낼 수 없는
쓰라림을 소리치며 웃다
길가 상품처럼 전시되어 있는
과거를 아는 녀석이 미친 듯이 웃고 있을 때
나는 꼬꾸라져 두 무릎을 꿇고 말았다

창문을 활짝 열어도 바람 불지 않는 날은
웃지도 울지도 못하는 꼭두각시가 되고
비 오는 날은 사형수가 되어 방황하며
집으로 돌아갈 줄 몰랐다

책을 보고 있을 때
글자들이 열 지어
눈앞을 빙빙 돌아도
하얀 백지 위에
아무런 이유도 생기지 않았고

허공에 내던져진
열 손가락을 열심히 움직였는데
아무런 투쟁도 못 한 채
나는 피투성이가 되었다

뼈저린 고통을 겪어보고 고통의 맛을 아는 사람들이 많다. 그들이 아무런 근심 걱정 없이 살아온 사람들보다 겸손하고 따뜻한 삶을 산다. 남의 도움을 고마워할 줄 아는 사람들이 남을 도울 수 있는 사람이 된다. 가난이 목 졸라와 굶주리게 하고 궁핍의 밑바닥을 알게 한다. 뼛골이 저리도록 병들어 신음해보았을 때 애착이 가고 참다운 삶을 살고 싶다. 절박한 고통에서 열정과 노력으로 벗어났을 때 삶의 의미는 더 달라진다. 요즘 사람들을 만나면 이구동성으로 참 살기가 어렵다고 한다. 삶에 의욕을 주는 일이 없다. 참으로 어려운 시대다. 늘어만 가는 실업자, 카드 연체자, 미취업자, 살인강도 사건들 참으로 우울한 소식 들 뿐이다. 그러나 이럴 때 어려울 때일수록 더 사랑해야 한다. 세상이 아무리 어렵다고 하더라도 필요한 행복을 미루는 것은 큰 비극이다. 우리는 어려울 때일수록 더 행복하려고 노력을 해야 한다. 아픔을 당한 사람들에게 관심을 가져주고 함께 해주어야 한다. 간섭하고 구호만 외치고 상처만 주기보다는 서로 사랑하며 아픔을 치유해주자. 교도소에 강의 갔을 때 수감자가 이런 말을 했다. "감옥이란 보고 싶은 사람 볼 수 없고, 보기 싫은 사람 날마다 보는 것이다." 스스로 인생을 감옥으로 만드는 삶을 살지 말아야 한다.

새

당신의 가슴 속에 살고 있는
새를 만나 보셨습니까

날고파서
날개를 퍼덕이며 아파하는
꿈처럼 커다란
새를

가슴이 열리면
훨훨 날고자
기다리고 있지 않습니까

나는 보았습니다
가슴에 날고 있는 새를
새들은 앉기 위하여
날고 있지만

나의 새는
사랑을 위하여
날고파 합니다

눈물 많은 세상

고통이 옹이가 되어 박혀 심장과 맥박이 뛰는
이 세상은 참으로 눈물 많은 세상이다

이런 이야기 저런 이야기 만들어가며
이런 슬픔 저런 슬픔 이런 고통 저런 고통으로
울다 떠나는 사람들도 많고 많다

온갖 상처로 남은 마음의 흉터는 이유를 알고
싶을수록 잔인하고 슬픔은 아무리 꽁꽁
숨어있어도 터뜨리고 싶은 눈물이다

슬픔과 고통을 감싸주거나 보살펴주지 않으면
눈물이 지나쳐 절망이 찾아오고
살다 보면 상처받아 가슴에 구멍이 숭숭 뚫려
끝 모를 절망이 찾아오면
어찌할 수 없는 선택을 하는 사람도 있다
무관심과 소외와 방관으로
이 땅의 삶이 비극으로 끝나지 않고
희망을 이루어 가며 행복한 삶을 만들어야 한다

눈물이 웃음으로 바뀔 수 있도록
우리는 서로 함께해야 하고
이 세상 사람들이 행복한 웃음으로
살아갈 수 있도록 함께 해야 한다

참견은 모든 일을 내 중심에서 바라보는 것이다. 관심은 모든 일을 상대방 중심에서 바라본다. 서로 이해하고 관대한 마음을 갖고 대하면 사랑하는 마음이 더 강해진다. 씻지 않으면 더럽다. 행복하지 못한 것을 부끄럽게 여기지 말고 행복하게 살아가야 한다. 세상이 어려워지면 불평하는 습관, 비판하는 습관이 생긴다. 상대방의 결점만을 찾거나 사소한 일에도 투덜거린다. 어려울 때 어두운 면만을 찾아내는 것은 불행한 일이다. 그런 습관에서 벗어나 모든 것을 긍정적으로 볼 수 있어야 한다. 어려울 때 걱정과 근심만 하면 더 큰 불행을 만든다. 걱정과 근심은 스스로 만들어낸다. 걱정 중에 90%가 일어나지도 않을 일을 걱정한다. 어려울 때일수록 걱정만 하지 말고 새로운 변화를 일으켜야 한다. 삶에 고통과 어려움이 있다는 것은 아직도 살아있다는 증거다.

　스코틀랜드 시인 자네 그레이엄이 "만일 조물주가 우리가 우울해지기를 바란다면 땅에 초록색이 아닌 검은색 옷을 입혔을 것이다. 하지만 초록색은 명랑함과 기쁨의 옷이다."라고 말했다. 삶에 어둠과 고통이 올 때도 초록의 생명으로 돋아나야 한다. "계란도 남이 깨면 찜이나 부침 밖에 되지 않지만 자신이 깨고 나오면 생명과 자유를 얻는다." 어려울 때일수록 남의 탓만 하지 말고 고통을 스스로 이겨야 한다. 상처받은 마음을 매만져주어야 한다. 마음을 깊이 보고 따뜻하게 덮어주어야 한다. 사랑이 삶과 사람을 변화시켜준다. 어려울 때일수록 불쾌해지거나 이기주의와 증오가 남게 해서는 안 된다. 만나고 보고 느끼는 모든 것들 속에서 행복을 바라볼 수 있어야 한다. 어려울 때일수록 희망을 만들어가야 한다. 이런 마음에 공감할 때 어려움은 조금씩 회복된다. 공감이란 긍정적인 마음을 갖는 것이다. 어려울 때일수록 마음을 하나로 모아 변화시켜야 한다. 어려울 때가 기회가 되도록 만들어야 한다. 영국 속담에 "자기를 벌레라고 생각하는 사람은 다른 사람에게 벌레처럼 짓밟힌다."는 말이 있다. 삶에서 좌절과 고통을 피할 수는 없다. 고통과 절망의 시간은 단축시킬 수 있다. 힘과 열정이 절실하게 필요하다. 어려울 때일수록 주변 사람들을 행복하게 만들어줄 수 있는 여유를 가져야 한다. 젊은 시절 시장에서 야채 장사를 하는 어머니를 돕고 일했다. 결혼해서 액세서리 가게, 인형 가게, 헌책방, 식당을 쓰며 삶의 밑바닥을 체험하며 인생의 교훈을 얻었다. 삶이 몹시 살기 어렵다는 것을 알게 되었다. 지긋지긋하게 궁핍하고 어려웠던 삶은 인생 체험에 크나큰 도움이 되었다. 창녀촌 쪽방 동네를 돕던 일도 체험이 되었다. 어려웠던 시절 월 전세방을 전전하던 시절도, 무직자의 시절도, 일숫돈 쓰던 시절도, 낙담으로 일삼던 시절도 체험으로 남는다. 과거는 던져버리고 잊어버려야 한다. 어둡고 괴로웠던 시절은 더욱 그렇다. 과거를 경험으로 삼고 잊어버리자. 과거를 그리워하고 과거를 말하면 아무 일도 하지 못한다. 내일을 살자. 우리가 살아가야 할 시간은 매우 짧다. 기다리고 있는 죽음의 시간은 영원하다. 과거를 던져버리고 내일을 화창하게 살자.

나를 만들어준 것들

내 삶의 가난은 나를 새롭게 만들어 주었습니다
배고픔은 살아야 할 이유를 알게 해주었고
나를 산산조각으로 만들어 놓을 것 같았던
절망들은 도리어 일어서야 한다는 것을
일깨워주었습니다

힘들고 어려웠던 순간들 때문에
떨어지는 굵은 눈물방울을 주먹으로 닦으며
내일을 향해 최선을 다하며 살아야겠다는
다짐했을 때 용기가 가슴속에서 솟아났습니다

내 삶 속에서 사랑은 기쁨을 만들어주었고
내일을 향해 걸어갈수 있는 힘을 주었습니다
사람을 만나는 행복과 사람을 믿을 수 있고
기댈 수 있고 약속할 수 있고
기다려줄 수 있는 마음의 여유를 주었습니다

내 삶을 바라보며 환호하고
기뻐할 수 있는 순간들은
고난을 이겨냈을 때 만들어졌습니다
삶의 진정한 기쁨을 알게 되었습니다

씨앗 속에는

씨앗 속에는
나무의 내일이 숨어있다

씨앗 속에는
씨앗으로만 있기에는
너무나 커다란 꿈이 있다

연이어 피어날 수많은 꽃과
탐스러움을 자랑하는 수많은 열매와
새들이 둥지를 틀 수 있는
큰 나무 한 그루가 꼭꼭 숨어있다

씨앗은
큰 나무의 꿈을 이루기 위해
싹을 틔운다

나무의 씨앗 하나하나마다
싹이 돋아나기 시작할 때
나무의 내일이 시작된다

용기가 없을 때 큰일을 당하면 두려움에 떨린다. 휘말리는 공포의 겁에 질린다. 당혹감에 어쩔 줄 몰라 허둥댄다. 두려움으로 심장이 새가슴처럼 뛴다. 다리가 후둘 후둘 떨리고 심장이 조여 온다. 도저히 감당할 수 없을 때도 있다. 중요한 것은 그 순간에도 나는 존재하고 살아있다. 내 깊은 곳은 제자리를 찾고 싶어 한다. 강한 힘이 있으면 어떤 극한 상황도 돌파해 나갈 수 있고 극복할 수 있다. 극복하면 기쁨 누리고 살 수 있다. 친구들과 가족들을 사랑할 수 있고 행복할 수 있다. 자기 내면에서 강한 힘이 솟아 나온다. "나는 해낼 수 있다"는 마음에서 시작한다.

미국의 만화 영화 제작자인 월트 디즈니는 "모험이 없는 곳에는 성취도 없다"고 했다. 젊은이의 사전에는 "실패란 단어는 없다."는 것이다. 실패는 성공을 이루는 한 단계일 뿐이다. 자신감을 가져라. 붕어빵 장수도 숙련된 사람과 초보자는 다르다. 악기를 연주하는 사람도 마찬가지다. 성공하려면 고통도 아픔도 실패도 절망도 있다. 성공이 익숙하게 다가올 때까지 쓰러지면 다시 일어설 수 있는 힘이 필요하다. 성공한 사람들은 그 성공만큼 실패를 경험한 사람들이다. 도전정신이 필요하다. 시련을 이겨내면 고통조차 더 아름답다. 언제나 고난의 언덕을 만난다. 작은 일에 쓸데없이 목숨을 걸지 않아야 한다. 멋진 미래를 위해 희망의 씨앗을 뿌려야 한다. 마음 상하는 작은 일에 마음을 두지 않아야 한다.

큰 강은 돌을 던져도 흐름이 흐트러지지 않고 흘러간다. 실패와 고통과 고난에 마음이 흐트러지면 마음이 큰 사람이 아니다. 웅덩이에 지나지 않는다. 모험을 피하지 말고 돌파해 나가야 한다. 어떤 시련과 고통도 이겨내야 만족감이 충만하다. 긍정적인 생각을 가지고 도전해 나갈 때 어떤 어려움도 이겨낸다. 많은 사람들이 눈앞에 보이는 것에 급급해 나약해져 힘을 잃을 때가 많다. 미래를 위해서 어떤 어려움도 극복할 수 있어야 한다. 능력을 갖추려면 어떤 상황도 이겨낼 수 있는 모험심을 가져야 한다. 전혀 알 수도 없는 미래를 위하여 투자하는 것은 어리석은 일이다. 미래는 눈앞에 보이지 않는다. 목표를 확실하게 정하고 미래를 준비하지 않으면 아무것도 이룰 수가 없다.

철학자 칸트는 몸집에 약해 보여도 매우 당당했다. 어느 날 칸트가 나무 밑을 걷고 있는데 미친 도살꾼이 식칼을 들고 칸트에게 달려들어 죽이려 하였다. 이때 칸트는 침착하게 용기를 내어 말했다. "아이 이 친구야! 오늘이 내 도살 날인가? 내 기억으로는 내일인데!" 그러자 도살꾼은 "아이쿠 날짜를 잘못 알았네!" 하더니 깜짝 놀라서 제 머리를 한 대 툭 치더니 도망을 쳤다" 극한 상황에서도 당당하게 말했다.

누구나 자기만의 독특한 개성과 장점이 있다. 이야기를 잘하는 이야기꾼들을 보면 독특한 매력이 있다. 이야기를 풀어놓으면 사람들의 마음을 사로잡아 웃기고 울린다. 이 힘은 바로 열심을 내어 표현할 때다. 치사하고 옹졸한 사람들은 좁게 바라본다. 세상을 넓게 바라보는 눈을 가져야 한다. 단점보다는 장점을 찾아내야 한다. 남의 장점을 바라볼 수 있는 것은 기분 좋은 일이다.

아름다운 모습은 값진 옷이나 귀금속이나 명품이 만들지 않는다. 아름다운 얼굴도 고급 화장품이 만들지 못한다. 아름다운 모습은 어떤 권력이나 지위나 명성으로 안 된다. 학벌이나 친분관계나 어떤 수단이나 방법으로 안 된다. 마음이 변화되어야 한다. 자신을 무시하지 않고 가치 있는 존재로 여겨야 한다.

월트 디즈니는 만화를 잘 그리는 사람이었다. 그러나 자기 그림을 팔아보려고 여러 신문사를 찾아다녔지만 허탕하고 말았다. 신문사 편집자들은 하나같이 냉담한 반응을 보일 뿐이다. "당신은 재능이 없소! 단념하시오!" 하지만 월트 디즈니는 꿈을 저버리지 않았다. 그에게는 강렬한 삶의 목표가 있었기 때문에 거듭 거절을 당해도 체념하지 않았다. 이곳저곳을 찾아다니다가 겨우 행사 광고 표지에 그림 그릴 수 있는 일을 시작했다. 수입은 적었지만 잠을 잘 장소이기도 하고 그림을 그릴 수 있는 낡은 창고를 얻게 되었다. 어느 날 그림을 그리고 있는데 어디선가 생쥐 한 마리가 나왔다. 월트 디즈니는 그림을 그리던 손을 멈추고 빵 조각을 떼어 주었다. 그리고 생쥐를 한번 그려보았다. 이 생쥐가 바로 지금의 디즈니사의 대표 캐릭터가 된 유명한 미키 마우스의 탄생이다. 월트 디즈니가 가장 초라한 시절 자기가 거처하던 곳에 쥐까지 나왔던 비참한 순간을 도리어 세계인에게 사랑을 받을 수 있는 캐릭터를 만들 수 있었던 것이다. 그는 만화 그리기라는 자기 장점을 최대한 살려냈다. 그는 만화를 그리는 자기 장점을 최대한 살려냈다. 고난과 절망을 극복하여 세계적인 인물이 되었다.

살아가면서 좀 부족함이 느껴질 때면 산에 올라가서 큰 고함을 지르거나 마음껏 신나게 웃어 보라 가슴이 탁 터진다. 노래를 신나게 마음껏 불러보아도 좋다. 모든 것을 시도해 보아야 한다. 모든 것을 긍정적으로 받아들여야 한다. 잘 할 수 있는 것이 있다면 소낙비 쏟아져 내리듯이 온 열정을 다해 쏟아내야 한다. 장점을 잘 찾아 나타내면 당당하게 살 수 있다. 장점을 살려 능력을 발휘하면 깜짝 놀랄만한 엄청난 일들을 만들어낸다. 성공을 꽃피고 풍성한 열매를 맺게 한다.

삶 속에서 만나는 시련과 고통의 절망 끝에 있던 세월도 지나가면 그리움이다. 삶의 아픔조차 인생을 성숙하게 만들어준다. 사사로운 감정에 흔들리지 않고 목표한 삶을 향하여 뒤돌아보지 않고 달려가는 것이다. 인생의 모든 시간은 오늘을 만들어 놓은 장본인이다. 오늘은 삶 속에서 가장 젊은 날이다.

너를 만나러 가는 길

나의 삶에서
너를 만남이 행복하다

내 가슴에 새겨진
너의 흔적들은
이 세상에서 내가 가질 수 있는
가장 아름다운 것이다

나의 길은 언제나
너를 만나러 가는 길이다

그리움으로 수놓은 길
이 길은 내 마지막 숨을 몰아쉴 때도
내가 사랑해야 할 길이다

이 지상에서
내가 만난 가장 행복할 길
늘 걷고 싶은 길은
너를 만나러 가는 길이다

시의 세계는 넓고 무궁무진하다. 시를 써갈 수 있는 공간은 넓고 넓은 세계다. 그 넓고 깊은 세계를 살아있는 생명의 언어로 잘 표현해야 한다. 언어의 다양성이 시의 세계를 넓혀주어야 한다. 시를 오래도록 다양하게 쓰려면 언어의 그릇을 넓혀 나가야 한다. 언어의 바다에 배를 띄워 자유롭게 항해를 시작해야 한다. 시를 통하여 읽을거리, 말할 거리, 상상할 거리, 전할 거리, 감동 거리, 공감 거리가 만들어주어야 한다.

시집과 다양한 책을 읽고 경험과 체험을 살리지 않으면 시를 쓸 때 사용하는 단어가 잘 떠오르지 않아 언어의 벽에 부딪히고 한계에 빠진다. 학업을 연마하는 것도 남의 지식을 습득하는 것이다. 그러므로 "우리말 갈래 사전, 형용사 사전, 국어사전, 우리 말 숙어 1,000가지, 우리 한자어 1,000가지, 우리 말 100가지, 우리 말 어원 500가지, 띄어쓰기 사전, 사전에 없는 토막이 말 2400, 우리 말 분류 사전, 우리 말 결래 서전, 속담 사전, 우리 말 깨달음 사전, 뜻도 모르고 쓰는 우리 말 사전, 한국 시조 대사전, 역대 시조 전서, 한국 시 대사전" 등 수많은 시집과 책을 읽어서 언어를 다양하게 잘 활용하며 시를 써야 한다.

시를 쓸 때 사용되는 언어가 다양해야 독자들이 가장 편하게 읽을 언어로 시를 써야 시 맛이 살아나고 시를 다양한 소재로 쓸 수 있고 독자들은 읽는 재미가 넘친다. 시인은 언어를 열심히 읽고 부지런히 언어를 습득해야 한다. 언어의 다양함을 알면 알수록 신비롭고 시를 쓰는 재미를 느낄 것이다. 언어는 시인의 생각과 시인이 쓰는 시 속에서 풍성하게 자라나 열매 맺기를 원한다.

시는 시집 속에 글자 속에 갇혀 있는 시가 아니라 문이 활짝 열려 있어야 서로 함께 공유하고 읽고 싶고, 적어 두고 싶고, 말해주고 싶은 시가 되어야 한다. 시가 독자들의 감정선을 흔들어 감동하고 감탄하고 환호하게 해주어야 한다. 시는 결코 제한되거나, 구속되고 갇혀 있는 것이 아니라 넓고 깊고 순수하게 표현되어야 한다.

추억이란

흘러간 세월 속에
정지된 시간 속의 그리움이다

그리움의 창을 넘어
달려가고픈 마음이다

삶이 외로울 때
삶이 지쳐있을 때
삶이 고달파질 때

추억이란
잊어버리려 해도
잊을 수 없어
평생토록 꺼내 보고 또 꺼내보는
마음속의 일기장이다

추억은 지나간 시간들이기에
아름답다
그리움으로 인해
내 영혼이 맑아진다

시인도 많고 시도 많지만, 시가 시인 삶의 행복과 슬픔과 고통 속에서도 잘 피어나는 아름답고 멋진 시 꽃이 피어나야 한다. 시는 시인의 영혼이 살아있는 고백이다. 시는 시인의 깊은 마음에서 쏟아지는 언어이기에 사람들의 마음의 감동을 주도 움직여야 한다. 시인이 시를 쓰는 데는 다양한 나이의 감정과 다양한 직업을 가진 사람들의 마음과 자연을 관찰하고 살피는 크고 넓은 마음을 가져야 시를 폭넓게 써낼 수 있다. 때로는 아이처럼, 소년과 소녀처럼, 어른처럼, 인생을 달관한 노인처럼 다양한 나이를 표현할 수 있어야 한다. 시인의 자기의 목소리 자신의 색깔로 시를 써야 시가 살아난다.

시인의 시를 시인만 알 수 있다면 안타까운 일이다. 시인의 생각과 독자의 생각은 다를 수도 있다. 독자의 시 선택은 독자의 몫이다. 시인은 시를 다양하게 써서 독자와 만나야 한다. 독자의 마음은 각기 다른 것을 원하고 있다. 시인은 언어의 연상과 상상 그리고 언어의 묘사를 잘해야 한다. 시인의 연상을 통해 써진 시가 독자들에게 시를 함께 공유하고 감상하고 시를 읽는 즐거움을 주어야 한다. 시인의 시를 읽으며 공감할 때 독자들은 시인과 마음을 공유하는 기쁨을 누린다. 시를 계속해서 쓰는 것은 시의 영역을 넓혀나가기 위한 노력이다. 시를 쓰며 시인으로 산다는 것은 큰 도전의 삶이다. 시를 쓰며 시인의 삶을 끝까지 살아가자

마이클인 버그는 "잠재력을 실현하고 특별한 삶을 만들고자 노력할 때 당신의 사소한 승리들이 모여 당신을 지탱해 줄 것이다. 그리고 당신의 꿈까지 다리를 놓아줄 것이다."고 말했다.

13. 커피와 시 쓰기

나는 커피를 좋아한다. 커피에는 인생의 맛이 그대로 담겨 있다. 커피의 맛과 향기와 색이 조화를 잘 이루어 놓는다. 커피는 쓴맛(신맛), 단맛이 잘 섞이고 조화가 되었다. 정말 맛있는 커피를 마시면 뒤에도 여운이 남는다. 커피의 쓴맛(신맛)은 삶의 절망, 고통, 아픔과 같다. 단맛(설탕)은 삶의 기쁨, 감동, 환희와 같다. 프림 맛은 무언지 모를 맛이지만 조화를 이루어주는 맛이다. 김 오르는 뜨거운 커피가 맛있을 때가 있고 얼음이 동동 떠 있는 차가운 냉커피가 맛있을 때가 있다. 생두 커피가 맛있을 때가 있고 자판기 커피가 맛있을 때도 있다. 아메리카노도 좋고 우유가 섞인 아이스 카페 라테도 에스프레소도 좋다. 작은 잔에 마시는 에스프레소 진한 커피가 유난히 마시고 싶은 날도 있다. 커피의 맛도 사람의 감정에 따라 그 맛이 달라진다. 자기 스스로 바리스타가 되어 커피 만들어 기분 좋게 타 마실 때 상쾌해진다. 커피는 음미하며 마실 때가 더 맛있다. 마음이 쓸쓸하고 고독할 때 창밖을 바라보며 커피를 조금씩 조금씩 컵을 씹듯이 마시면 기분이 묘하게 좋아진다. 맛있는 커피는 커피잔에 입술을 대는 순간 코끝다가오는 향기가 미치도록 좋다.

커피에 대하여 달테랑은 "커피는 악마처럼 검고, 지옥처럼 뜨겁고 천국처럼 달콤하다." 말했다. 커피 한 잔을 어떻게 이토록 멋지게 표현할 수 있을까. 삶에 후횟거리 만들며 살기보다는 추억거리 만들며 살아야 한다. 커피 한 잔과 함께 더욱더 아름다운 추억을 만들자.

루즈벨트는 "커피는 마지막 한 방울까지 맛있다."라고 표현했다. 정말 커피가 마지막 한 방울까지 맛있는 날은 일이 잘되는 날이 있다. 기분 좋은 일이 생긴 날이다. 커피도 마지막 한 방울까지 맛있다면 인생도 황혼이 질 때까지 더 아름답게 살아야 한다. 커피 애호가들은 커피에 대해 많은 말들을 했다. "커피는 영혼을 따뜻하게 데워주고 사람과 사람을 연결해준다."라고 알랭 스텔라가 말했고 "커피는 만남과 대화를 제공한다. 커피는 메신저다."라고 알랭 스텔라가 말했다.

커피와 인생

한잔의 커피도
우리의 인생과 같다

아무런 의미를 붙이지 않으면
그냥 한 잔의 물과 같이
의미가 없지만

만남과 헤어짐 속에
사랑과 우정 속에
의미를 가지면

그 한 잔의 작은 의미보다
많은 의미를 가질 수 있다

우리의 인생도
그 인생을 살아가는 사람들에 따라
의미가 다를 것이다

모두 저마다의 삶의 의미를 갖고
저마다 자신의 삶을
오늘도 살아가고 있기 때문이다

한잔의 커피에
낭만과 사랑을
담고 마실 줄 아는 사람들은
그들의 삶에도 역시
낭만과 사랑이 있으리라

단 한 번 허락된 삶은 너무나 소중하다. 봄이면 꽃들이 미친 듯이 환장하게 꽃이 피어난다. 나도 "꽃피고 싶다! 꽃피고 싶다!"를 한없이 외치며 활짝 피어나고 싶다. 세월은 뒤돌아볼 순간도 없이 쏘아놓은 화살처럼 흘러가 버려 너무나 빠르게 소진된다. 살아 움직이는 것들은 마음껏 표현하고 성장한다. 씨앗이 아무리 좋은 품종의 씨앗이라도 보관소에 있으면 소용이 없다. 씨앗이 땅에 심겨져 자라고 열매를 맺어야 한다. 시인이 시를 마음에 담고만 있고 표현할 수 없다면 아무런 가치가 없다. 시는 옥토에 떨어진 좋은 씨앗처럼 열매를 잘 맺어 독자들의 마음에 성큼성큼 다가가야 한다.

삶이란 "사람"이란 말이 줄어서 삶이다. 동물과 자연이 살아가는 것을 삶이라 하지 않는다. 동물과 자연의 삶은 생태라고 한다. 사람들이 살 수 있는 것이 삶이다. 이 축복된 삶을 행복하고 아름답게 살아야 한다. 사람들은 항상 새로운 것을 발견하고 추구하고 싶어 한다. 늘 새로운 것을 생각해 내고, 항상 배우며 살고 싶어 한다. 내일을 살아가기 위한 방법이다. 희망하는 것이 아무것도 없고, 배움의 열정이 없는 사람은 내일이 좋은 결과를 가져다주지 않는다. 시인이 살아가면서 느낄 수 있는 모든 것을 써내는 것이 시다. 시인의 피는 뜨겁다. 시인의 삶은 열정적이다. 시인은 늘 겸허하게 하늘과 땅과 자연에서 배우고 받아들이며 산다. 지금, 이 시각은 지나가면 다시는 돌아오지 않는다.

여름 커피

땀을
뻘뻘 흘리다가

마시는
냉커피의 맛
목 줄기 까지 사원하다

뜨거운 태양의 열기만큼
사랑하는 사람과
함께 마시는 커피
눈빛만 보아도
행복하다

여름날 카페에서
더위를 뛰어넘어
시원한 마음으로
사랑할 수 있다

계절을 잊고
서로를 잊고
사랑할 수 있다

가을 커피

노란 은행잎이 떨어지는
가을 도시를 바라보며
커피를 마신다

은행잎 하나 띄워 마시면
이 가을을 마실 수 있을까

하늘에서 푸른 물감이
커피잔에 뚝 떨어져
고독에 물든
마음의 색깔을 바꿀 수 있을까

입술에 젖어오는
쓴맛과 단맛과
프림의 조화를 이루는
그날의 커피는
가을 색으로 물들었다

겨울 커피

온몸을
움츠려도 떨리는
한겨울

언 손을
커피잔에 녹이며
뜨거운 커피를
한 모금씩 마신다

한겨울엔
이 맛 때문에
커피를 마신다

커피는 같은 커피라도 시간에 따라 계절에 따라 장소에 따라 어떤 커피를 누구와 마시느냐에 따라 그 맛이 전혀 달라진다. 스카이라운지에서 멋진 호텔에서 마시는 커피와 지하 다방에서 마시는 커피가 다르다. 새벽에 마시는 커피와 아침에 마시는 커피와 한낮에 마시는 커피 저녁에 마시는 커피 한밤중에 마시는 커피가 그 맛이 중요하다. 좋아하는 사람과 마시는 커피는 더 맛있지만 싫어하는 사람과 마시는 커피는 더 쓰다.

커피는 커피의 종류에 따라 어느 잔에 마시느냐에 따라 그 맛이 다르다. 하얀 잔에 입술 닿는 부분이 키스하는 듯한 느낌이 나고 커피잔 안쪽에 꽃무늬가 새겨져 있으면 커피를 마실 때 커피 향기와 함께 꽃향기가 확 다가오는 듯해 더 기분 좋게 마실 수 있다. 삶 속에 늘 커피와 함께 할 수 있어 행복하다.

커피는 차 중의 차다. 커피의 향기가 삶의 모습을 그대로 표현해 주고 있다. 사람 중에도 삶에 향기가 있는 사람이 있고 삶에 맛이 있는 사람이 있다. 향기와 맛이 조화된 뜨거운 한 잔의 커피는 삶을 깊이 느끼게 하고 생각하게 한다. 아침에 일어나 마시는 한 잔의 커피는 코끝에 다가오는 향기와 입술과 혀끝으로 느끼는 맛이 일품이다. 매일 아침을 아내가 타 주는 커피 한 잔으로 시작한다. 아내가 피곤한 날이나 내가 기분 좋은 날은 아내에게 한 잔의 커피를 선물하기도 한다. 아내와 마시는 한 잔의 커피는 그 여운이 오래가기에 하루를 즐거움 속에 시작할 수 있다.

추운 겨울 여행을 떠나 외딴 시골 간이역에서 열차를 기다리는데 열차가 연착되어 방송이 나온다. " 열차 사정으로 인해 30분간 연착되겠습니다." 눈보라는 몰아치니 몸이 힘들고 지치고 배는 고프고 다리는 아프고 몸은 추울 때 자판기 커피를 뽑아 들고 사랑하는 사람과 함께 온몸을 떨면서 커피를 마시면 한 방울 한 방울이 맛있다."

뜨거운 커피

뜨거운 커피 한 잔
혼자 두었더니
외로움에 식어버렸다

커피에 대해서 시도 많이 썼다. 시를 쓸 때 한 잔의 커피가 있다는 것이 행복하다. 늘 커피를 마실 때마다 인생이 곧 한 잔의 커피와 같다고 생각한다. 커피의 그 향기, 그 맛, 그 느낌이 좋다. 삶도 마찬가지다. 삶의 맛과 향기, 느낌과 멋이 있어야 삶도 살맛이 난다. 커피와 어우러진 시 한 편에는 삶이 녹아져 있고 사랑이 녹아져 있다.

가을에 마시는 커피는 독특하다. 가을은 커피의 계절이다. 단풍이 들고 가을비가 추적추적 내리는 날에 커피가 그립다. 바랄 코트를 입고 단골 커피숍에서 비 내리는 창밖을 바라보며 커피를 시킨다. 창밖에는 비가 주룩주룩 흘러내린다. 이때 나오는 커피는 보통 때 커피와는 전혀 다르다. 하얀 잔에 담긴 커피 색깔이 마치 가을 낙엽이 녹아있는 물과 같다. 고독의 계절인 가을에는 커피마저 가을 색으로 물들어 버린다. 가을에 마시는 커피는 가을 색이라 더욱 좋다. 가을 색 커피를 마시고 파스텔톤 옷을 입은 연인과 함께 어디론가 떠나고 싶어지는 계절이 가을이다. 가을에 가슴마저 갈색 사랑으로 물들이고 싶다.

한 잔의 커피일지라도 한 손에 들어오는 하얀 잔이 딱 좋다. 커피잔에 입술이 닿으면 키스하는 느낌이 나는 커피잔이라면 정말 더 좋다. 커피잔 안에 붉은 장미라도 그려져 있으면 커피를 마실 때 커피 향기와 함께 장미의 향기를 느낄 수 있어서 더욱 좋다.

글을 쓸 때 한 잔의 커피는 그 계절을 느끼게 해준다. 시인은 다른 사람이 못 느끼는 것, 그냥 스치고 지나가는 이미지를 형상화하는 작업을 하는 사람들이다. 한 잔의 커피가 시인에게는 중요하다. 사랑하는 사람이 곁에 있고 같이 한 잔의 커피를 나눌 수 있다면 사랑의 노래는 더욱더 계속해서 써진다.

한 잔의 커피 1

사랑이 녹고
슬픔이 녹고
마음이 녹고

온 세상이
녹아내리면
한 잔의 커피가 된다

모든 삶의 이야기들을
마시고 나면
언제나 빈 잔이 된다

나의 삶처럼
너의 삶처럼

    삶 속에서 한 잔의 커피를 여유롭게 마실 수 있는 사람은 행복한 사람이다. 커피향기를 느끼며 커피 온도를 느끼며 산다는 것은 삶에 의미를 부여할 수 있는 사람이다. 작은 컵에 담긴 한 잔의 커피가 때로는 친구도 되고 위로도 되고 쉼도 된다. 오늘도 수많은 사람이 커피잔에 입술을 갖다 대고 있다. 삶이 그만큼 외롭다는 증거다. 삶이 그만큼 쓸쓸하고 고독하다는 증거다. 여행을 떠나보면 여행지에는 어느 곳이나 유명한 커피숍이 있다. 유럽에는 수백 년이나 된 커피숍도 있다. 이상적이고 환상적인 커피숍에서 낭만을 느끼고 마시는 커피는 그 맛을 잊을 수가 없다. 여행지에서 마시는 한 잔의 커피는 여행의 피로를 다 덜어주고 낭만을 선물한다.

한 잔의 커피 2

나도 모를 외로움이
가득 차올라

뜨거운 한 잔의 커피를
마시고 싶은 그런 날이 있다

구리 주전자에
물을 팔팔 끓이고

꽃무늬가 새겨진
아름다운 컵에
예쁘고 작은 스푼으로
커피와 프림 설탕을 담아

하얀 김이 피어오르는
끓는 물을 쪼르륵 따라

그 향기와 그 뜨거움을
온몸으로 느끼며
삶조차 마셔버리고 싶은
그런 날이 있다

열정의 바람같이
삶고픈 삶을 위해
뜨거운 커피로
온 가슴을 적시고 싶은
그런 날이 있다

커피는 차 중의 차다. 커피 한 잔이 주는 삶의 여유가 삶을 더 풍요롭게 만들어 준다. 나의 삶 곁에는 늘 커피가 가까이 있다. 여행 중에도 기차나 고속버스 터미널에서 마시는 커피는 늘 삶을 사색하게 하고 긴 여운을 남겨 놓는다. 시를 쓸 때면 커피가 늘 나를 가까이 만나 준다. 그래서 한 잔의 커피가 있는 풍경이 라"는 시집을 출간했다. 커피는 나의 삶과 함께하고 있다.

추운 겨울 여행을 떠났을 때 눈이 하얗게 내린 시골 간이역에서 기차를 기다리며 뽑아 마신 자판기 커피는 정말 맛이 있다. 오지 않는 기차를 기다리며 언 몸을 녹이며 종이컵과 함께 조금씩 조금씩 음미하며 마시는 맛은 마지막 한 방울까지 다 마시고도 한 잔 더 마시고 싶은 욕심까지 만들어 놓았다. 그리고 속으로 말했다. "그래 커피 맛은 이 맛이야! "

여행 중에 마시는 커피는 결국 한 권의 시집이 되었다. " 한 잔의 커피와 떠나는 여행"이라는 시집이다. 아름다운 경치와 풍경이 있는 곳에는 꼭 아름다운 카페가 있고 커피가 있다. 그러므로 커피가 있는 여행은 더 즐겁다. 우리들의 삶도 여행이기에 커피가 있어 낭만과 멋이 있다.

어느 해인가 아내와 커피를 마시며 농담으로 아내에게 이런 말을 했다. "당신을 만날 때마다 커피는 내가 사겠습니다" 아내는 곧이어 "그래요. 나를 만날 때마다 커피는 당신이 사세요!" 말했다. 그래서 나는 아내와 함께하는 모든 커피를 준비하고 사게 되었지만 행복하다. 왜냐하면 언제나 함께 마실 수 있는 사랑하는 사람이 내 곁에 있기 때문이다. 날마다 한 잔의 뜨거운 커피와 함께 하루를 시작한다.

오늘의 커피 맛

"오늘
커피 맛
정말 기가 막힌데
누구 솜씨야
역시 다르군 달라."

같은 커피를
타는데도 맛이 다르다

커피를 타면서
사랑을 듬뿍 넣었나 보다

살아간다는 것
바로
이 맛이 아닌가

같은 삶인데도
맛깔나게
살아가는 것

한 잔의 커피가 정말 맛있고 친구가 되는 날이 있다. 한 잔의 커피가 기분을 상쾌하게 만들고 마음의 방향을 전환시킬 때가 있다. 삶을 삶답게 느끼고 싶은 날 커피가 정말 당긴다. 우리나라와 세계에서 살아가는 사람들이 1년 동안 마시는 커피가 놀랍게도 4천억 잔이 넘는다고 한다. 정말 엄청나게 많이들 마시며 살아간다. 전 세계에서 각 나라로 거래되는 달러 양이 커피가 석유 다음으로 많다고 한다. 커피는 오늘을 살아가는 사람들에게 생수 다음으로 가장 많이 마시는 음료이자 많은 사람이 좋아하고 늘 곁에 두고 마시고 싶어 하는 차가 되었다. 한 사람이 하루에 커피를 세잔 마시면 1년이면 1,000잔이 넘는다. 커피를 마시기 시작해서 수십 년을 마시고 살아간다고 일생동안 수만 잔을 커피를 마시며 살아간다. 2011년 한 해 스타벅스가 아메리카노가 우리나라에서 2,000만 잔이나 팔렸다고 하니 정말로 엄청난 양의 커피를 마시는 것이다.

살아가며 가끔씩은 커피 한 잔의 여유를 누리며 사는 것도 좋다. 뜨거운 한 잔의 커피를 마시며 인생을 생각해보는 것이다. 때로는 마음먹기에 따라서 삶이란 얼마나 멋진 것인가? 나 자신이 이 세상에서 살고 있다는 것이 얼마나 신기한 일인가? 쓸데없는 고민에 노예가 되지 말고 즐거운 상상을 하며 살아야 한다. 일할 때는 열정적으로 일하고 쉴 때는 쉴 줄 아는 사람이 인생의 참맛을 아는 사람이다. 기왕 살아갈 인생이라면 최선을 다해서 일하고 최고의 행복을 누리는 것도 좋을 것이다.

티뷰론에서

바다 건너
밤하늘 은하수처럼
샌프란시스코의 불빛이
아름답게 수놓아진
티뷰론에서 커피를 마신다

태평양이 내려다보이는
아름다운 도시
해변으로 밀려드는
사랑의 밀어

수많은 애환을 담아가는
금문교 밑으로 사람들의
행복과 불행이 함께 흐르는 도시
티뷰론에서의 커피는
이국의 목마른 나그네의
그리움을 적셔준다

바닷가에 위치한
티뷰론에서 찻집에서
커피를 마시는 동안
어디서 왔는지도 모르는
연인들이 사랑을
꽃피우고 있다

어느새 내 커피잔은 바닥을
드러내고 있다

매일 매일 마시는 커피라도 유난히 커피가 맛있는 날이 있다. 어떤 날은 자판기 커피를 먹다가 입에 안 맞아 그냥 버렸다. 그날의 기분에 따라 커피 맛도 달라지나 보다. 똑같은 커피의 똑같은 재료인데도 타는 사람에 따라 그 맛이 다르다. 인생도 마찬가지다. 똑같은 환경에서도 사라가는 모습들이 다 다르다. 기왕이면 맛있는 커피가 좋다. 삶도 맛깔나게 신나게 멋지게 살아야 한다. 커피 한 잔을 마시면 다시는 똑같은 커피를 마실 수 없다. 인생도 마찬가지다.

우리 만나서 커피 한 잔 합시다

걸음 걷다가 마음이 울적해지면
우리 만나서 커피 한 잔 합시다

혼자 왠지 쓸쓸해서
마음속 고독이 세상 밖으로 터져 나오면
우리 만나서 커피 한 잔 합시다

한 잔의 커피에
음악과 낭만이 흐르고
우리들의 삶이 흘러갑니다

언제든 어느 때나 원한다면
당신과의 만남을 위하여
시간을 비워놓고 기다리겠습니다
우리 만나서 커피 한 잔 합시다

산다는 게 다 그렇지만
허망함 속에 속이 타 견딜 수 없고
외로움이 숨통을 조이면 만나야 합니다

산다는 게 다 그렇지만
엇갈림 있으면 이어지는 것도 있습니다

목마르고 칼칼한 세상
오랜만에 커피 한 잔 나누며
그동안 다하지 못한 이야기를 나눕시다
우리 만나서 커피 한 잔 합시다

커피는 삶에 동행하는 친구가 된다. 아침에 일어나면 커피부터 찾는다. 쉬는 시간이면 커피를 찾는다. 사람을 기다리고 만날 때면 커피를 찾는다. 기분이 좋아서 기분이 나빠서 커피를 찾는다. 시도 때도 없이 커피를 찾는다. 커피는 이제는 가장 친한 동료가 되었다. 시를 쓰면서 마시는 커피 역시 친한 친구가 된다.

고독 속에 살다가 떠나가야 하는 삶이다. 마음이 허전해질 때면 등 시린 사람들 끼리 고단함을 다독거리며 정을 나누며 살아야 한다. 삶이 깊이를 느끼며 한 잔의 커피를 마셔야 한다. 짐도 다 벗지 못하고 결국에는 떠나가야 한다. 몸부림치고 외쳐 보아도 더 외로워지는 삶이다. 고달픈 삶에는 푸근하고 넉넉한 정으로 외로운 마음을 달래주어야 한다. 고독할 때는 따뜻하게 보듬어 주고 감싸줄 수 있는 정겨운 사랑을 해야 한다.

삶의 깊이를 느끼고 싶은 날

삶의 깊이를 느끼고 싶은 날
한 잔의 커피로 목을 축인다

떠오르는 수많은 생각들

거품만 내며 살지는 말아야지
거칠게 몰아치더라도 파도쳐야지

겉돌지는 말아야지
가슴 한복판에 파고드는
멋진 사랑을 하며 살아가야지

나이가 들어가면서
늘 안타까운 마음이 든다
이렇게 살아서는 안 되는데
더 열심히 살아야 하는데
늘 조바심이 난다

가을이 오면 열매를 멋지게 맺는
사과나무같이
나도 저렇게 살아야지 하는 생각에
삶의 깊이를 느끼고 싶은 날

한 잔의 커피와
친구 사이가 된다

14. 시는 마음의 표현이다

시 쓰기를 어렵게만 생각하지 말아야 한다. 편하게 마음의 표현이라 생각하면 된다. 시 쓰는 것을 처음부터 어렵게 생각할 필요는 없다. 시는 삶을 비유와 은유와 있는 그대로 표현하는 작업이다. 시는 인간이 글을 쓰기 시작했을 때부터 시작했을 것이다. 시는 아주 짧게 모든 것을 표현할 수 있다. 어느 사람이나 자기 삶의 체험을 써 내리기 시작하면 시의 세계로 입문을 시작한 것이다. 누가 읽어도 공감할 수 있는 시를 써야 한다. 정지용의 "호수" 푸시킨의 "삶" 롱펠로우의 "누구의 인생이든 비는 내린다."는 시의 명작 중의 명작이지만 쉽고 편하게 다가온다. 가장 쉽게 표현한 시가 가장 쉽게 독자들의 눈에 읽힌다.

시는 어렵게 해득하는 것이 아니라 마음을 읽고 받아들일 수 있어야 한다. 금방을 들어도 알 수 있고 공감할 수 있어 화답할 수 있어야 한다. 시는 심장이 뛰게 해야 한다. 시는 싹이 나고 자라서 꽃이 피고 열매를 맺어야 한다. 온 세상에 아픈 가슴을 만져주어야 한다. 온 세상을 사랑하는 마음으로 품어야 한다. 시는 어떤 담도 쌓지 말아야 한다. 시는 어떤 벽도 쌓아놓지 말아야 한다. 시는 어떤 경계도 그리지 말아야 한다. 시는 펄펄 살아 움직여야 한다. 시인들의 정신을 쏟아서 모든 가슴이 뛰도록 만들어야 한다. 이 세상의 모든 감성이 살고 낭만이 있는 세상을 만들어야 한다. 시인은 자신이 갖고 있는 언어의 가방을 풀어내어 시를 써야 한다. 시인에게 가장 가까운 사람은 평론이 아니라 독자다. 시인은 시의 깊은 세계의 길을 걸어야 한다.

어느 날 길을 걷다가 길가에 외롭게 버려져 있는 돌멩이와 눈이 마주쳤다. 낯선 그곳에서 만남이지만 돌멩이의 외로움이 확 몰려왔다. 돌멩이가 시를 써달라고 했다. 돌멩이를 보고 느낀 대로 짧은 시를 썼다.

돌멩이

길가의 돌멩이 하나
어느 등뼈 같은 바위에서
떨어져 나왔을까
고향은 어디일까
돌아갈 수 있을까
외톨이가 되었다

늦봄이 되면 민들레는 홀씨가 되어 날아간다. 민들레가 허공을 날아가는 모습이 얼마나 아름다운지 시 한 편에 남기고 싶었다. 마음껏 날아올라 어디론가 자유롭게 날아가는 민들레 홀씨를 보고 순간적으로 외쳤다. 시인에게도 때로는 순간 포착이 중요하다. 마치 사진을 찍는 순간같이 한순간의 연상이 한 편의 시가 될 때가 있다.

민들레

민들레가 바람났다
내년 봄까지
돌아오지 않을 것이다

어린 시절에 친구들과 냇가에서 하얀 종이배를 접어 시냇물에 띄워 보낸 적이 있다. 지금도 가끔씩 궁금해질 때가 있다. 지금쯤 종이배는 어디로 어디쯤 떠내려가고 있을까? 그 종이배는 지금은 존재하지 않을 텐데 내 마음속에는 아직도 어디론가 떠내려가고 있는 것만 같다. 그래서 마음속에 남아있는 것들이 궁금증과 그리움을 만들어 놓는다. 지난 추억은 아름답다. 살아온 날들이 늘 기억해도 좋을 날이 되어야 한다.

종이배

시냇가에 띄운
내 어린 날의 종이배
어디로 갔을까
궁금했는데
내 그리운 추억 속에
고스란히 남아 있다

새 하면 자유가 떠오른다. 하늘을 나는 새를 보라. 얼마나 자유로운가. 새는 하늘을 나는 자유를 얻기 위하여 수없이 날갯짓을 반복한다. 자유는 어떠한 조건과 환경에서도 스스로 누릴 수 있다. 자유를 옳게 알고 누려야 한다. 자유롭게 살고 싶다면 자신이 해야 할 일을 분명하고 확실하게 할 수 있어야 한다. 자유는 쉽게 얻어지는 것이 아니다. 댓가를 지불해야 자유가 찾아온다. 푸른 하늘을 마음껏 날개를 저으며 나는 새를 바라보고 있으면 한없는 자유를 느낀다. 그리도 작은 새가 드넓은 하늘을 힘차게 날개를 저으며 날아가는 모습을 보면 행복하다. 카리브 바닷가에서 푸르고 맑은 하늘을 나는 새를 바라보며 얼마나 아름답고 자유로운가를 알았다. 자유를 나도 누리고 싶다. 하늘은 새에게 드넓은 하늘을 마음껏 나를 수 있는 자유를 선물했다.

넥타이

삶과
죽음 사이에
잘 매어놓은 끈

　살아있는 모든 것들이 한없이 자유롭게 보인다. 그러나 자세히 들여다보면 살기 위한 몸부림이다. 숲속의 커다란 나무들도 가지들을 힘 있게 뻗치고 있지만 다 살기 위한 몸부림이다. 보기 좋게 가려진 곳들도 자세히 들여다보면 속 태울 일도 많고 성한 곳 하나 없이 아플 만큼 아프게 살아간다. 여유작작하게 보이는 사람들도 세상사에 가슴 좋여 지칠 때가 있다. 온갖 곳에 서러움과 고달픔이 가득하고 오장육부가 부글부글 끓고 있다. 온 세상 다 밝힐 듯이 환하게 웃고 있어도 피맺힌 아픔에 온몸이 찌들어 있다. 삶을 살아가노라면 누구를 탓하고 원망해도 아무 소용이 없다. 서로의 가슴을 쪼아대면 될수록 부딪치고 아프기만 한 것을 마음의 틈새를 조금씩 열면 삶도 너그럽게 다가온다. 결국에 남는 것은 혼자라는 생각이 들었다. 삶은 처절한 외로움이고 고통이다. 그러므로 함께하는 사람 만나는 사람 동행하는 사람을 소중하게 사랑해야 한다. 지나고 나면 남은 것은 후회뿐이다.

삶

모두 다
떠나고
혼자 남았다

모두 다
남고
혼자 떠났다

삶에는 못다 한 아쉬운 사랑이 있다. 놓쳐버리고 떠나버려 못다 한 사랑은 미칠 듯 한이 된다. 그리움도 말끔히 씻겨나간다. 눈에 뻔히 보이는 것도 사라질 때가 있다. 마음만 만져놓고 떠난 사랑이 있다. 늘 흐르는 눈물을 멈출 수 없다. 세월의 끝에 서 있지 말고 돌아오기를 바랄 때가 있다. 시간의 길목을 막아놓고 사랑을 하고 싶다. 그리움이 봇물처럼 터진다. 속절없이 흐르는 세월을 막을 수 없다. 사랑이 훨훨 타올라야 한다. 왠지 잊혀지고 떠나는 첫사랑이 늘 기억된다.

첫사랑은 언제나 순수하고 아름답게 남는다. 사랑을 이루지 못한 안타까움 때문이다. 다시는 다가갈 수 없는 세월의 흔적으로 남아있다. 언제나 그 자리에 그 모습 그대로 남아있다. 첫사랑은 누구나 자신의 삶 속에 가장 아름다운 사랑의 시작이라고 생각한다. 첫사랑은 순수하다. 사랑이 이루어질 수 없는 사랑이기에 오랫동안 마음에 자리 잡는다. 다 이룰 수 없는 안타까움이 남아있다. 첫사랑은 그리움으로 남는다.

부산에 강의하려고 갈 때다. 김포공항에 가려고 택시를 탔다. 택시 운전기사가 직업이 무엇이냐고 물었다. "시인이라"라고 말했다. "그럼 가로수로 즉흥시를 지어보라고"라고 했다. 수많은 사람들이 날마다 가로수를 보며 살아간다. 거리에 가로수가 없다면 얼마나 외롭고 쓸쓸할까. 거리에 서 있는 가로수가 삭막한 도시를 초록으로 숨 쉴 공간을 만들어준다. 가로수가 언제나 제자리에 세월의 흐름을 지켜주고 있다. 가로수를 즉흥시로 만든 것은 운전기사 덕분이었다.

가로수

누구를 얼마나 사랑했길래
제 자리를 떠나지 않고
죽을 때까지
기다리고 서 있다가 쓰러지는가

운전기사가 즉흥시를 듣더니 "정말 시인이시네요! 가로수를 보고 즉흥시를 금방 지어내시다니요!"라고 말했다 택시 기사는 감탄을 하더니 거리에 가로등을 손짓으로 가리키며 " 이번에는 가로등으로 시를 써보라"라고 했다. 가로등은 외롭다. 가로등을 보면 왠지 외로움의 상징처럼 떠오른다. 가로등은 늘 홀로 서 있다. 비 오는 날도 눈 오는 날도 바람 부는 날도 거리를 밝혀주면서 늘 제 자리에서 늘 외롭게 서 있다.

가로등

그리움이 얼마나 가득했으면
저렇게 눈동자만
남았을까

택시 기사 또 감탄했다. 차가 김포공항으로 접어들고 있는데 이번에는 이정표를 가리키며 "이정표로 시를 지어보라."라고 했다. 이정표는 어디로 가는지 방향을 알려준다. 이 세상에 수많은 이정표가 어디를 가든지 있다. 삶과 죽음을 알려주는 이정표는 없다. 행복과 불행을 미리 알려주는 이정표도 없다. 자신 스스로 늘 깨닫고 일깨우며 살아야 한다. 항상 누군가를 그리워하고 만나고 싶어 한다. 거리에는 수많은 사람이 오가고 하루에도 많은 사람을 만난다. 만남 속에 가장 중요한 것은 마음을 나누는 것이다. 인생이란 만남과 헤어짐 속에 이루어진다. 어떤 사람을 어떻게 만나느냐에 따라 삶이 전혀 다르다. 그륜베르그는 "누구에게도 사랑받지 못하는 것은 큰 고통이며, 누구도 사랑할 수 없다는 것은 죽음을 의미한다"라고 했다. 만날 사람이 없다는 것은 무관심이다. 무관심은 삶을 황폐하게 만든다. 사랑은 치유할 수 없는 병이라 해도 누구나 앓고 싶다. 사랑이란 병속에 빠져들면 모든 병을 다 고칠 수 있다. 사랑은 언제나 고통을 동반한다는 것도 잊어서는 안 된다. 아름다운 사랑일수록 이겨낸 아픔으로 인해 더 아름답다.

이정표

너는 나의 가는 길을
가르쳐 주지만
나는 죽음의 날을 모르기에
살아간다

택시기사는 시인을 만난 것도 반가운데 즉흥시를 지어주어서 감동했다고 하면서 차비를 안 받겠다가 했지만 차비와 팁과 시집 한 권을 선물했다. 운전기사분은 마치 사랑하는 사람을 배웅 나온 것처럼 웃으며 손을 흔들며 떠나갔다. 잠시 잠깐이지만 즐거운 만남이었다.

부산에 가서 강의를 끝고 호텔에 묵게 되었다. 혼자인데 방은 왜 그리 큰방을 주었는지 침대가 두 개나 되고 썰렁하고 허전했다. 너무 고독해서 방문을 열었다. 머리 검은 밤바다가 한눈에 들어왔다.

바다는 낮에 보는 바다도 아름답지만, 밤바다는 또 새로운 바다의 진면목을 보여준다. 어둠 속에서 바라보는 바다는 시커먼 파도가 휘몰아칠 때마다 무섭고 두려움이 가득하게 만든다. 밤바다는 때로는 왠지 모를 시원함을 만들어주고 어떤 두려움도 이겨낼 수 있다는 생각을 갖게 한다. 바다는 낮의 바다와 과 밤바다는 모습이 전혀 다르다. 바다는 두 얼굴을 가지고 있다. 삶도 마찬가지다. 삶의 기쁨과 고통을 알아야 삶을 노래하는 시인이 될 수 있다. 마음이 한편에 치우치면 늘 부족함을 느끼게 만든다. 사람은 누구나 행복해야 할 자유가 있다. 바다는 늘 돌아올 시간이 찾아오면 다시 그리워하게 만든다. 바다는 늘 아쉬움을 만들어 놓는다. 시간을 다시 내어 머물고 싶게 만든다. 떠날 때는 떠나야 한다. 마음의 사진관에 찍혀 있는 바다를 다시 만나러 가야 한다.

15. 시인은 계절을 노래한다

　시인은 삶을 통해서 배운다. 배운다는 것은 세상을 새로운 눈으로 바라보는 것이다. 삶을 풍요롭게 하기 위해서 시인은 창조력을 발휘해야 한다. 자신의 귀중한 시간과 이미지를 잘 활용해야 한다. 계절의 변화에 시인의 마음은 민감하다. 시인은 계절의 변화를 온 가슴으로 느끼며 살아야 한다. 남들은 그냥 스쳐 지나가도 괜찮을 것만 같은데 시인의 마음은 자꾸만 언어의 그림을 그려 놓는다. 봄, 여름, 가을, 겨울 그 어느 계절도 의미 없이 지나가는 계절은 없다.

　가슴과 영혼으로 다가오는 사랑의 느낌이 있다. 온 영혼에 불을 지른 듯이 타오르는 봄꽃들이 피어난다. 온몸으로 쏟아부어 내리면 내릴수록 속 시원한 여름날의 소낙비가 있다. 낭만과 고독의 여운을 남기고 떠나가는 가을날 낙엽들의 이야기가 있다. 사랑하는 이를 마음껏 축복하며 펑펑 쏟아져 내리는 겨울날의 함박눈이 있다. 모두가 계절의 아름다운 사랑의 노래다. 삶을 노래하는 시인이라면 계절을 노래하지 않을 수 없다. 삶 자체도 사계절 있다. 삶을 노래할 수 있는 것은 시인이 된 축복이다. 계절을 노래할 수 있는 것도 축복이다. 이 축복으로 마음껏 계절을 노래하며 살고 싶다. 사계절이 있는 나라에 살기에 사계절의 독특함을 노래할 수 있다. 봄, 여름, 가을, 겨울, 모든 계절 나름대로 독특함과 의미가 있다. 계절의 멋과 감각과 사람과 낭만이 있다. 시인은 모든 계절을 노래한다. 봄, 여름, 가을, 겨울을 표현한다.

봄을 노래한다

 봄은 눈앞에서 펼쳐진다. 봄은 눈으로 볼 수 있고 마음으로 느낄 수 있다. 온 천지가 초록 옷을 입기 시작한다. 사람들의 얼굴에 생기가 돌고 웃음이 터져 나오고 발걸음이 가벼워진다. 봄에는 왠지 모르게 좋은 일들이 생길 것만 같고 기분 좋은 일들이 많아질 것만 같다. 갇혀 있기가 싫어 거리로 나가고 싶고 누군가를 만나고 싶다. 봄에는 거리에서 만나는 사람들도 정겹게 느껴진다. 왠지 모두 다 알고 지내는 사람들 같다. 봄은 희망을 주고 꽃을 선물한다. 겨우내 꽁꽁 얼어붙어 굳어진 심사를 살살 꼬드겨 목숨을 다해 사랑할 듯 옴 몸에 불붙여 천지에 열꽃을 피운다. 봄은 너무나 짧은 행복이 스쳐 지나가듯 떠나가 버린다. 봄꽃이 넋이 나갈 정도로 미친 듯이 피어나기에 어떤 후회도 아쉬움도 없다. 봄이 온다는 소식에 뛰는 가슴으로 맞이했다. 봄이 반가움만 잔뜩 부풀려놓고 바람이 나 줄행랑을 치듯 짧은 연정만 남겨 놓고 사라진다. 봄은 무거운 겨울옷을 벗은 만큼 가벼운 발걸음으로 즐겁게 행동하게 만든다. 삶에 활력을 가득하게 불어넣어 준다. 봄에는 창문을 활짝 열어두고 싶다. 봄바람과 함께 반가운 소식이 찾아올 것만 같다. 봄에는 사랑하는 사람에게 편지를 쓰고 싶다. "만나고 싶다. 보고 싶다."고 소식을 전하고 싶다.
 우리의 마음도 봄만 같으면 얼마나 좋을까? 봄은 온 세상을 새롭게 변화시켜주는 계절이다. 온 땅과 들판에 초록 물감을 풀어놓고 꽃들이 쉴 새 없이 피어난다. 온 땅과 온 하늘에 새 기운이 돌고 있으니 멋진 계절이다.

봄 커피

꽃향기에
온몸이
열정으로 끓어오른다

봄바람에
열린 마음을
어찌할 수가 없다
꽃무늬가
새겨진 커피잔에
타 마시는 커피

온몸에
온몸에
꽃들이 피어난다

온몸에
온몸에
봄바람이 불어온다

봄꽃 피는 날

봄꽃 피는 날
난 알았습니다
내 마음에
사랑 나무 한 그루 서 있다는 것을

봄꽃 피는 날
난 알았습니다
내 마음에도
꽃이 활짝 피어나는 것을
봄꽃 피는 날
난 알았습니다
그대가 나를 보고
활짝 웃는 이유를

삶을 살아가며 말이 가장 중요하다는 것을 느낀다. 누구나 자신이 한 말에는 책임을 져야 한다. 말만 앞서지 말고 행동으로 보여주어야 한다. 조선 중기의 시인 서준익은 그의 시 해주 남 문루에서 "시인은 이 맑은 가을에 공연히 시름한다. 십 년 동안 글을 읽어 무슨 일을 이루었는가. 장한 마음은 부질없이 요구를 만져 본다"고 표현하고 있다. 시인은 늘 시름 하듯 가슴앓이하며 시를 쓴다. 시인의 가슴앓이는 불평이 아니라 시인이 아파야 하는 가슴앓이다.

가정에서나 직장에서 사회 어디서나 자신의 일에 최선을 다하는 사람은 불평하지 않는다. "불평 끝 행복 시작"이라는 말은 참 의미가 있다. 불평을 일삼는 사람들은 대부분 자신의 일에 최선을 다하지 않는 사람들이다. 피와 땀과 눈물을 흘려 삶을 이루어 가는 사람들은 타인을 쉽게 평가하거나 비판하지 않는다. 늘 부족한 사람이 잘 알지도 못하면서 비판한다. 주변을 살펴보라 불평을 일삼는 사람들이 행복하게 살아가기보다 상처를 줄 뿐이다. 살아있는 긍정적인 말을 해야 한다. 마음의 벽을 헐고 진실하고 솔직한 대화를 나누고 서로의 마음을 나누며 조화를 이루어 가는 삶을 살아야 한다. 나의 주장만 살아있으면 다른 사람들에게는 상처만 남긴다.

남을 먼저 배려해주고 칭찬해 주면 내 마음이 더 넉넉해지고 풍요로워진다. 말은 부메랑 되어 나에게 다시 돌아오기 때문이다. 남을 인정해주면 다른 사람도 인정해준다. 웃으며 말하면 다른 사람도 웃으며 말한다. 그래서 세상을 아름답게 보는 사람은 세상의 모든 것을 아름답게 보지만 세상을 악하게 보는 사람들은 모든 것을 악하게 보는 습관이 있다. 다른 사람들이 하는 것은 무조건적으로 잘못되었다고 하는 것이다. 이보다 어리석은 생각이 어디에 있겠는가. 욕심이 생길 때. 고집이 생길 때 남에게 배려하지 못한다. 마음은 넉넉하고 따뜻한 마음을 가져야 한다. 혼자 살아가는 세상이 아니다. 함께 살아가야 하기에 나보다 남을 먼저 생각해 주어야 한다. 이 세상은 너와 나 그리고 우리가 잘 조화되어 멋지게 살아야 하는 세상이다.

꽃으로 시작되는 계절

뚝방 양쪽에
개나리 군단이 열 지어
봄 길을 활짝 열어놓았다

수천수만의
봄을 알리는 병사들의
합창이 시작되었다

입 모양이
똑같은 걸 보니
봄이 오는 걸
모두 다 환영하고 있다

노란색으로 물든
뚝방길을 지나가노라면
연방 환호성을 지르며 반겨준다

봄, 봄, 봄은
꽃으로 시작되는 계절이다

아! 나도 사랑에
불 지르고 싶다

봄 햇살의 따스함은 사랑하는 이의 손길 같아 다 받아들이고 싶다. 온몸에 봄의 정기를 받아들이고 싶다. 봄바람이 코끝에 다가오면 초록의 싱그러움을 온몸으로 느낀다. 촉촉이 봄비가 내리면 한 그루의 나무가 되어 흠뻑 젖어보고 싶다. 힘들고 어려운 이들에게 봄은 닫혔던 마음의 문을 열어주는 계절이다. 봄이 오면 온 땅에 피가 돌듯이 모든 사람에게 행복이라는 피가 돌았으면 좋겠다. 봄이 오면 온 땅에 새싹이 돋아나고 꽃들이 피어난다. 이 얼마나 신나는 일인가. 새싹 하나하나가 마치 정다운 친구를 만난 듯이 반갑다. 일시 환호하듯이 피어나는 봄꽃들 정말 기분 좋게 신바람 나게 해주는 멋진 풍경이다. 삶도 봄꽃처럼 필 수 있다면 얼마나 좋을까. 그런 상상을 하며 즐겁게 살아가야겠다. 루미는 "마침내 봄이 찾아온 오늘, 야외로 나가 친구들과 어울려 보자. 꿀벌이 이 꽃 저 꽃 옮겨 다니듯 들판의 낯선 이에게 다가가 주위를 맴돌며 춤을 춰 보자. 벌집 속의 진정한 우리의 육각형 집을 지어보자."라고 말했다. 봄을 맞이하자. 봄을 만끽하자. 봄의 축복을 다 받아들이자. 가만히 앉아 있지 말고 어디선가 오는 봄을 만나러 나가야겠다. 그리고 반갑게 만나 악수를 청해야겠다. 얼마나 그리워했고 보고 싶어 했는지 말해야겠다. 그리고 봄의 따스한 가슴에 폭 안겨보고 싶다. 벌써부터 봄 강가를 걷고 싶다. 봄 강가로 맨발로 달려가야겠다.

봄 강에 가보셨습니까.

지난겨울 못다 한 이야기들을 수군대며
흐르는 강물을 바라보고 있으면
싱그러운 봄 내음에
사랑을 고백하지 않아도
잦아들 것입니다

봄 햇살을 받아 잔잔히 빛나는 물결에
내 마음도 물결칩니다

봄날에만 느낄 수 있는
따뜻함과 그 정겨움 속에
그대와 함께 있음이 행복합니다

봄 강가를 거닐어 보셨습니까
겨우내 움츠렸던 봄 강물이
살짝 발을 내민 듯한
하얀 모래사장을 걷는 기분이
얼마나 상쾌한지 아십니까

강변의 연초록 색감이
눈에 번지고, 엷게 푸르른 봄 하늘이
가슴에 가득해집니다

꽃향기 가득 몰고 오는
봄바람을 마음에 담고 있으면
그대를 내 가슴에
꼭 안고만 싶습니다

봄의 느낌은 행복하다. 꽃은 진실을 피워낸다. 자신들의 본래 모습을 그대로 드러낸다. 봄의 시작은 꽃이든 초록 잎새든 사람들의 마음을 들뜨게 한다. 꽃들이 피어나는 것을 보고 무감각할 사람이 어디에 있겠는가? 초록이 온통 번지는 모습을 보고 아무런 생각 없이 스쳐 갈 사람이 어디에 있겠는가? 봄은 사람을 사랑하게 만든다. 마음을 푸근하게 하고 따뜻하게 만든다. 누군가와 이야기하고 싶게 만들고 사랑하는 사람을 만나고 싶은 마음을 만든다.

봄이야

봄이야, 만나야지
바람 불어 꽃잎을 달아주는데
너의 가슴에
무슨 꽃피워 줄까

봄이야, 사랑해야지
춤추듯 푸르른 들판이 펼쳐지는데
목련은 누가 다가와
가슴 살짝 열고 밝게 웃을까

봄이야, 시작해야지
담장에선
개나리꽃들이 재잘거리는데
두꺼운 외투를 벗어버리고
우리들의 이야기를 꽃피워야지

목련꽃이 필 때면 가슴에 뭉클거리는 사랑의 감정을 어찌할 수가 없다. 마구 사랑을 고백하고만 싶다.

하얀 목련의 아름다움 그 신비한 자태는 누구의 가슴에든 사랑을 꽃피우게 한다. 목련이 피어나는 것을 보고 감탄하지 않을 리가 없다. 목련이 피는 봄이면 사랑하는 사람과 걷고 싶다. 하고픈 이야기가 많을 것만 같다. 봄은 무언가를 기대하게 만든다. 좋은 일들이 생길 것만 같고 신나는 일들이 생길 것만 같다. 목련이 피어나는 봄날 그 아름다움에 감탄하여 시를 쓰고 말았다.

목련꽃 피는 봄날에

봄 햇살에 간지럼타
웃음보가 터진 듯
피어나는 목련꽃 앞에
그대가 서면 금방이라도 얼굴이
더 밝아지는 것만 같습니다

삶을 살아가며
가장 행복한 모습 그대로
피어나는 이 꽃을
그대에게 한 아름
선물할 수는 없지만

함께 바라볼 수 있는
기쁨만으로도 행복합니다

봄날은
낮은 낮대로
밤은 밤대로
꽃들의 이야기를 나눌 수 있습니다

활짝 피어나는 목련꽃들이
그대 마음에
웃음보따리를
한 아름 선물합니다

목련꽃 피어나는 거리를
그대와 함께 걸으면 행복합니다

봄은 순수한 첫사랑의 느낌으로 다가온다. 꽃들의 노래와 새싹들의 노래가 이 땅의 수많은 가슴을 사랑으로 수놓아준다. 봄의 시작은 미세하게 느껴질지 모른다. 봄의 전령인 꽃들이 만발한 가운데 크나큰 축제가 열린다. 봄과 같은 열정이 필요하다. 꽃망울 터져 아름다운 꽃들이 피어나듯이 삶의 열정을 피워야 한다. 봄은 두꺼운 외투를 벗는 자유로움을 가져다준다. 찌들었던 마음을 활짝 열어준다.

봄의 거리에는 표정이 밝은 사람들이 많다. 웃음이 가득한 모습들을 많이 만날 수 있다. 생기가 돌고 꿈들이 넘쳐 보인다. 그래서 봄 거리에는 마치 교향곡이라도 틀어놓은 듯한 사람들의 발걸음이 경쾌하다. 또한 봄 거리에는 이야기 소리가 가득하다. 마음속에 담아 두었던 이야기를 나누고 싶다.

얼굴도 한 송이 꽃과 같다. 표정을 아름답게 만들어가자. 가식이 아닌 진리 그대로를 표현하자. 꽃들도 봄을 노래하고 마음껏 표현한다. 봄은 시인의 마음에 사랑을 노래하게 만든다. 온갖 꽃들의 노래로부터 사랑하는 사람들의 마음과 하늘과 땅 그 모든 것을 노래하게 만든다. 봄을 맞이할 수 있다는 것이 얼마나 행복한 일인가. 봄을 느낄 수 있다는 것이 얼마나 행복한 일인가. 봄은 느낌부터 행복하다.

여름을 노래한다

무더운 여름에는 나팔꽃이 피어난다. 나팔꽃이 날씨가 덥다고 게으르게 살지 말라고 아침 일찍부터 기상나팔을 분다. 여름에는 시가 잘 써지지 않는다. 더운 날씨에는 연상도 잘 안 떠오르고 시를 쓰고 싶은 의욕도 잘 안 생긴다. 시원한 곳을 가고 싶다. 봄과 가을에 시가 많이 써진다. 기후와 날씨 탓일 것이다. 무더운 여름에는 아무 생각이 없다. 그저 무더위를 피하고 싶은 생각이 날 뿐이다. 여름에도 계절을 느끼게 하는 것들이 많이 있다. 푸르른 나뭇잎들의 초록의 물결, 하늘에서 쏟아져 내리는 소낙비의 시원함 푸른 하늘 여름이 주는 선물도 많다. 제철 과일이 맛있고 시원함도 여름이 주는 선물이다.

여름이 덥다고 하지만 시원한 곳을 찾아 책을 읽으면 좋고 시원한 냉커피가 제철이다. 아무리 덥다고 하여도 일하고 난 후에 시원한 물에 샤워하고 나면 세상 부러운 것이 없는 계절이다. 옷이 간편해서 좋고 여름 나름대로 계절이 주는 풍요로움이 좋다. 여름에 시원한 곳을 찾아 떠나면 좋다. 시원한 강과 계곡 바다에 몸을 담그면 좋다. 그늘에 앉아 바다를 바라만 보아도 시원해지고 숲속에서 책을 읽어도 좋다. 여름에 추운 나라를 여행하는 것도 잘 선택하는 일이다.

여름은 초록의 빛이 더 강렬해지고 나무들의 성장이 가장 빠르게 일어나는 계절이다. 모든 나무의 키가 하루가 다르게 쑥쑥 자란다. 여름에는 호박도 오이도 잘 자란다. 나무들이 키재기 시합이라도 하는 것만 같다. 들판에 가보면 벼가 성장하는 소리가 들릴 정도로 성장이 빨라지는 계절이다. 여름날 강물이 흐르는 것을 보면 피서가 따로 없이 시원하다. 강물은 위에서 아래로 흐르는 것이 아니다. 높은 곳에서 아래로 흐른다. 살아있는 강물이 흘러가는 것처럼 살아있는 시가 가슴과 가슴으로 흘러내린다.

여름날

금강이 내려다보이는
숲속에서
여름의 끝을 붙잡고
울어대는 매미의 소리를 듣는다

이 무더운 여름의 절정에
땀도 흘리지 못하고
나뭇가지를 움켜쥐고
왜 저리도 몸부림을 칠까
한목숨 살다가
떠나가야 하는 계절이 와서인가
내 목줄기까지
따갑게 느껴온다

밤이면
쏟아져 내리는 별들의
황홀한 잔치 속에
뻐꾸기가 울어대기에

내 마음은
자꾸만 자꾸만
집으로 달려가고 있다

초여름 오후

초여름 오후
비가 세차게 내린다

하수구마다
더위의 갈증을
참지 못한 사내가
목마름을 참지 못해
술을 벌컥벌컥
목구멍에 넘기는 소리가 난다

세상이 온통 술에 취한 듯
흠씬 젖어 있다

현대 문명의 높이만큼이나
길게 고개를 내민
아파트의 목줄기를
시원하게 씻어준다

음악을 틀지 않아도
세상이 비와 합창을 한다
빗줄기 속에
갑자기 다가오는 그리움

그대는 지금
이 빗속을 걷고 있을까
달려가
이 비를 함께 맞고 싶다

여름에는 더위에 지친 몸을 달래려고 사람들은 휴가를 떠난다. 해외로 국내 곳곳으로 여행을 떠나지만, 계곡을 찾는 사람들도 많다. 시원스러운 물이 철 철 철 넘쳐흐르는 계곡에 발을 담고 몸을 담그면 웬만한 더위와 스트레스는 한순간에 날아간다. 그래서인지 계곡마다 여름철에는 사람들이 넘쳐난다. 그만큼 삶에 피곤하고 지친 사람들이 많다.

눈길이 닿는 곳마다 초록이 가득한 한 여름에는 계곡을 찾는 사람들이 많다. 수려한 산 아래로 계곡, 물이 철 철 철 소리를 내며 흐른다. 산을 돌고 돌아 휘몰아쳐 흐르는 계곡을 물을 보면 삶의 애환과 함께 흐르는 것만 같다. 계곡, 물에 피곤과 추억을 떠내려 보내면 무더운 여름날의 더위도 한순간에 사라진다. 계곡에서 흘러내리는 물에 온몸을 담그면 온몸이 오싹해진다. 계절의 맛을 느끼면서 살면 계절마다 행복하다. 우리는 어디서 살든지 삶을 소중하고 의미 있게 살아야 한다. 산길에서 들길에서 만나는 모든 것들이 소중하고 아름답다. 이름 모를 야생화가 아름답다. 그 작은 꽃들이 아름답고 끈질기게 살아남아 있는 놀라운 생명력에 감탄한다. 삶을 부끄럽게 살지 말고 부러움 속에 살아야 한다.

흥정 계곡

산과 산 사이
골짜기가
바라보는 이에게
아름답게 다가오는

흥정 계곡에
심장까지
차갑게 하는
물이 철철 흘러내린다

폭염의 한여름
삶에 지친
도시 사람들이 찾아와

오염과 소음
갈증을 느끼게 하는
삶의 권태를 씻어내고 있다

끝없는 듯 줄기차게
흘러가는 물을 바라보며
삶의 시간 들 속에

하나님이 창조한
자연의 신비를 맛보며
마음껏 찬양한다

사계절에 비가 내린다. 비하면 떠오르는 계절이 여름이다. 여름에 내리는 비는 목마른 대지와 사람들의 마음을 촉촉하게 적셔준다. 삶이 힘들고 피곤해서 목마르고 갈증에 시달리는 사람이 많다. 비 한 번 시원스레 내리고 나면 산천초목이 생기가 돈다. 비가 내리는 날에는 왠지 밖으로 나가고 싶어진다. 목이 더 말라 시원한 냉커피 한 잔을 마시고 싶다. 비를 맞으며 걷고 싶다. 친구가 보고 싶다. 그리운 사람이 만나고 싶다. 날씨가 더운 날이면 사람들은 하늘을 쳐다보면서 외마디처럼 말한다. "날도 더운데 소나기 한줄기 시원하게 내렸으면 좋겠다." 갑자기 내리는 비는 고독을 상승시켜 그리움마저 몰고 온다.

지금 비가 내리고 있습니다

지금 비가 내리고 있습니다
창밖을 내다보다
그대가 그리워졌습니다

비가 내리는 날은
보고픈 사람이 있습니다
만나고 싶은 사람이 있습니다

비가 내리는 날은
우산을 같이 쓰고
걷고픈 사람이 있습니다

한적한 카페에서
비가 멈출 때까지
이야기하고픈 사람이 있습니다
지금 내 마음에도 비가 내리고 있습니다
그대 마음에도 비가 내리고 있습니다
가을을 노래한다.

귀뚜라미 소리가 귓가에 들리고 초록이 조금씩 사라지면 가을이 물들기 시작한다. 가고 또 찾아오는 가을에는 하고 싶은 것들이 많다. 여행을 떠나고 싶고, 책을 읽고 싶고, 친구를 만나고 싶고, 그리움으로 시퍼렇게 멍든 하늘도 보고 싶다. 비가 내리면 비를 맞고 싶고, 바람이 불면 바람 따라가고 싶고, 사랑을 하고 싶어지는 계절이다. 가을은 살아있는 생명들이 온 세상을 가장 아름답게 만들어 놓는 계절이다. 가을에 호수 공원을 걷다가 단풍 든 나무들이 얼마나 아름다운지 탄성을 지르고 말았다. 가을 나무들이 시인의 마음에 시 한 편을 남겨 놓았다. 가을은 정말 아름답다. 모든 색깔이 총동원되어 온 세상을 한 폭의 그림을 그려 놓는다. 가을에는 시선이 머무는 곳, 발 길이 머무는 곳들이 모두다. 손뼉을 치고 싶도록 아름답다. 곱게 단풍 든 숲속으로 아무런 말 없이 걸어가자. 가을이 들려줄 말들이 많다.

가을이 있어 참 행복하다. 푸른 하늘에 빨간 고추잠자리를 점 하나 찍어 놓은 듯 날고 있으면 마음은 어느 사이에 동심으로 돌아간다. 가을은 사람들의 마음에 사랑의 호수 만들어 놓는다. 누구나 호수에 빠져들어 사랑을 하고 싶게 만든다. 가을에는 보이는 것마다 만나는 것마다 참으로 아름답다고 생각하게 만든다. 가을 색깔에 빠져들어 가을 사랑을 하게 만든다. 가을 하늘, 가을 강, 가을 산, 가을 들판, 가을 길 어느 것 하나 놓치고 싶지 않을 정도로 아름답다. 일 년 중에 가을의 색감은 탄성을 지르고 싶은 정도로 아름답다. 이 세상에 어떻게 이런 아름다운 색깔이 있을까. 가을의 색깔에 빠져 감동하게 된다. 가을이 오면 지구상의 모든 색의 화려한 잔치가 벌어지기 때문이다. 가을에는 모든 이들의 눈동자가 아름다운 것들을 만나면 사진을 찍어 놓듯이 마음에 새겨놓고 싶어 한다. 가을은 누구나 시인이 되게 만든다. 가을은 누구나 가을을 노래하고 만든다.

겨울을 노래한다

지금은 경기도 고양시 일산에 살고 있지만 예전에 서울에서 50년을 넘게 살았다. 어린 시절을 노량진에서 보냈다. 그 당시에는 서울이라 해도 우마차가 다니고 이곳저곳에서 시골과 같은 풍경을 만날 수 있었다. 노량진은 한강이 가까워서 좋았다. 여름이면 목욕하고 강변에서 조개를 잡고 겨울이면 스케이트 시합이 열리는 것을 보았다. 그 어려웠던 시절 강변에서 강냉이죽을 끓여서 배급하면 줄을 쭉 서 있다가 차례가 오면 타 먹던 것을 생각하면 지금은 참으로 행복한 삶을 살아가는 것이다. 그래서 지나간 시절이 더욱더 아름답게 남는다.

요즘은 서울이 그리 춥지 않지만, 예전에는 서울도 너무나 추웠다. 아침에 일어나 문고리를 잡으면 얼어 있었다. 눈이 펑펑 내리고 찬 바람이 세차게 불어오는 겨울이 오면 생각나는 것들이 있다. 어린 시절 어머니가 털실로 짜주신 손모아장갑에 손을 넣고 다녔다. 춥고 떨리고 배고프던 그 시절에는 얼마나 추웠던지 학교에 갔다 오면 어머니가 웃는 얼굴로 "아이고 예쁜 내 새끼 꽁꽁 얼었구나? 얼른 방 안으로 들어오너라!" 반갑게 맞아주셨다. 차가워진 얼굴을 따뜻한 어머니의 손으로 만져주시고 아랫목 이불 속으로 폭 들어가도록 해주셨다. 장작을 때써 구들장이 만들어 놓은 겨울날의 따뜻한 아랫목은 어머니의 사랑처럼 포근해 잠이 솔솔 왔다. 아랫목에서 한잠을 자고 나면 땀이 흐를 정도로 온몸이 나긋나긋해졌다. 어린 시절에는 무엇이 그리도 궁금했는지 창호지 문은 언제나 구멍이 숭숭 뚫렸다. 문밖에서 인기척만 나도 바람만 불어도 곧잘 구멍을 뚫고 내다보았다. 어머니는 "아니 또 뚫어놨구나? 뭐가 그렇게도 궁금한 것이 많으냐?" 하시면서 화도 잘 안 내시고 웃으시던 모습이 늘 떠오른다. 찬 바람이 불어오는 겨울이 오면 어머니는 책갈피에 넣어두었던 단풍 든 나뭇잎들과 꽃으로 뚫어진 창문을 다시 창호지를 잘 붙여 놓으셨다. 창호지 문은 예술 작품이 되었다. 어머니의 영향을 받아 시인이 되었나 보다.

겨울에는 밤이 길어서인지 늘 먹고 싶은 것들이 많았다. 어머니가 가마솥에 쪄주시는 고구마는 별미 중의 별미였다. 얼음이 동동 뜬 동치미 국물을 후루룩 마시며 팍팍한 밤고구마를 한 입 먹으면 그 맛이 최고였다. 고구마를 먹으면 방귀가 왜 그렇게 나오는지 식구들은 코를 잡고 도망치며 웃던 그 시절이었다.

밤이 귀하던 시절이었지만 어쩌다 밤이 생겨나면 화롯불에 구워먹으면 몇 개 되지 않는 밤이라 그런지 그 밤 알 한두 알이 얼마나 맛있는지 지금도 입 안에 침이 가득해진다. 집 안 식구들이 밤에 무언가 시장 끼가 돌면 어머니가 부쳐주시는 김치전은 정말 환장하도록 맛이 좋았다.

어린 시절에는 옷이 별로 없어 내복을 입으면 한 겨울 동안 입고 봄이 되어서야 벗었다. 교복도 물론이다. 그래도 그 시절에는 별로 불평을 하지 않았다. 어머니가 해주시면 무엇이든지 고맙게 받아들이고 어머니가 하시라고 하는 대로 하며 살았다. 나는 삼형제 중에 셋째라 늘 형들이 입었던 옷을 입어야 했지만 성격 탓인지 별로 투정을 부리지 않았다. 겨울밤에는 형제들이 심부름을 가기를 싫어했다. 어머니는 부르셨다. "심부름을 갔다 와라! 양조장에서 아버지 드실 막걸리를 사가지고 와라!" 양조장은 멀었다. 큰 주전자에 막걸리를 사오면서 심심하니까 한 모금 한 모금씩 먹다보면 집에 올쯤에는 취가 올라 얼굴이 붉게 되었다. 이미 어머니는 아시고 "아니 오늘은 막걸리가 왜 그렇게 적으냐?" 하시면서 내 얼굴을 보시면서 "아이고 내 새끼! 수고했다! 날씨가 추워서 얼굴이 벌게 졌구나? 어서 가서 자라!" 하시면서 엉덩이를 몇 번 두들겨 주셨다." 지금 생각하면 어린 시절 어머니의 마음은 이 세상에서 가장 넓은 마음이었다.

물이 귀하던 그 시절 한 겨울에도 어머니는 빨래를 가지고 한강 가에 갔다. 얼음을 깨고 동네 아줌마들과 이불 빨래며 여러 옷가지를 빨아 오셨고 빨래 널어놓았다. 빨래가 꽁꽁 얼어 동태가 되고 말았다. 그래도 아무런 불평도 하지 않으셨던 어머니는 참 강하신 분들이었다.

그 당시에는 서울이라 해도 인심이 좋았다. 한 동네가 한 식구처럼 인심 좋게 살았던 그 시절이 참 그립다. 오늘의 시대는 높아지는 빌딩만큼이나 빈부 차이가 나고 수없이 생겨나는 골목만큼이나 숨어서 살아가는 사람들이 많아지고 있다. 우리들의 마음이 따뜻해야 세상도 따뜻해진다. 겨울이 오면 세상이 차갑다는 탓만 하지 말고 우리들의 마음부터 곁에 있는 사람들 가족들에게 따뜻하게 해주어야 한다. 겨울이면 모든 사람들의 마음이 더 따뜻해졌으면 참 좋겠다.

가을 하루

하루가 창을 열었습니다
막 필름을 갈아 낀 사진기자의 눈동자처럼
초점을 맞추며 거리를 나섭니다

시인의 노래보다 더 푸른 하늘에
빨간 점 하나 찍으며 날아온 고추잠자리
가지 끝에 달려 있는 나뭇잎에
외마디처럼 남아 있던 가을이 바람에 날립니다

오늘은 기억에 남을 몇 장의 스냅사진 같은
일들이 있었으면 좋겠습니다

수북이 쌓인 낙엽과 함께
나의 발자국마저 쓸어 담는 청소부를 보며
마음만 외로워져 돌아왔습니다

가을에는 오라는 곳 없고 부르는 곳이 없어도 어디론가 떠나고 싶다. 가을 풍경이 마음 한 자락을 붙잡고 잡아당긴다. 가을에는 모든 것들이 나를 부른다. "나에게 오라고! 나에게 오라고!" 부르고 또 불러서 가만히 앉아 있을 수 없다. 가을 길은 홀로 걸어도 좋고 둘이 걸으면 더 좋다. 사랑하는 사람을 만나면 이야기를 나누어도 좋고 말없이 바라만 보아도 좋고 때로는 잎이 떨어지는 거리를 걷고 또 걸어도 좋다. 단풍이 물든 거리를 걷다 보면 자꾸만 자꾸만 가을 속으로 빠져든다. 그리운 얼굴들이 떠오른다. 보고픈 얼굴이 떠오른다. 한동안 소식 없었던 친구들이 그립고 만나고 싶다. 인생을 생각하게 되고 삶을 생각하게 되고 고독에 깊이 빠져들게 된다. 가을에는 잎이 떨어져 외롭게 서 있는 나무들처럼 우리들의 마음에도 외로움이 찾아든다. 길을 걷다가 벤치에 앉아 하늘을 바라보면 내 마음에 그리움처럼 구름 한 조각 그리움을 가득 안고 흘러간다. 가을 길을 걷다 보면 꽃집에서 가을을 팔고 있는 것을 볼 수 있다.

가을을 파는 꽃집

꽃집에서
가을을 팔고 있습니다

가을 연인 같은 갈대와 마른 나뭇가지
그리고 가을꽃들
가을이 다 모여있습니다

하지만 가을바람은 준비하지 못했습니다
거리에서 가슴으로 느껴보세요
사람들 속에서도 불어 오니까요

어느 사이에
그대 가슴에도 불고 있지 않나요

가을을 느끼고 싶은 사람들
가을과 함께하고 싶은 사람들은
가을을 파는 꽃집으로
찾아오세요

가을을 팝니다
원하는 만큼 팔고 있습니다
고독은 덤으로 드리겠습니다

가을에는 이야기를 나눌 사람이 필요하다. 거리의 카페에서 커피잔 가득한 커피를 마시고 싶다. 커피와 함께 추억을 이야기하고 싶은 사람이 필요하다. 가을이 떠나가던 날. 카페에서 커피를 마시며 창밖을 바라보고 있다. 거리를 오가는 두꺼운 외투를 입은 사람들의 얼굴 모습조차 창백하다. 쓸쓸하다! 외롭다! 고독하다! 뒤숭숭한 마음에 떠오르고 내뱉는 단어마다 심장에 한기를 느끼게 만든다. 앙상함이 처절한 나뭇가지에서 우수수 떨어지는 낙엽들 사이로 몇 장 남아있던 그리움조차 마저 떨어진다. 이 가을도 떠나버리면 거리에 서 있는 회색 빌딩도 오돌오돌 떨고 있을 텐데 차가운 가슴으로 겨울을 어떻게 보내야 하나. 가을이 떠나던 날. 찬 바람이 불어와 톡 쏘고 달아나는 그리움이 더 애잔하다. 가을이 떠나던 날. 가슴이 시리도록 눈물이 난다. 왜 외로울까. 그대가 그립다.

가을 이야기

가을이
거기에 있습니다

숲길을 지나
곱게 물든 단풍잎들 속에
우리가 미처 나누지 못한
사랑 이야기가 있었습니다

푸른 하늘 아래
마음껏 탄성을 질러도 좋을
우리를 어디론가 떠나고 싶게 하는
설렘이 있었습니다

가을이 거기에 있었습니다

갈바람에 떨어지는 노란 은행잎들 속에
우리의 꿈과 같은
사랑 이야기가 있었습니다

호반에는
가을 떠나보내는 진혼곡을 울리고
헤어짐을 아쉬워하는
가을 이야기가 있었습니다
한 잔의 커피와 같은
삶의 이야기
가을이
거기에 있었습니다

올가을에는 삶 속에서 가장 감동이 넘치는 가을을 만들고 싶다. 마음의 창고에 두고 보아도 감동이 넘치는 가을을 만들고 싶다. 사랑이 넘치고 낭만이 넘치는 가을을 만들고 싶다. 가을이 오고 있다. 가을이 오는 거리로 뚜벅뚜벅 걸어가야 하겠다.

올가을은 다시 오지 않는다. 가을에는 보이는 것마다 만나는 것마다 참으로 아름답다고 생각하게 만든다. 가을 색깔에 빠져들어 가을 사랑을 하게 만든다. 가을 하늘, 가을 강, 가을 산, 가을 들판, 가을 길 어느 것 하나 놓치고 싶지 않다. 일 년 중에 가을의 색감은 탄성을 지르고 싶다. 가을 색깔에 빠져 감동한다. 가을에는 모든 이들의 눈동자가 아름다운 것들을 만나면 사진을 찍어 놓듯이 마음 판에 새겨놓고 싶다. 가을은 누구나 시인이 되게 만든다. 가을에는 누구나 가을 노래를 듣고 부르고 싶게 만든다.

가을이 오면

가을이 오면
가을빛 사랑을 하고 싶습니다

가을비에 젖어
가을 색으로 물든
가을 사랑을 하고 싶습니다

사랑한다는 말은 없었어도
좋아한 사람
좋아한다는 말은 없었어도
사랑한 사람

그리움은
그리움일 때가
더욱 아름답습니다

가을이 오면
내 마음은 진실을 말하고 싶어집니다

가을이 오면
가을빛 사랑을 하고 싶어집니다

가을은 열매가 주는 기쁨이 온 세상에 가득하다. 산과 들과 거리 어디에나 온갖 과일과 열매가 풍성하다. 햇살 좋은 여름날 하늘과 땅과 마음껏 놀며 자란 과일들이 색깔별로 독특한 매력을 발산한다. 햇살 가득한 탐스러운 과일들을 바라보면 눈과 마음이 황홀해진다. 열매들은 자기의 얼굴을 또렷이 보여주며 속마음을 표현한다. 사과나무, 배나무, 감나무는 열매로 사랑을 표현하고 있다. 과일들이 부드럽고 고운 손길들이 다가오기를 기다리고 있다. 밤, 대추, 배, 사과, 다래, 머루, 감, 열매들은 만지고 싶고 먹고 싶은 충동을 일으킨다. 온갖 열매들이 등장하는 가을은 온 세상이 풍성하고 행복해 보인다. 가을 들판에 홀로 서 있는 감나무를 바라보면 문득 이런 생각이 든다. "누구를 기다리고 있기에 온몸에 등불을 켜놓고 서 있을까?" 가을에 바라보는 감나무는 가슴 속에 오래도록 남을 스냅사진 한 장이 된다.

가을이 가네

가을이 가네
빛 고운 낙엽들이 늘어놓은
세상 푸념 다 듣지 못했는데
발뒤꿈치 들고 뒤돌아보지도 않고
가을이 가네

가을이 가네
내 가슴에 찾아온 고독
잔주름이 가득한 벗을 만나
뜨거운 커피를 마시며 함께 나누려는데
가을이 가네

가을이 가네
세파에 찌든 가슴을 펴려고
여행을 막 떠나려는데
야속하게 기다려주지 않고
가을이 가네

가을이 가네
내 인생도 떠나야만 하기에
사랑에 흠뻑 빠져들고 싶은데
잘 다듬은 사랑이 익어 가는데
가을이 가네

가을이 지나고 연말이 가까이 오면 이곳저곳에서 동창회가 열린다. 지나가는 세월이 아쉬운 듯 사람들은 친구를 만난다. 다정하고 정겨운 친구가 있다는 것은 인생을 맛깔나게 만들고 삶에 재미를 더해준다. 인디언 속담에 "친구란 내 슬픔을 등에 지고 가는 자."라는 말이 있다. 진정한 친구란 생사고락을 같이 할 수 있는 사람이다. 필요할 때만 부르는 것은 친구가 아니다. 친구란 늘 가까운 사이 늘 정겨운 사이다. 그래서 한 해를 보내기 전에 친구들과의 오래간만에 만나 살아온 삶을 이야기하고 지나온 삶을 추억하고 살아갈 삶을 계획한다. 친구란 이 각박한 시대에 시원한 냉수같이 좋다.

친구 중에는 만나면 정말 좋고 문득문득 생각이 나면 달려가서 만나고 싶은 친구가 있다. 친구란 모든 것을 알면서도 다 받아준다. 데비 엘리슨의 말처럼 "친구란 "자유"라는 의미가 있는 말에서 유래 되었다. 친구란 우리에게 설만한 공간과 자유로움을 허락하는 사람이다." 친구가 없다면 세상살이가 얼마나 외롭고 쓸쓸한 삶이 되리라는 것을 알 수 있다. 언제가 진주에서 강의를 하고 식당에 들어갔는데 벽에 이런 말이 써있다. "우정도 산길과 같아서 서로 오고 가지 않으면 잡풀만 무성할 것이다." 가까운 친구일수록 자주 만나야 한다. 서로 격이 없이 친해지려면 자주 만나야 한다. 아무리 서로 좋았던 사이라도 자주 못 만나면 서먹서먹할 수밖에 없다. 올해가 다 가기 전에 부르고 싶고 만나고 싶은 친구를 만나자.

친구는 세 종류가 있다고 한다. 첫째는 "빵 같은 친구." 늘 만나고 좋고 늘 그리운 친구를 말한다. 둘째, "약 같은 친구." 어려운 일이나 힘든 일이 있을 때 앞장서서 도와주는 친절하고 의리 있는 친구를 말한다. 셋째, "질병 같은 친구." 늘 돈만 꿔 달라고 하고, 밥 한 번 안 사고 사랑하는 사람을 빼앗아 가고 늘 귀찮게 하는 친구를 말한다. 우리는 과연 어떤 친구일까. 빵과 약 같은 친구가 되어야 나이가 들어갈수록 우정도 깊어지고 동행하는 기쁨도 더해진다.

흘러가는 가을 강에

흘러가는 가을 강에
낚시를 던져
시 한 편 낚고 싶다

가을에는 꿈을 이야기하고 사랑을 하고 내일의 이야기를 마음껏 나눌 수 있는 사람이 필요하다. 친구도 좋고, 사랑하는 사람도 좋고 누군가 마음을 터놓고 밤이 깊도록 이야기를 나누고 싶은 사람과 함께 하고 싶다. 가을은 인생 이야기를 나누기에 좋은 계절이다. 삶을 이야기하고 가을을 이야기하다 보면 속 깊은 정이 든다. 가을밤이 깊어져 가는 줄도 모르고 이야기 속에 빠져들게 된다.

가을 풍경

가을 풍경은
격조가 아주 높은
멋진 시 한 편이다

  큰 감나무가 되어 열매를 많이 맺으려면 감 씨를 땅에 심어야 한다. 나무들은 어떻게 하면 보기 좋고 먹음직한 열매가 주렁주렁 열릴 가을을 기다려왔다. 봄날 꽃이 핀 사연이 다르듯이 열매도 각기 다르다. 꽃잎의 화려함에서 떠나 찾아온 진실이 열매다. 추위를 이겨내고 비바람 폭풍우를 이겨내야 열매가 열린다. 감나무는 다른 생각을 하지 않고 오직 열매만을 생각한다. 늦가을에 감나무를 보면 열매만 남겨놓고 모든 잎들은 떠나버린다. 자신의 삶을 돋보이고 싶은 모양이다. 열매하나 없는 인생은 초라할 뿐이다.
  롤로 메이는 "사랑이란 타인의 존재에서 기쁨을 느끼는 것이며, 자기 자신의 것만큼 그 사람의 가치와 성장을 인정하는 것이다."라고 말했다. 온갖 과일들이 기쁨을 선물 한 듯이 삶이란 나무에 열매가 주렁주렁 열리는 날을 보아야 한다. 얼마나 행복한 일인가. 얼마나 멋진 일인가. 열정을 발산하여 자신이 살아온 날들이 열매가 되어 주렁주렁 열린다면 보람이 넘친다. 무한 경쟁 시대에 살아남을 수 있는 방법은 열린 경쟁을 이겨내야 한다. 모든 나무가 열매를 맺지 않는다. 모든 일에 최선을 다할 때 열매를 선물 받는다.

겨울 이야기

겨울 코트

가을 끝 여인들이
겨울 코트를 입기 시작하자
가을이 도망쳤다

겨울 강이

겨울 강이
흘러가기 싫어서
꽁꽁 얼었다

눈 오는 날이면 생각나는 사람

한겨울에 느닷없이
하얀 눈이 퍼엉
쏟아지는 것은
참으로 기분 좋은 일이다

눈 오는 날이면
정겨워지고
눈을 맞으며 같은 길을 걷고 싶어
생각나는 사람이 있다.

눈이 내리면
내 마음을 전하고 싶다

눈 오는 날
하얀 눈을 다 맞으면서도
고백하지 않았던
아쉬움이 남아있다

눈이 내리면
먼 산으로부터
가까운 나무 한 그루까지
설국의 축제를 시작한다

눈은 하늘이 선물한
가장 깨끗하고 순수한 표현이다

겨울나무를 보며 기다림을 배운다. 나무는 매서운 찬 바람이 불어와도 언제나 제자리를 지키고 서 있다. 눈보라가 몰아치고 손발이 시려도 모든 손을 하늘로 뻗치고 발을 땅속에 묻고 무엇을 기다리고 있는 것일까? 봄이다. 봄! 꽃이 피고 연초록 잎이 새롭게 돋아나는 봄이다. 찬란한 봄을 알기에 추위에도 아랑곳하지 않고 굳건히 견딘다. 혹독한 겨울 뒤에 찾아오는 봄에 찬란하게 꽃을 피운다. 봄이 오면 얼마나 신비스럽고 놀라운 일들이 펼쳐지는가. 꽃들이 잔치를 기다리며 길고 긴 시련과 고통을 견딘다.

겨울 나무들

무엇을 잘못한 것일까
여름날 그 찬란한 햇살 속에
아름답기만 하던
옷들을 다 벗어버리고
가지마다 서로 외로움 비비며
추위에 떨고 있다

아니다 아니다
벌써부터
봄이 오는 걸
기다리고 싶은 마음에
모두 손을 다 들고
환영하기 시작한 모양이다

    삶과 사랑도 기다림에 성공한 사람만이 멋진 삶을 산다. 기다림은 인내를 키워주고 침착함 속에 자신을 들여다볼 수 있게 해준다. 인생은 한순간 하루살이 같은 삶이 아닌가. 기다림 속에 이루어지는 멋진 작품이다. 기다림이 없다면 세상은 어떻게 될까? 어떻게 되었을까? 상상해보라. 엉망진창이 되고 말았을 것이다. 기다림은 마음에 여유를 준다. 삶을 생각하고 도전하고 남을 이해하는 힘을 길러준다. 기다림이 있기에 인내하며 산다. 기다려준 사람을 만나면 행복은 기다린 만큼 큰 기쁨이다. 기다려준 사람에 대한 고마움이 가슴에 새겨진다. 시인의 기다림은 깊은 감동과 함께 삶 속에 시를 써 내리게 한다.

꾸벅잠

콧등 시리게 하고
언 손을 호호 불게 하던
엄동설한의 한 겨울 추위가
엷어질 무렵이면

꼬마 아이들은
양지바른 곳에 앉아 놀다가
꾸벅잠에 빠져든다

매서운 한 겨울 추울 땐
이불 속으로 자꾸만 들어가고 싶었는데
온몸에 스며드는 햇살이
어미의 젖가슴만큼이나 포근해
저도 모르는 사이에
꿈길로 들어서고 있다

우리나라 음식 맛은 세계 어느 곳에 내놓아도 손색이 없다. 바다와 산이 있고 들판이 있고 강이 흘러서인지 갖가지 식재료가 다양하다. 온갖 나물들 다양한 김치가 맛이 참 좋다. 떡 종류는 얼마나 많은가? 국 종류, 나물 종류, 김치 종류, 온갖 전과 떡 종류 각종 장아찌 우리나라처럼 먹거리가 다양한 나라도 별로 없다. 비 오는 날 먹는 빈대떡이 특히 맛있다. 묵은 된장에 독 오른 고추를 팍 찍어 아삭아삭 씹어 먹는다. 입 안에 매운 맛이 확 돌고 눈물이 핑 돌면서 침이 가득해진다. 청국장에 밥을 쓱쓱 비벼 먹는다. 콩알이 질근 깨물어지고 싸한 신토불이 진한 맛이 입 안에 가득하다. 총각김치 한줄기 입안 가득히 아작아작 씹어 넘긴다. 기분이 확 좋아지는 걸 보면 분명 토종이다.

한겨울의 명물은 호떡과 찐빵과 군고구마다. 발을 동동 구르고 손을 비벼대도록 매섭고 차가운 한 겨울. 방금 구워낸 군고구마 껍질을 살살 벗겨내어 먹는 맛이란 정말 끝내준다. "아 뜨거워"와 "정말 맛있다"는 말이 입에서 절로 쏟아져 나온다. 입 안 가득히 뜨거움이 느껴진다. 한 입씩 한 입씩 먹으면 추위가 달아나도록 뜨거운 맛을 불어넣어 준다. 군고구마는 혼자 먹을 때보다 가족들과 먹을 때가 맛있다. 뜨거운 호떡을 먹는 맛이란 참 맛이 좋다. 생각만 해도 군침이 입가에 돈다. 여름에 먹는 냉면도 맛있지만, 겨울철에 먹는 물냉면도 소리를 내며 먹는 맛이 참 좋다.

우리나라 어머니들의 음식 솜씨가 좋다. 어린 시절 어머니가 해주는 음식은 언제나 입맛이 났다. 음식을 잘하는 아내와 사는 것도 복중의 복이다. 겨울철에 추운 날 항아리에서 동치미를 꺼내어 먹는 맛은 일품이다. 음식이 다양한 나라에 태어나 사는 것도 행복이다.

동치미

한겨울에 어머니가 담가
땅에 묻어놓았던 항아리에서 막 퍼온
시원한 동치미 국물을 마셔본 사람은
어머니의 사랑을 잊지 못할 것입니다

입 안에서 녹는 얼음 알갱이와
와삭 깨물어 먹는
하얀 무 속살 맛이 그만입니다

동치미 국물이
목구멍에 넘어가며
싸다고 하게 쏘는 시원함 맛에
겨울이 기다려지고 즐겁습니다

어린 시절
한겨울 동치미 국물 냄새가 나는
엄마 품이 좋았습니다.

겨울에 함박눈이 내리면 나무에는 눈꽃이 피어난다. 눈꽃은 소리 없이 내리는 하얀 눈송이들이 만들어낸다. 눈꽃은 하얀색이 만들어 놓는 아름다움의 극치다. 온 세상을 온통 하얀색 꽃들이 천국을 만든다. 사랑의 연가를 부르듯 춤추며 내리는 눈이 사람들을 거리로 불러낸다.

　눈이 오는 날은 기다려지고 좋아한다. 눈이 내리면 왠지 행복이 찾아올 것만 같다. 그리운 사람들을 만날 것 같다. 첫눈이 내리는 날이면 첫사랑이 생각난다. 첫눈이 내리는 날 만나자고 한 사람을 그리워하는 사람도 있다. 첫눈은 누구에게나 행복을 선물한다. 하얀 눈이 내리는 날은 거리를 걸으면 왠지 발걸음도 가벼워지고 세상에서 제일 행복한 사람이 된다. 하얀 눈이 내리는 날 기차를 타고 여행을 떠나면 한층 더 운치가 있다. 즐거운 여행에서 돌아오면 따뜻한 아랫목이 따끈한 군고구마와 김치가 그리워진다.

　찬 바람이 불어오면 춥디추운 한 겨울이다. 발을 동동 구르게 하는 찬바람이 쌩하게 불어오면 뜨거운 국물 생각이 절로 난다. 배가 출출하고 목구멍이 포도청일 땐 중풍 끼라도 든 듯 더 춥고 떨려 눈앞에 먹을 것이 맴맴 돈다. 포장마차가 나를 당기면 두 발이 어느 사이에 들어가 있고 손에 어묵을 들고 먹고 있다. 아무리 춥디추운 겨울일지라도 뜨거운 국물을 마시면 몸이 따끈해지고 기분이 좋아진다. 산다는 것 별것 있나. 등 따뜻하고 배부르면 살맛이 난다.

겨울나무야

쌩쌩 불어대는 찬바람이
심장의 온도를 떨어뜨려
오들오들 떨고 서 있는 내 앞에

보초병 마냥 당당하게 버티고 서 있는
겨울나무야

여름날 찬란한 햇살 아래
푸르른 옷을 입고
자태를 마음껏 뽐내더니

매서운 바람이
온몸을 칼질하는 한겨울에도
옷 하나 걸치지 않은 나목이 되어도
결코 흐트러짐이 없구나

나무야 나무야 겨울나무야
우리가 연인 사이였다면
난 반하여 청혼하고 말았을 것이다

겨울 산사

발길이 끊어진
한겨울의 산사에
눈이 손님으로 찾아왔다

장작불

얼기설기 놓아야
불타는 소리가
선명하다

16. 시는 마음의 표현이다

시를 쓴다는 것은 시인의 꿈을 이루는 것이다. 시를 쓰고 시집을 발간하는 기쁨은 시인만이 안다. 고통 속에서도 가슴에서 솟아나는 기쁨은 대단하다. 시인들은 누구나 꿈을 꿈꾼다. 누구나 시가 수많은 사람에게 읽혀지기를 바란다. 이창건 시인은 "글을 쓴다는 것은 내가 생각하고 느낀 점을 다른 사람에게 분명하게 전달하여 내 생각이나 느낌을 정확하게 이해하도록 하려는데 그 첫째 이유가 있다"고 했다. 시인은 시를 통하여 독자들에게 자신의 삶을 표현하여 독자들과 공감하고 공유하고 감동해야 한다. 살아있는 모든 것들은 열매가 열리지 않거나 종족 번식을 못 하면 사라진다. 시인도 시를 써야 존재 이유가 있다.

시를 쓰려면 많이 읽고, 많이 생각해야 한다. 시인이 되려는 꿈이 있다면 실행에 옮겨야 한다. 꿈이란 바라는 것이다. 꿈은 목표를 만들어 놓고 이루어내는 것이다. 우리는 고난과 역경을 이겨내면서 성장한다. 힘든 노력 없이 획득한 성공은 아무런 가치가 없다. 역경이 없으면 성공도 없다. 목표가 없는 삶은 아무런 결과를 얻을 수 없다. 자신 안에 있는 잠든 거인을 깨우듯 자기 능력 깨워 시를 써야 한다. 시는 읽고 감상하는 사람들에게 설득력 있게 다가가야 한다. 시가 감동하고 설득할 수 있다는 것은 독자들을 불러들이는 힘이 된다. 설득은 아주 중요하다. 시를 읽는 독자들의 마음이 자연스럽게 열려 공감을 불러일으켜야 한다. 시인이 열정과 노력 피와 땀과 눈물을 쏟아낸다면 공감을 불러일으킬 것이다. 누구나 시를 통하여 자기 삶과 시대를 표현할 수 있다.

오늘 내가 사는 세상은

오늘 내가 사는 세상은
허무하다면
온통 무너지듯이 울고 싶도록 허무하고

오늘 내가 사는 세상은
사랑한다면
으스러질 만큼 껴안고 싶도록 사랑스럽다

하늘은 푸르기만 해도 좋을 듯한데
먹구름만 그리워하는 이 있고
비 오는 날에는 우산 속을 거닐어도 좋을 듯한데
온통 비를 맞으며 걷는 이 있다

언제나 그대로인 하늘에 구름만 흐르듯
세상에 태어날 때는
모두가 순서대로 오지만
떠날 때는 순서 없이 되돌아오는 이 없이
모두 다 간다

오늘 네가 사는 세상은
발자국도 세지 못하며 살았는데
내가 한 말도 다 기억 못하는데
내 어찌 사랑을 이루었다 하리

오늘 내가 사는 세상은
서성이다 가는 것인데
내 어찌 미워할 수 있으리

시인은 시를 쓰고 싶어 한다. 시집을 내고 싶어 한다. 시를 쓰고픈 만큼 노력이 필요하다. 열정이 필요하다. 박강남 시인은 "시 없이는 못 사는 내가 시 하나로 성을 쌓으려는 사람이 되었고"라고 노래하고 있다. 시인들은 자신의 온 영혼을 다하여 시를 쓴다. 시인은 자신의 시 속에 자기 예술의 혼과 끼를 마음껏 펼쳐놓아야 한다. 시인은 자연의 소리를 귀담아들어야 한다. 시대의 아픔과 이웃의 아픔의 소리를 귀담아 표현해야 한다. 시인은 이 시대에 깨어있는 자가 되어야 한다. 치열한 문화전쟁 속에서 시대와 동떨어진 사고와 행동을 한다면 살아남지 못한다. 암호와 같은 시를 쓴다면 외면당하고 시집을 팔라지 않는다. 사랑 시만 쓴다고 오해받을 수도 있다. 사람들은 시인의 시를 안 읽고 남의 이야기로만 듣고 비판하는 사람들이 많다. 비판하는 목소리를 살펴보면 똑같다. 시인을 말하려면 시인의 시집을 다 읽고 말해야 한다. 시인의 일생을 두고 말해야 한다.

내 삶에서 가장 행복한 날

내 삶에서 가장 행복한 날은
어제도 아니고 내일도 아니고
바로 오늘이 순간입니다

어제는 망각의 강으로 흘러갔고
내일은 아직 찾아오지 않았고
지금 생생하게 살아있는 이 순간이
내 삶에서 가장 행복한 날입니다

오늘은 왠지 모를 기대감에 두근거리고
좋은 일이 생길 것 같은 설렘에
오롯이 기쁨이 자꾸만 샘솟아 납니다

콧잔등이 간지러울 정도로 흥미롭고
가슴이 따뜻하고 행복한 이야기를
끝없이 한정 없이 만들어가며
속 후련하게 기분 좋게 살아야겠습니다

내 사랑이 함께하는 오늘은 즐거운 날

" 김시철 시인은 " 나는 평소 가슴이 살아있는 시를 써야 좋은 시가 된다고 생각하는 사람이다. 한데 요즘 우리 시단에는 가슴이 속에 쓴 시들이 너무 많이 범람하고 있어서 시가 오히려 가슴앓이를 하고 있는 듯한 느낌이다. 그러니 좋은 시 만나기가 점점 어려워져서, 시에 대한 사랑이 옛날 같지 않아서 안타깝다. 가슴이 살아있는 시, 그렇다. 시는 입으로 쓰지 않고, 붓끝으로 쓰지 않는 이를테면 가슴으로 쓰는 지, 그래야만 읽는 이도 가슴으로 받아들일 게 아니겠는가."이라고 말했다.

시인이 자기만의 독백 혹은 자기도 알 수 없는 시를 쓴다면 아무리 애를 써도 헛수고에 불과하다. 시는 단어를 나열하는 것이 아니라 표현하는 것이다. 시는 배워서 쓰는 것이 아니라 머릿속에서 생각하고 가슴 속에서 터져 나와서 시인의 땀과 피로써 시를 쓴다. 시는 자연스럽게 살아 움직여서 살아있는 시인의 목소리가 되어야 한다. 산속에 샘이 터져서 계곡으로 흘러 시냇물도 되고 드디어 강물도 되고 흘러서 바다에 도달한다. 시인도 날마다 성숙하고 성장해서 시의 바다로 흘러가야 한다.

시인은 시를 쓰는 꿈을 늘 가지고 살아간다. 사람들은 꿈을 말할 수 있으므로 행복하다. 꿈을 이룰 수 있으므로 노력한다. 꿈을 표현할 수 있다. 꿈이 있기에 활기차게 살아간다. 꿈을 확실하게 찾아간다. 꿈을 내 품에 안기 위해 최선을 다한다. 꿈을 성취하는 기쁨을 알기에 도전한다.

시인은 꿈을 갖고 이루기 위해 시를 쓴다. 시인이 꿈을 영글게 하기 위하여 시를 쓴다면 이 얼마나 행복한 삶인가. 지치고 힘들 때 집념이 필요하다. 시를 쓰고 싶은 꿈이 있다면 시작하라.

소낙비 쏟아지듯 살고 싶다

여름날 소낙비가 시원스레 쏟아질 때면
온 세상이 새롭게 씻어지고
내 마음조차 깨끗이 씻어지는 것만 같아
기분이 상쾌해져 행복합니다.

어린 시절 소낙비가 쏟아져 내리는 날이면
그 비를 맞는 재미가 있어
속옷이 다 젖도록 그 비를 온몸으로 다 맞으며
집으로 돌아왔습니다.

흠뻑 젖어 드는 기쁨이 있었기에
온몸으로 온몸으로
다 받아들이고 싶었습니다
나이가 들며 소낙비를 어린 날처럼
온몸으로 다 맞을 수는 없지만
나의 삶을 소낙비 쏟아지듯 살고 싶습니다

신이 나도록
멋있게
열정적으로
후회 없이 소낙비 시원스레 쏟아지듯 살면
황혼까지도 붉게 붉게 아름답게 물들 것입니다
사랑도 그렇게 하고 싶습니다

이 세상에 영원히 남을 시인은 없다. 영원히 읽혀 질 시도 없다. 결국에 다 사라지고 잊혀 진다. 그것이 바로 순리이고 당연한 이치다. 시인은 그 시대 그 시대를 살아가며 시를 쓰고 살아가는 기쁨과 감동을 누려야 한다. 누가 무어라 해도 시인은 시를 쓰는 기쁨으로 살아야 한다. 시인은 늘 성실하게 살아야 한다. 삶은 성실하게 살아야 가치가 있다. 일생을 두고 늘 성실하고 최선을 다해야 한다. 시류에 따라 흔들리지 않아야 한다. 눈치를 보면서 시를 써서는 안 된다. 기회나 틈만 노리지 말아야 한다. 성실하게 사는 사람이 많아야 세상은 살기 좋은 세상이 된다. 자기 분야에서 일평생 동안 연구를 하고, 책을 쓰고, 강연을 할 수 있는 사람들이 많아야 한다. 자기 분야의 전문성을 살려서 나라와 민족을 위하여 일할 수 있는 사람들이 많아야 나라가 발전한다. 성실은 자신에게나 주변 사람들에게 모범이 되는 삶이다. 성실은 마음껏 자랑해도 좋은 삶의 재산이다. 성실한 사람은 매사에 최선을 다하는 기쁨으로 산다. 부족하면 늘 채우고 나약하면 늘 강해지려고 노력한다. 제 일을 즐기고 좋아한다. 성실한 사람은 역경과 한계가 다가올 때 머뭇거리지 않고 지혜롭게 잘 극복한다. 큰 기회는 대체로 성실하게 일을 한 후에 찾아오는 법이다. 성실하게 살아가면 늘 긍정적인 결과가 나온다. 자기가 원하던 일의 목표가 이루어질 때까지 꾸준히 노력해야 한다. 성실하다는 것은 분명한 목표 의식과 열정과 성취 심이 있어야 한다. 성실해서 "괜찮다"라는 말을 듣기보다는 "정말 뛰어나다"는 말을 들어야 한다.

시인이 되는 지름길은 없다. 씨앗이 하루아침에 거목이 되지 않는다. 시인은 누가 가르치고 고쳐주어서 시인이 되는 것은 아니다. 시인의 자신이 스스로 자신의 시를 써야 한다. 시를 쓰려는 열정의 불을 확 질러야 한다. 온 마음과 온 영혼을 다해서 온 삶 동안 시를 쓰고 시를 노래해야 한다. "존 슬로보다"는 "뛰어난 성과를 이룬 사람들에게 '지름길'이 있다는 증거를 찾지 못했다."라고 말했다. 인생에 지름길은 없다. 삶의 계단을 한 계단 한 계단 성실히 올라간 사람들은 언제나 자기 위치에서 흔들림이 없다. 성실하게 사는 길이 바로 지름길이다. 주변에 보면 성실하게 사는 사람들은 그들 나름대로 행복을 누리며 산다. 때로는 소박하지만 정겹고 아름답게 살아간다. 시인이 되는 지름길은 없다.

내 마음에 그리움이란 정거장이 있습니다

내 마음에 그리움이란
정거장이 있습니다

그대를 본 순간부터
그대를 만난 날부터
마음엔 온통 보고픔이 돋아납니다
나는 늘 기다림으로 살고 있습니다

그리움이란 정거장에
세워진 팻말에는
그대의 얼굴이 그려져 있고
' 보고 싶다' 는 말이 적혀 있습니다

그대가 내 마음의 정거장에 내릴 때면
온통 그리움으로 발돋움하며 서성이던
날들은 사라지고
그대가 내 마음을 환하게 밝혀줄 것입니다

내 눈앞에 서 있는
그대의 웃는 모습을 바라보며
어린아이마냥 좋아할 것입니다
그대를 기다림이 나는 즐겁습니다

올리버 웬델 홈즈는 "사람들은 대부분 자신의 노래를 자기 안에 간직한 채 무덤으로 간다."라고 말했다. 시인은 시를 세상에 발표해야 한다. 삶의 위기가 찾아올 때 기회도 찾아온다. 가정에 성실하면 가족이 화목해진다. 자기 일에 성실하면 인정받는다. 에디슨은 한 잡지 기자에게 "매일 매일 한눈을 팔지 않고 한 목적을 위해 일한다면 반드시 성공의 면류관을 차지할 수 있을 것이다."라고 말했다. 성실은 삶을 살아가는 데 가장 중요한 도구다. 성실하지 않으면 항상 문제가 생긴다. 성실하지 않으면 삶에 가치가 떨어지고 보람을 느낄 수가 없다. 브라이언 트레이시는 "최선의 가치들과 일치하는 삶을 위해 스스로를 제어하면 할수록 성실성은 커진다. 그리고 성실할수록 하는 모든 일에서 더 큰 행복과 더 큰 힘을 느낄 것이다."라고 말했다.

시인의 삶은 흥미가 가득해야 한다. 거칠고 격렬한 삶 속에 마음을 통째로 송두리째 흔들어놓을 가슴 벅찬 감동이 있어야 한다. 감동은 삶에서 최고의 명장면을 만들어 놓는다. 이 땅에 살아가는 모든 사람에게 감동해야 한다. 길을 가다가도 생각해도 좋아서 눈물이 흐르고, 너무나 기뻐서 마구 소리를 지르고 싶고, 알리고 싶은 신나는 일들이 생겨야 한다. 살면서 얼마나 힘들고 어려운 일들이 많고 절망 속에 살아가는 사람들이 얼마나 많은가. 그 모든 사람에게 작은 기쁨이라도 하나씩 찾아와 마음껏 웃을 수 있는 시간이 있어야 한다. 헤르만 헤세는 "번뇌의 한편에 기쁜 웃음이 있고 장례식 종소리와 함께 아이들의 합창 소리가 들리고 곤궁과 비천 곁에 은근과 기지와 위로와 웃음이 있는 것을 보면 볼수록 이 세상은 훌륭하고 감동적이라고 생각하지 않을 수 없었다."라고 말했다. 세상에는 감동을 만들어주는 사람들이 많다. 모든 분야의 수많은 사람이 사람들에게 감동을 선물해주기에 이 차갑고 쓸쓸한 세상을 잘 버티며 살아갈 용기가 생긴다. 가족과 주변 사람들에게 감동을 만들어주면 세상은 더 밝아지고 행복해진다. 사람들은 기쁨을 원하지 슬픔을 원하지 않는다. 시인은 자신이 만들어가는 것들을 눈앞에 펼쳐보면서 감동이 일어나야 한다. 자신도 놀랄 만큼 감동스러운 일을 만들어야 한다.

나는 꼭 필요한 사람입니다

마음속에서 큰 소리로
세상을 향하여 외쳐 보십시오
나는 꼭 필요한 사람입니다

자기 삶에 큰 기대감을 갖고 살아가면
희망과 기쁨이 날마다 샘솟듯 넘치고
다가오는 모든 문을 하나씩 열어 가면
삶에는 리듬감이 넘쳐납니다

이 세상에는 수많은 사람이 살아가고 있지만
그중에서 단 한 사람도
필요 없는 사람은 없을 것입니다

세상에 희망을 주기 위하여
세상에 사랑을 주기 위하여
세상에 나눔을 주기 위하여
필요한 사람이 되어야 합니다

나로 인해 세상이 조금이라도 달라지고
새롭게 변할 수 있다면
삶은 얼마나 고귀하고 아름다운 것입니까
나로 인해 세상이 조금이라도
밝아질 수 있다면 얼마나 신나는 일입니까

자신을 향하여 세상을 향하여
가장 큰 소리로 외쳐보십시오
"나는 꼭 필요한 사람입니다."

시인의 삶도 변화해야 한다, 오늘의 시대는 변화를 원하고 있다. 변화의 바람이 거세게 몰아친다. "변화하지 않으면 살아남지 못한다."는 소리가 곳곳에서 터져 나온다. 변화하려면 시시때때로 막다른 골목과 벽에 부딪히게 된다. 절망하고 낙심하게 된다. 린더스트는 말했다. "고난은 뛰어넘기 위해서 존재하는 것이다. 그러므로 당장 고난에 맞붙어서 싸워라. 일단 싸우다 보면 그것을 극복할 수 있는 방법을 찾게 될 것이다. 몇 번이고 고난과 씨름하는 가운데 힘과 용기가 용솟음치게 된다. 그리하여 자신도 모르게 정신과 인격이 완벽하게 단련되는 것을 느낄 수 있게 되리라." 할 수 없다는 절망을 극복하고 배우고 실천하여 나가야 한다. 하나의 절망을 극복하면 다른 절망도 쉽게 극복할 수 있는 힘이 생긴다. 절망을 딛고 일어서면 반드시 새로운 문은 열린다. 영화 사운드 오브 뮤직에서 이런 말이 나온다. "하나의 문이 닫히면 새로운 문이 열린다." 성공한 사람 중에 뼈저린 고통과 절망의 통한의 눈물을 흘려보지 않은 사람은 없다. 로스 피어스틴이 말했다. 성공하기를 원하는가? 그렇다면 이미 개척해 놓은 길이 아닌 그 누구도 가지 않은 새로운 길을 개척해야만 한다."

시간은 묶어두거나 붙잡아 둘 수 없다. 세월의 흐름을 막을 수 없다. 사랑을 감추어놓을 수 없다. 이 모든 것을 시로 써 내리고 싶다. 시가 어느 날 한순간에 쓰여 졌다고 하여도 시인이 살아온 만큼이 삶이 쏟아져 내린 것이다. 시는 몇 분 하루 단 며칠에 쓰이는 것이 아니다. 시에는 시인의 일생이 농축되어 있다. 시인은 자기 삶으로 시를 쓴다.

그래 살자 살아보자

그래 살자 살아보자
절박한 고통도 세월이 지나가면
다 잊히고 말테니

퍼석퍼석하고 천연한 삶일지라도
혹독하게 견디고 이겨내면
추억이 되어버릴 테니

눈물이 있기에 살 만한 세상이 아닌가
웃음이 있기에 견딜만한 세상이 아닌가
사람이 사는데 어찌 순탄하기만 바라겠는가

살아가는 모습이 다르다 해도
먹고 자고 살아 숨 쉬는 삶에
흠 하나 없이 사는 삶이 어디에 있는가

서로 머리를 맞대고 열심히 살다보면
눈물이 웃음이 되고
절망이 추억이 되어 그리워질 날이 올테니
좌절의 눈물을 닦고 견디면서
그래 살자 살아보자

시인은 시를 통하여 희망을 전달해 주어야 한다. 희망은 삶에서 피어나는 꽃이다. 희망이 가득 찬 얼굴은 이 순간도 꿈꾸고 사랑하고 있다. 희망이 있으면 얼굴은 빛나고 웃음이 나온다. 예술가라면 완성된 작품을 미리 상상하며 작품을 만들어간다. 질곡의 세월 속에서도 희망은 있다. 벼랑 끝에서도 살아날 수 있는 길은 있다. 시인은 언어를 통하여 희망을 노래하고 아픔을 가슴에 안아야 한다.

시인의 삶은 나이만큼 인생 경험도 중요하다. 신동엽 시인은 "무릇 시인이 자기의 문체를 완성하기에는 적어도 50~60세가 넘어야 한다고 생각한 적이 한두 번이 아니다. 지금도 그 생각은 변함이 없다."고 말한다. 시인들도 젊은 시절에는 새로운 변화를 시도하고 무엇을 하려고 한다. 그때마다 희망을 갖게 되지만 수시로 절망하게 하는 일들이 일어나고 찾아온다. 그럴 때마다 소극적인 생각과 행동을 하면 절망은 마음에 둥지 만들어 놓으려고 할 것이다. 어려움을 당하면 당할수록 "나는 이겨낼 수 있다"라는 강하고 담대한 마음이 되어야 한다. 절망을 희망으로 바꾸어놓은 사람이 시인이다. 시인은 일생동안 청춘을 노래하고, 사랑을 노래하고, 결국에는 죽음으로 노래하다 사라진다. 시인들이 똑같은 것 보고 느끼더라도 시인에 따라 감각이 다르기에 시를 표현하는 것도 각기 다르다. 시는 다양하게 써진다.

나 자신부터 변화되지 않으면 어떤 것도 할 수 없다. 변화를 원한다면 100%의 열정을 쏟아야 한다. 시인들도 무참하게 짓밟히고 처참하게 고통당할 때도 있다. 아무리 몸부림을 쳐도 아무도 응대하지 않을 수도 있다. 아니면 혹독한 비판에 시달릴 수도 있다. 세상은 참으로 냉정하고 잔혹하다. 고통과 절망 속에 인생의 가치를 겸허함을 배운다. 최악의 상황에서도 배움의 끈을 놓지 말아야 한다. 시인은 방랑자라고 할 수 있다. 삶과 자연과 생활 속의 들판 길에서 시를 찾아 어슬렁거리며 시를 낚아채야 할 순간을 기다리는 방랑자이다. 시인은 시를 써야 한다. 목숨이 살아있는 날 동안 살아감의 이야기를 시로 써야 한다.

삶이란 지나고 보면

젊음도 흘러가는 세월 속으로
떠나가 버리고
추억 속에 잠자듯 소식 없는
친구들이 그리워진다

서럽게 흔들리는 그리움 너머로
보고 싶던 얼굴들도
하나둘 사라진다

잠시도 멈출 수 없을 것 같아
숨 막히도록 바쁘게 살았는데
어느 사이에 황혼의 빛이 다가와
너무나 안타까운 일이다

흘러가는 세월에 휘감겨서
온몸으로 맞부딪치며 살아왔는데
벌써 끝이 보이기 시작한다

휘몰아치는 생존의 소용돌이 속을
필사적으로 빠져나왔는데
뜨거운 열정의 온도를 내려놓는다

삶이란 지나고 보면
너무나 빠르게 지나가고
남은 세월이 한순간이기에
남은 세월에 애착이 간다

독자들은 시인의 생각과 삶의 흔적이 묻어나 있는 인간적인 시를 좋아한다. 각박한 삶 속에서 힘들고 지칠 때, 사랑하고 싶을 때, 위로받고 싶을 때, 함께 하며 희망과 빛을 보여주는 시를 원한다. 허영자 시인은 "목마른 꿈으로써" 서문에서 "이 시대에도 시를 사랑하고 시를 찾아 읽는 이들의 귀한 마음은 황야에 핀 꽃과 같은 것이라"라고 말하고 있다. 시를 좋아하고 읽는 사람들은 시인들의 똑같은 시일지라도 언제, 어느 때, 어디서 읽어도 감동을 늘 똑같게 때로는 새롭게 울려주는 시를 원한다. 어떤 아름다움도 사랑도 세월이 흐르면 다 기억 저편으로 사라지고 만다. 지우지 않으려 하여도 지워지고 마는 삶, 잊지 않으려 해도 결국에는 잊어지는 삶, 살아있는 날 동안 그날, 그날 보고 느끼고 체험하고 사랑하는 것들을 더 늦기 전에 한 편의 시라도 더 남기고 싶다. 시에는 살아있는 울림이 있어야 한다. 사람을 감동시키는 시는 복잡다단한 시가 아니라 아주 단순한 시다. 시는 한두 사람에 의해 평가되고 사라지는 것이 아니라 수많은 사람이 읽고 좋아하고 널리 퍼져 나가야 한다. 시인이 아니더라도 누구나 가끔씩 마음의 서랍을 열어 시 한 편 써보는 것도 좋을 것이다. 시는 시인의 생명이며 생명 줄이다. 시인의 삶은 시로써 꽃피워야 한다. 못다 핀 꽃송이는 너무나 처절하다. 시인은 언어라는 물감으로 시라는 언어의 그림을 그린다. 시의 세계는 넓고 넓다. 아직도 작은 세계만을 시로 쓰고 있다. 시를 통하여 생각을 나누고 사랑과 희망을 나누고 싶다. 새가 나무 위에 둥지를 틀 듯, 언어 속에 시의 둥지를 틀어야 한다. 나는 부족하다. 늘 가까이해주는 독자들이 고맙다. 독자들을 사랑한다. 너무나 감사하다. 늘 독자들에게 빚을 지고 산다. 생명이 다하는 날까지 시로 보답해야 9한다. 나는 오늘도 시를 쓴다.

단 한 번만이라도 멋지게 사랑하라

사랑하고 싶다면
단 한 번만이라도 멋지게 사랑하라

하나 된 마음으로
마음껏 사랑할 수 있다면
그보다 멋진 사랑이 어디 있을까

커다란 눈망울로 바라보아도
가슴이 불타오르면
그보다 좋은 인연이 어디에 있을까

외로움에서 벗어나고 싶은
불같은 마음이라면
모든 것을 던져도 좋다면
이보다 좋은 사랑이 어디 있을까

사랑하는 이 곁에 있을 때
가슴이 따뜻하고 행복하다면
누구보다 멋진 사랑을 할 수 있다

서로 다정함을 느끼고
입술로 사랑을 고백하고 싶다면
모든 것을 던져버리고
아낌없이 순수하게 사랑하라

시를 쓸 수 있다는 것은 생명이 살아 움직이는 것이다. 시를 쓸 수 있다는 것은 시인의 삶을 살고 있다는 것이다. 가슴에 심장이 살아 움직이고 있어야 한다. 시는 시집 속에 갇혀 있지 말고 걸어 나와라. 세상 사람들과 만나고 대화하고 소통하라. 시는 온 세상을 떠돌아다니며 많은 사람과 만나야 한다. 시는 많은 사람을 감동을 주고 사랑과 행복을 나누어 주어야 한다. 희망차고 꿈을 갖게 하고 열정과 자신감을 느끼게 하여야 한다. 시는 살아서 온 세상에서 움직여야 한다.

짧은 삶에 긴 여운이 남도록 살자

한 줌의 재와 같은 삶
너무나 빠르게 소진되는 삶
가여운 안개와 같은 삶
무미건조하게 따분하게 살아가지 말고
세월을 아끼며 사랑하며 살아가자

온갖 잡념과 걱정에 시달리고
불타는 욕망에 빠져들거나
눈이 먼 목표를 향하여 돌진한다면
흘러가는 세월 속에 남는 것은 허탈뿐이다

때때로 흔들리는 마음을 잘 훈련하여
세상을 넓게 바라보며 마음껏 펼쳐나가며
불쾌하고 짜증나게 하고
평화를 깨뜨리는 마음에서 떠나자

세월이 흘러
다 잊히기 전에 비참함을 극복하고
용기와 희망을 찾아내어
절망을 극복하고 힘을 복돋우자

불굴의 의지와 활기찬 마음으로
부정적 사고를 던져버리고
언제나 긍정적인 마음으로
짧은 삶에 긴 여운이 남도록 살자

벤허 영화는 1907년 15분 길이의 무성 흑백 영화로 처음 만들어졌다. 그리고 1925년 다시 한 차례의 무성 영화로 리메이크되었다. 오늘날 우리가 알고 있는 벤허 영화는 윌리엄 와일러 감독의 작품이다. 찰턴 헤스턴이 주연이다. 총출연 인원 125,477명 제작 기간 10년의 1959년도 작품이다. 와일러 감독은 영화 시사회 때 자기 영화를 보면서 자기가 보아도 너무나 잘 만들어서 벌떡 일어나서 외쳤다. "오! 하나님! 이 영화를 정말 내가 만들었습니까?" 자신이 이루어 놓은 것을 눈앞에 보면서 이런 감동이 일어나야 한다. 자신도 놀랄 만큼 감동스러운 일을까9 만들어야 한다.

용혜원 시인의 시작법

인쇄 2024년 02월 25일
발행 2024년 03월 03일

지은이 용혜원
발행인 김기진
편집인 김기진 권영선
펴낸곳 문예출판
등록번호 제2022-0000093호

14635 경기도 부천시 원미구 신흥로40번길 44
       해 뜨는 집 205호
Mobile 010-4870-9870
       전자우편 1947kjk@naver.com
ISBN 979-11-88725-42-7
값 20,000원